OLYMPE AUDOUARD

VOYAGE

A TRAVERS

MES SOUVENIRS

CEUX QUE J'AI CONNUS
CE QUE J'AI VU

PARIS

E. DENTU, ÉDITEUR

LIBRAIRE DE LA SOCIÉTÉ DES GENS DE LETTRES

PALAIS-ROYAL, 15-17-19, GALERIE D'ORLÉANS

1884

VOYAGE

A TRAVERS

MES SOUVENIRS

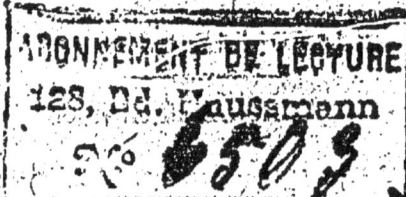

PRÉFACE

Ce sont mes mémoires, j'en conviens. Si on était tenté de m'accuser de prétention, si on avait la méchante pensée de me supposer assez sotte pour croire que ma toute petite personnalité peut intéresser le public, je ferais observer que, dans des *mémoires*, on parle peu de soi, beaucoup des autres. Ceux dont je parlerai sont des célébrités ou des sympathiques. J'ai connu presque toutes les personnalités politiques, littéraires et artistiques qui ont occupé l'attention publique pendant ces vingt dernières années.

J'ai connu les principaux personnages de la cour de Napoléon III; j'ai tenu journal des aventures tragiques ou comiques, et des scandales qui s'y sont passés.

J'ai assisté à la lourde chute de ce troisième empire, aux douleurs de la guerre, aux poignantes angoisses du siège, aux drames sanglants de la Commune.

J'ai visité l'Amérique, le royaume des Mormons, la Turquie d'Europe et la Turquie d'Asie, l'Egypte, la Syrie, la Palestine, l'Algérie, l'Italie, l'Angleterre et l'Allemagne.

Je vous parlerai de ces hommes, de ces contrées ; je vous conterai les choses curieuses que j'ai vues, les aventures qui me sont arrivées dans tous ces voyages.

Les mémoires prennent leur importance, moins par la valeur de l'auteur que par celle des personnes et des choses dont il peut parler. Voilà pourquoi, sans prétention, je puis dire : *Mon voyage à travers mes souvenirs* sera curieux ; lisez-le.

VOYAGE

A TRAVERS MES SOUVENIRS

CEUX QUE J'AI CONNUS. — CE QUE J'AI VU.

CHAPITRE 1er

Autobiographie. — Les faiseurs de dictionnaires. — La Provence, ses préjugés et ses dévots. — Un gros scandale. —
Apt. — Vie de château. — Le faux Napoléon III. — Le
miracle de Saint-Saturnin, Rosette Tamissier. — Le curé
Grant et son vicaire. — Un préfet et un juge *emballés*.

C'était le 11 mars; le mistral, vent endiablé,
décoiffait les hommes, troussait les femmes, faisait
dégringoler les cheminées.

Méry appelait le mistral l'unique balayeur de la
Provence. Ce jour-là, le mistral faisait son grand
nettoyage du samedi.

La cloche de l'église de la Palud tinta le premier coup de l'angélus; dans une maison située au
coin de la rue des Beaux-Arts et de la place em-
bellie par la fontaine d'Homère, un cri aigu, per-
çant, désespéré, se mêla au bruit de la cloche.
C'était moi qui le poussai; je naissais à la vie hu-

1

maine, mon esprit tombait des sphères infinies sur
cette triste terre, et, de se voir emprisonné dans
ce vilain amas de chairs, il en hurlait d'épouvante et d'angoisse.

Mon père dit que, puisque j'arrivais au son de
l'angélus, on devait me nommer Angélucia, nom
charmant, mais dame Gilet, femme du docteur qui
m'avait reçue à mon entrée dans ce monde, devait
être ma marraine. Sans pitié, et pourtant, pauvre
esprit arrivé des nues, je ne lui avais fait aucun
mal, elle voulut qu'on me donnât ses noms, Félicité-
Olympie.

Lorsque j'ai eu une douzaine d'années, un bon
curé d'Aix, l'aumônier qui me confessait, comme
je me permettais de discuter avec lui certaines
questions religieuses, s'amusait à faire ce vilain jeu
de mots : « Oh! l'impie! » Je priais qu'on me
nommât Olympe et je ne signais plus qu'ainsi afin
de me soustraire à la scie de : oh! l'impie!

Le nom est comme un reflet de celui qui le porte.
On ne saurait se figurer un Achille non bouillant,
un Hector non brave, un Jérémie non pleurni-
cheur et une Olympe non majestueuse, prétentieuse
et ridicule.

Pourquoi imposer des noms pareils à de pauvres
petits êtres qui n'ont encore rien fait pour mériter
un nom héroïque ou un nom absurde?

Un Marseillais a trouvé plaisant de nommer son
fils Loup-Pie-Cloud; croyez-vous qu'une femme
pourra, sans rire, l'appeler mon Cloud chéri ou
mon Loup aimé ou encore mon Pie adoré? Vouer
un enfant au ridicule ne devrait pas être permis.

Si l'on s'habituait à respecter un brin la liberté
individuelle, on donnerait à l'enfant un petit nom

de bébé, et, lorsque son caractère serait formé,
lorsque sa personnalité serait dessinée et qu'il serait en âge de connaître ce que représentent certains noms, on le laisserait choisir le sien. De cette
façon, le nom serait comme la photographie morale
de l'individu ; il donnerait une indication sur ses
instincts, il serait comme une étiquette ; à présent,
il est une étiquette, mais mise par le hasard et le
caprice.

Moi j'aurais pris le nom d'Isabelle, et pas le
moins du monde par la raison que je le trouve
plus jolie qu'un autre, mais par une bizarrerie singulière ; dès ma plus tendre enfance jusqu'à présent, il m'a toujours semblé que ce nom était le
mien, et toujours j'avais envie de protester lorsqu'on m'appelait Olympie ou Olympe. Toute ma
vie, j'ai passé mes nuits dans des rêves non confus,
mais distincts ; je vois des pays étranges, je cause
avec des êtres que je ne connais qu'en rêve, et ces
êtres-là m'appellent Isabelle.

Le jour de ma confirmation, comme l'évêque
murmurait une phrase en latin, puis prononçait
les noms de Félicité-Olympe, soudain, poussé par
un instinct irrésistible, je lui dis : « Monseigneur,
je veux m'appeler Isabelle. »

Les religieuses bondirent dans leur grande chaise
en forme de niche. J'osais parler devant l'autel,
profanation des profanations ! L'évêque était un
homme d'esprit ; il sourit, et, très paternellement,
me dit : « Bien, mon enfant, Isabelle sois donc,
suivant ton désir. »

Ceci me donna une grande joie ; il me parut
qu'on me restituait quelque chose qu'on m'avait
injustement enlevé. Mes efforts pour conserver ce

nom ont été vains, ma famille a persisté à me donner ce nom démodé et vieillot d'Olympe. Et c'est seulement ceux que je vois dans mes rêves qui m'appellent Isabelle.

Je suis donc née à Marseille, mais ni ma famille maternelle, ni ma famille paternelle ne sont d'origine marseillaise. J'ai vu le jour à Marseille comme j'aurais pu le voir en Amérique, en Turquie ou en Espagne, car mon père adorait les voyages.

Mes parents ont habité cette cité phocéenne quelques mois avant ma naissance et l'ont quittée quand je n'avais que trois mois. Je suis donc Marseillais tout à fait par hasard.

On dit en Provence de ceux qui naissent dans le mois de mars qu'ils ont un rayon de soleil dans le cœur et un coup de mystral dans la tête. Ce qui, en style moins imagé, signifie qu'ils ont mauvaise tête, mais bon cœur.

Ai-je bon cœur? Je le crois sans en être sûre, car on n'a jamais le cœur aussi bon qu'on devrait l'avoir.

Mais, par exemple, le coup de mistral s'est logé dans ma tête; la patience est mon côté faible, je *m'emballe* facilement; je n'attaque pas, mais si on me touche, je riposte fort et dur; j'aime le mouvement, l'inaction me fait horreur, l'espace m'attire, l'inconnu me séduit, j'envie les ailes des oiseaux, je suis curieuse à l'im, ible, — pas des secrets des autres, car ce qui se passe chez mes voisins m'est plus qu'indifférent.

N'allez pas croire que ce soit la curiosité de notre mère Eve qui m'altère. Non, à sa place, je n'aurais écouté le serpent que s'il m'avait proposé un moyen d'aller visiter tout ce qui n'était pas le paradis terrestre, un ballon ou un bateau.

Ce qui m'assaille, ce sont les mystères de la vie, voire même ceux de la mort; notre origine, notre avenir, les mystères de l'univers, tout connaître, même la cause de la bêtise humaine.

Ne pouvant m'envoler vers les astres, j'ai parcouru la terre, j'ai vécu à toute vapeur.

Mais est-ce ma faute si, naisant en mars, ce mistral provençal s'est logé dans ma tête? Non, n'est-ce pas? je suis ce que je suis par la faute du coup de vent.

Je dois déclarer, et ceci ne me gêne pas, au contraire, que mon père, Jean-Baptiste-Camille Jouval, a toujours passé en Provence pour un parfait original; de plus, on trouve qu'il m'a élevée d'une façon pitoyable.

Lorsque je vais passer quelques semaines dans ma patrie ensoleillée, voici la conversation qui s'établit entre moi et le premier bon bourgeois que je rencontre :

— Votre père était mon ami; quel parfait original c'était!

— Qu'a-t-il fait de si excentrique?

— Comment, mais il a parcouru les trois quarts du monde.

— Eh bien! mais il a été très intelligent de dépenser ainsi sa fortune, car le proverbe est vrai, on s'instruit en voyageant.

— Ah! vous êtes bien la digne fille de votre père, car il paraît que vous avez beaucoup voyagé, vous aussi.

Ce bon bourgeois me dit ce *beaucoup voyagé* du

même air choqué qu'il prendrait pour me dire :
vous avez fait pas mal cascader votre vertu.

Pour ces gens-là, voyager n'est pas simplement
une extravagance, c'est une chose horrible, qui
cache des projets immoraux.

Longtemps je me suis demandé le pourquoi de
cette singulière manière de voir, j'ai fini par le
deviner.

Les provinciaux (sauf très honorables exceptions) s'ennuient ; ils lisent peu, les arts les laissent
froids, ils ont pour toutes distractions le café, le
jeu, la médisance et adultère.

Entourés d'yeux d'Argus, se mouchardant et se
gênant mutuellement, lorsque par hasard ils viennent à Paris sans leur femme, ils s'en donnent,
mais ils s'en donnent de faire danser leur immoralité ! Ils ne quittent leur village que pour cela,
et alors ils en arrivent à ne voir dans les voyages
qu'un moyen de mener une vie de polichinelle, et
ils se figurent que ceux qui vont à l'étranger ne
sont poussés que par le désir d'être plus libres
encore.

Et de là leur petit air pincé lorsqu'ils vous disent : « *Il paraît que vous avez beaucoup voyagé!* »

Il y a en Provence grand nombre de dévots et
fort peu de chrétiens. Ces dévots suivent les processions un gros cierge à la main ; ils portent, les
uns, le costume de pénitents blancs, les autres de
pénitents noirs ou de pénitents bleus, costume
calqué sur les dominos qu'on porte au bal de
l'Opéra ; ils chantent sur tout le parcours de la
procession : « Rendez-nous notre roi ! »

Ils sont du cercle des jésuites, sont mariés par
les jésuites, parfois l'Eglise leur donne des fils ; ils

vont à la messe, ils communient, sont de l'Adoration perpétuelle, et, ce qui est merveilleux, c'est que tous ces hommes ont des maîtresses attitrées. Ils doivent s'en confesser ; puisqu'ils continuent, il paraît que l'Église est tolérante pour ces péchés-là. Un de ces dévots, le plus connu, le plus ardent à étaler sa dévotion et portant la décoration du Pape, j'ai nommé G..., vient à Paris il y a quelques années. Un peu mon allié, il vient chez moi, de mes amis le voient ; la semaine suivante, plusieurs me disent : « Mais ce monsieur mène ici une singulière vie ; il va à Bullier, on le voit dans tous les mauvais lieux en compagnie de cascadeuses, et il en fait voir de belles à sa décoration du Saint-Père ! »

Il vient prendre congé de moi, ce jour-là, il avait l'air tout en Dieu. Je lui conte ce qu'on m'avait dit ; il avoue tout, mais ajoute : « Je viens de me confesser et de communier, me voilà blanc comme neige, et je retourne auprès de ma femme la conscience nette et pure. »

Que la religion de ces dévots est donc commode !

Les Parisiens, qui ne connaissent la province que de nom, ne sauraient se figurer les idées absurdes, les préjugés incroyables qui règnent en tyran dans certains départements.

Il y a des villes de France où l'on se sent plus dépaysé, plus loin de Paris que si l'on était à Pékin.

Avoir de idées grandes et libérales, aimer le progrès, avoir agrandi son esprit au contact de toutes les civilisations européennes et se trouver soudain enfermé dans le cercle de fer qui enserre

1.

l'intellect de provinciaux, c'est, ou un supplice infernal. ou une comédie bien amusante.

Supplice, pour l'esprit qui n'est point assez fortement trempé pour se rire de l'opinion des sots.

Comédie, pour le philosophe qui aime à étudier les travers et les ridicules de l'espèce humaine.

Mon père était philosophe, il avait beaucoup voyagé dans l'ancien et le nouveau monde, il heurtait les préjugés à plaisir, il riait de bon cœur de ces personnes criant au scandale à la moindre excentricité innocente, et cela à seule fin d'être dispensées de se scandaliser des choses vraiment coupables qu'elles commettent avec entrain et sans le moindre scrupule. Il m'a élevée dans ces idées, de me rire des préjugés absurdes et de garder tout mon respect pour les choses respectables.

J'ai dit que j'étais née au mois de mars et j'ai négligé de dire l'année !... Voici pourquoi : j'ai fait l'expérience que certaines femmes aiment autant à se rajeunir qu'elles aiment à veillir les autres, se figurant qu'elles s'enlèvent les années qu'elles ajoutent à leurs bonnes amies. Si une de ces femmes me demande mon âge, je réponds : « J'ai l'âge qu'il vous plaira que j'aie, » et cette réponse est plus profonde qu'on ne pourrait le croire.

A mes lectrices, je répondrai donc : « J'ai l'âge qu'il vous plaira que j'aie. » Les hommes ne faisant jamais cette question, je n'ai qu'à leur dire : «Ayant beaucoup vu, beaucoup souffert, j'ai cent ans par l'expérience, excellente condition pour celle qui écrit des Mémoires.

Ce petit travers féminin d'aimer à veillir les autres m'a paru toujours plus amusant que déplaisant. Ainsi, une vieille femme qui travaillait

dans le Vapereau a cru me jouer un vilain tour
en mettant dans ce gros livre que j'étais née à *Aix*
et bien avant 1830. Je n'ai pas protesté. Depuis
dix-huit ans que cette notice est faite, elle m'a valu
bien des compliments. Ceux qui l'avaient lue me
disaient : « Vous êtes très bien conservée pour votre
âge », ce qui était me dire : « On voit que vous
n'avez abusé de rien ! »

Ce qui est un mérite, tandis que le hasard seul
fait naître en 1830 ou en 1840. Cette dame a donc
manqué son but.

Les faiseurs de dictionnaires sont des gens possédant un aplomb superbe; en dix lignes ils me-
surent la valeur, émettent non une opinion, mais
un arrêt. Larousse a même été si loin, qu'un jour
que j'en aurai le temps je lui ferai un bon procès. Voici comment j'ai connu la petite inanité
écrite dans ce dictionnaire par... je ne sais qui !

L'an dernier un journaliste américain me demande une *interview*; la conversation suivante
s'engage entre nous :

— Madame, j'ai assisté à plusieurs de vos conférences sur l'émancipation de la femme, et j'ai trouvé
vos idées très sages et très justes.

— Ceci ne m'étonne pas, monsieur, car ces idées
me sont venues en Amérique en constatant l'excellent résultat que vous avez obtenu en émancipant
vos femmes, dont vous avez fait des femmes sérieuses, bonnes épouses et mères instruites et intelligentes.

— J'ai écouté très attentivement deux de vos
conférences sur le spiritualisme, et contre le trans-
formisme de l'allemand Heckel; j'ai trouvé tout
ce que vous disiez très sensé; vos études sur les

ouvrages spiritualistes de Zoellner, de Crookes.
de Weber, de Russel Wallace, d'Oxon, de Barbas,
de Williams Thomson, du professeur Mapes et de
Robert Hare, m'ont paru faites par un esprit clair-
voyant et lucide.

— Me feriez-vous l'honneur de me dire, monsieur,
pourquoi vous paraissez si étonné que mes opinions soient sages et intelligentes et mes idées lu-
cides ?

— Mais, madame, j'ai lu Larousse, et, comme
tous ceux qui ont consulté le dictionnaire des célébrités contemporaines, je supposais, d'après ce
qu'il disait de vous, que votre raison avait sombré
et que vous étiez dans une maison de santé. N'avez
vous pas lu ?

— Non ; si j'avais ouvert ce dictionnaire, je l'aurais consulté sur d'autres que sur moi ; mais, que
dit-il donc ?

Le journaliste américain sortit un papier de sa
poche.

— J'ai copié, me dit-il, ces lignes, car je vais en
faire bonne justice.

Et voici ce qu'il me lut. Je cite au hasard de la
mémoire : ,

« Mme Olympe Audouard a débuté dans la littérature par un journal ayant pour titre le *Papillon*,
auquel collaboraient J. Janin, Théophile Gautier et autres grands écrivains. Elle a écrit *Comment aiment les hommes*, *Guerre aux hommes*, les
Mystères du sérail, les *Mystères de l'Egypte dévoi-
lés* ; une brochure sur le canal de Suez, cet ouvrage
est son meilleur. En 1875 cet *esprit mal équilibré
a perdu pied*, et elle a écrit le *Monde des esprits, ou
la vie après la mort.* »

En lisant cela sur un auteur que vous ne con-
naîtriez pas, n'auriez-vous pas pensé, comme moi,
madame, que cet écrivain était devenu fou ?

— Certainement, surtout si, n'étant pas Française,
j'avais ignoré les vilains usages de certaines gens
de mon pays. Ainsi, sachez, monsieur, que chez
nous, celui qui est d'une opinion contraire est une
canaille, celui qui pense autrement un imbécile :
pour le matérialiste, le spiratualiste n'est qu'un
fou, un idiot; et enfin, les dictionnaires sont faits
généralement par une foule de petits jeunes gens
qui ne voient dans ce travail qu'une excellente occasion de donner carrière à leur rancune, qu'ils
prennent pour seul guide. Du reste, le dictionnaire
Larousse est, je crois, entre les mains de jésuites,
qui sont d'avis que tous les moyens sont bons,
même la calomnie, pour combattre ses ennemis. Le
spiritisme étant basé sur la communication possible entre le monde des vivants et celui des disparus, les jésuites se disent qu'avec cette religion
venue d'en haut, on ferait bonne justice de celle
qu'ils prêchent et dont ils vivent fort bien. Alors,
ils se sont dit : « Réfuter le spiritisme serait imprudent; la victoire ne serait pas de notre côté sans
doute. Insinuons clairement que ceux qui en
parlent sont enfermés à Charenton. »

— Mais ce n'est pas loyal.

— Non, certes; mais croyez que le matérialiste,
même s'il est républicain, fera de même, il se dira :
« Moi, grand génie, je ne crois pas à l'âme;
Olympe Audouard y croit; donc elle est insensée,
elle est folle, ce n'est qu'un pauvre esprit. »

— Un dictionnaire devrait être fait plus sérieusement.

— Je suis de votre avis ; mais le style de celui-ci vous dit ce qu'il est : un monsieur qui a fait la découverte *épatante* des pieds de l'esprit est capable de tout. Un esprit qui perd pied, possède des pieds (car pour perdre une chose il faut l'avoir) ; lorsqu'on affirme cette chose étrange, on peut bien insinuer que les gens sensés sont fous alors qu'ils sont fort sensés.

La conclusion de ce journaliste fut qu'on était plus sérieux en Amérique qu'en France, et qu'il allait faire un article humoristique sur le dictionnaire Larousse.

— Ce qui prouve, lui dis-je, qu'on peut tirer bon parti de tout, même de la malveillance et de la sottise de certains petits esprits, c'est que cet article, fait dans le but de me porter tort, m'a, au contraire, procuré le plaisir de votre visite. Comme quoi le hasard confond parfois les pervers et détruit l'effet de leurs noirceurs.

Je n'avais que trois mois lorsque mes parents quittèrent Marseille pour aller se fixer dans une des propriétés que mon père avait dans ce charmant pays des félibres, dans cette jolie patrie de Laure, dans Vaucluse.

Mon père, à côté des ruines d'un ancien château, s'était fait bâtir une immense maison carrée ; il avait été son architecte, et il avait copié les constructions qu'il avait vues en Amérique, laides, mais vastes, bien aérées et fort commodes, avec un hall où 500 personnes auraient pu valser à l'aise. Quoi que cette maison eût plus de ressemblance avec une caserne qu'avec un château, les paysans, affaire d'habitude, l'appelaient le château de Saint-Julien, et mon père était là-bas généralement connu sous le nom de *monsu de San Julian*. Pour les paysans vauclusiens tout rentier est un châtelain, et son habitation, quel que soit son style, est un château.

Deux choses, outre le hall, étaient encore immenses à Saint-Julien : la basse-cour, plantée de beaux arbres, entourée de hauts murs avait bien sept mille mètres carrés, et la volière qui occupait presque tout le troisième étage, elle avait six grandes fenêtres grillées, et on y avait placé des arbustes en caisse.

Pour garnir cette volière et cette basse-cour, mon père avait acheté à Marseille toutes les espèces connues d'oiseaux, depuis l'oiseau-mouche jusqu'aux diverses espèces de perroquets, ensuite des poules, des canards, des pigeons, des pintades, des faisans, des paons, des oies de toutes les espèces.

Notre voyage de Marseille à Saint-Julien se fit d'une façon pittoresque, on me l'a conté souvent, et si j'en parle aujourd'hui, c'est qu'il fut accidenté par un épisode amusant, qui est à l'actif de la mémoire de mon pauvre père, et qui a servi pour faire dire de lui : « Ah! quel fou et quel original c'était! »

On verra que les plaisanteries les plus anodines prennent des proportions colossales dans la province.

Mon père fit placer les cages contenant les hôtes de la basse-cour dans des paniers, lesquels montés les uns sur les autres en pyramide furent placés dans une immense charrette, il y avait bien cent paniers.

Les oiseaux installés dans de jolies cages furent

placés sur une autre charrette, il y avait aussi une
centaine de cages.

Dans une grande carriole prirent place domestiques et bagages. Dans une grande et confortable
voiture s'installèrent mon père, ma mère, ma
sœur de quelques années plus âgée que moi, et
enfin ma petite personne âgée de trois mois.

On allait au pas, notre voiture en tête, celle des
domestiques suivant, et arrivant ensuite les char-
rettes. Les voyageurs emplumés criaient, chantaient, les perroquets disaient : As-tu déjeuné,
Jacquot! Les tourterelles roucoulaient, les coqs
faisaient cocorico; c'était un cœur bruyant et
fort original.

Nous arrivons le dimanche matin sur la place
d'un village; des paysans sortaient de l'église. A la
vue de ce singulier cortège de voitures, en entendant le concert bizarre fait par nos compagnons
emplumés, ils se disent : « Maï quéï aco? » (qu'est-
ce que cela?). L'un d'eux insinue que mon père
devait être un montreur d'oiseaux rares; ces
bonnes gens appellent tout montreur de quelque
chose : un charlatan. Ils s'approchent curieuse-
ment de nous, qui avions fait halte, et un vieux
brave homme prenant la parole, dit à mon père :
« Monsieur le charlatan, voulez-vous nous montrer vos bêtes, et croyez bien que, quoique, nous
ne soyons pas riches, nous ne nous esquiverons
pas lorsque vous ferez votre quête. »

—Mais comment donc, avec le plus grand plaisir! lui répondit mon père, qui donna l'ordre au
domestique de descendre les cages et de les placer
en cercle sur la place.

Ceci fait, montrant chaque espèce d'oiseaux, il

dit aux deux ou trois cents personnes qui l'entouraient, le nom de chaque oiseau, parla des pays·
dont il était originaire. Femmes, hommes et enfants étaient tout yeux et tout oreilles; les perroquets en parlant les plongeaient dans un étonnement mêlé d'épouvante, ils n'en avaient jamais vu,
et tous s'écriaient : « Des oiseaux qui parlent !
mais c'est un miracle! — Et, remarquait un jeune
homme, ce qui est plus étonnant, c'est qu'ils parlent français! »

Lorsque mon père eut terminé son petit discours
sur toutes ces gentilles bêtes : — A présent faites
votre quête, mon bon monsieur, lui dirent les
paysans.—Mon père ouvrant sa sacoche de voyage,
prit à pleines mains monnaie blanche et monnaie
de cuivre, et jetant cet argent sur la place, il leur
dit en riant : « Moi je ne suis pas un charlatan
comme les autres, je donne, mais je ne prends pas.»
Les paysans restèrent une minute ébaubis, puis
l'argent les attirant, ils se précipitèrent pour le
ramasser, se disputant, se cognant dur et ferme
les pièces blanches.

Cette plaisanterie, que tout Parisien aurait faite
ou qu'en voyant faire il eût trouvée simplement
drôle, eut pour témoins quelques bourgeois, qui
crièrent au gaspillage et à la folie.

Ce fait s'est passé il y a plus de quarante ans,
eh bien! il n'est point oublié. Il y a cinq ans j'étais
en Provence, un vieux monsieur me l'a conté en
ajoutant : Ah! quel orignal et quel prodigue
était votre père!

Et pour ces hommes, être original c'est bien pire
que d'être Harpagon, George Dandin ou Tartufe.

Apt (Apta Julia), est une petite ville du dépar-

tement de Vaucluse; elle était jadis la capitale
des Vulgientes, elle est à 55 kilomètres d'Avignon.
Elle est traversée par le Calavon, petit ruisseau
qu'on passe au gué en temps ordinaire, mais qui
se transforme parfois en torrent impétueux. Cette
sous-préfecture a cinq mille habitants. Elle est
encaissée dans le fond d'une vallée, dominée de
toutes parts par des petites montagnes verdoyantes
et cultivées jusqu'à leur sommet.

Mme de Sévigné parle de cette petite cité,
qu'elle nomme un chaudron de confitures. De
fait, son principal commerce consiste en fruits
confits, elle en envoie beaucoup à l'étranger; il
s'en consomme énormément sur place. Le fruit
confit est le dessert obligatoire et journalier de
tous les ménages, et pourtant malgré ces douceurs,
les habitants sont aigres... Tant ils se détestent
entre eux qu'on se croirait en Corse, lorsqu'on est
pour quelques jours dans cette ville, qui cependant, rendons-lui cette justice, est la patrie d'un
de nos plus spirituels sénateurs, Elzéar Pin, et d'un
tout aussi spirituel député, Saint-Martin. Mais à
côté de ces deux hommes d'esprit, et peut-être de
deux ou trois autres encore, il n'y a à Apt qu'un
sous-préfet, qui généralement y meurt d'ennui,
quelques magistrats, des dévotes à la langue vi-
périne, et des petits bourgeois, très occupés à se
haïr mutuellement sous prétexte qu'ils sont d'opinions différentes.

Les bourgeois, c'est-à-dire le petit rentier, l'épi-
cier ou le bonnetier vivant des quelques mille
francs de rentes amassées dans le commerce, sont,
pour la France, ce qu'est le verbe neutre dans la
grammaire.

Ce bourgeois-là ne progresse pas, il n'est ni penseur, ni artiste, ni libéral; son égoïsme est féroce, il mange, boit, digère ; il ne dépense quelque énergie que pour empêcher le progrès, le beau et le bien. Il vient du peuple, il sent la populace à plein nez et, fils dénaturé, il hait et méprise le peuple. Dans le Midi, volontiers il se fait légitimiste, histoire de se frotter à la noblesse pour voir si elle déteindra un peu sur lui. Il est vulgaire dans ses goûts de jouisseur matérialiste. Presque toujours il est doublé d'un Tartufe.

L'ouvrier crée, travaille, il est bon, charitable, il a l'enthousiasme du beau, il voit grand, un cœur viril bat dans sa poitrine et, même dans ses erreurs sanglantes, il a quelque chose de grandiose. Le bourgeois est petit, il voit tout par le côté mesquin.

Industriels, fabricants, ouvriers, artistes, savants, écrivains sont des broyeurs d'idées, des enfanteurs de grandes choses; avec nos braves soldats, ces hommes-là sont la force et la gloire de la patrie. Les autres empêchent le bien et sont impuissants à empêcher le mal.

C'est à dix kilomètres de cette petite ville d'Apt, audit château de Saint-Julin, que j'ai passé mes douze premières années. Mon père, partisan de la vie au grand air pour les enfants et d'un exercice journalier me laissait courir en liberté. J'étais un vrai diable, grimpant sur les arbres à faire damner les écureuils, piochant, bêchant, arrosant; je caracolais sur un joli petit poney qui, aussi fou que moi, allait à travers vignes et prairies.

Dès l'âge de sept ans, on me donna une bonne et excellente vieille dame comme institutrice, elle

se nommait Mme Gauchier, elle venait de terminer
l'éducation de Mlle Génie Randon, nièce du maré-
chal Randon. Je vois toujours l'ahurissement de
cette bonne dame. Elle était arrivée le soir, elle
m'avait vue au dîner, calme, raisonnable et habillée
assez gentiment; le lendemain elle se lève, descend, et demande où est son élève.

J'avais déjà pioché une plate-bande, arrosé une
centaine de rosiers, j'étais crottée, mouillée à faire
peur, et pour me sécher j'étais grimpée sur la
plus haute branche d'un noyer, et j'étais fort occupée à graver des portraits sur les feuilles à
l'aide de découpures en papier et d'une brosse.
Mme Gauchier, se met à m'appeler : Mademoiselle!
mademoiselle! où êtes-vous donc?

— Par ici, madame.

Elle vient à la voix, regarde de droite et de
gauche. — Veuillez lever la tête, je suis sur la plus
haute branche, occupée à faire des portraits.

Elle m'aperçoit, pousse un cri, puis reste para-
lysée de surprise et d'épouvante et la bouche
béante. Enfin elle voit venir mon père, elle court
à lui, elle balbutie : « Là-haut, voyez votre fille...
une échelle... vite, vite!

— Une échelle! pourquoi faire? lui dit mon père
avec calme. Elle est montée sans échelle; elle des-
cendra de même.

En effet, lestement je quittai mon noyer et je
vins la saluer.

— Comment, monsieur, vous lui permettez de
monter sur les arbres?

— Certes oui, c'est une excellente gymnastique.

— Et vous supportez qu'elle soit ainsi décoiffée.
déchirée?

— Je permets qu'elle se déchire, mais je désire qu'on lui change de robe pour le déjeuner et le diner.

Mme Gauchier poussa un gros soupir et s'écria :

— Mais ce n'est pas une petite fille que vous me confiez, c'est un démon!

— Un vrai diable, répondit mon père, et de plus je souhaite qu'elle reste diablotin le plus long-temps possible.

Jusqu'à l'âge de douze ans, j'ai passé mon temps à surveiller si mes oiseaux étaient bien soignés, si la fille de basse-cour tenait tout en ordre, j'allais à la cuisine voir comment la cuisinière s'y prenait pour faire les rôtis, les sauces et les conserves. Parfois mon père me disait : « Voyons, Pompon (mon petit nom d'amitié), si tu serais capable de nous faire à déjeuner... » Et j'allais confectionner deux ou trois plats. La femme de chambre devait m'apprendre à repasser et à tuyauter, et souvent j'allais aux écuries voir soigner les chevaux. J'étais une petite femme de ménage accomplie dès l'âge de huit ans, et quelle bonne jardinière! je taillais rosiers et arbustes, je semais, je mettais même du fumier à mes plantes préférées. Et les bons bour-geois qui venaient en visite de lever les bras et les yeux au ciel, et de s'écrier: « Pauvre enfant, comme on l'élève! N'est-ce pas une honte, ses pa-rents ont des domestiques et ils la font travailler comme une paysanne! »

Lorsque je retourne dans ce pays, des vieilles femmes à mine refrognée me disent en pinçant les lèvres : « Oh! je vous ai connue tout enfant... Et dire que je vous ai vue traîner même une brouette de fumier, quelle horreur! »

Et je m'empresse de leur répondre: « Si vous
venez à Maisons-Lafitte, vous me verrez encore
piochant, béchant mon jardin. Lorsque ma provi-
sion de fumier est épuisée et qu'une de mes plantes
souffre, je vais dans les avenues avec un petit panier et une pelle, et je ramasse ce que les chevaux
ont rejeté. »

Il faut voir leur air scandalisé, et les entendre
dire : C'était fatal, avec une éducation pareille,
vous ne pouviez être qu'une originale! et votre
père a été bien coupable de vous avoir élevée aussi
mal!

Mais il est une excentricité que mon père m'a
fait commettre, qui a autrement encore scandalisé
les Vauclusiens. Lorsqu'ils m'en parlent, ils me
disent : « Quelle abomination! quelle horreur!
vous en souvenez-vous! Je vous ai vue, de mes yeux
vue! »

Et comme je ne rougis pas, ces braves gens rou-
gissent pour moi.

Voici la cause de ce gros scandale :

Mon pauvre père avait perdu successive-
ment, quelques années avant ma naissance ,
deux fils qu'il adorait, il avait eu un immense
désespoir. Il avait conservé des costumes de
fantaisie de mes frères, il y avait des costumes
russes, des costumes polonais et des costumes
hongrois. Quelquefois, il me faisait mettre un
de ces costumes et il m'emmenait avec lui
chasser dans les montagnes. Dès sept ans, avec
mon mignon petit fusil je faisais une guerre
acharnée aux oiseaux et aux lapins, j'étais un
excellent chasseur. J'aimais beaucoup le costume
masculin, qui me permettait de passer à travers

les broussailles sans me déchirer, et de monter à califourchon et sans selle sur mon petit cheval.

Où est le scandale, me direz-vous?

Où! mais dans ce fait d'une petite fille portant un costume qui n'est pas celui de son sexe.

Ce qui, aux yeux de certains provinciaux, constitue plus qu'une inconvenance, un péché mortel.

Vivrais-je cent ans, que toujours je me souviendrai de la scène suivante :

Une parente tenant à la magistrature arrive un jour à Saint-Julien, elle descend grave et revêche de sa voiture; elle entre au salon d'un pas tragique, et la conversation suivante s'engage entre elle et mon père :

— Mon cousin, c'est un scandale épouvantable, on ne parle que de cela dans tout le département.

— Et *cela* qu'est-ce, je vous prie, adorable cousine?

— *Cela*, c'est le scandale que vous causez.

— Ah! c'est moi qui cause ce scandale! Et en quoi faisant, je vous prie?

— Vous me le demandez?

— En vérité, pour le savoir je n'ai d'autre moyen.

— Nierez-vous avoir, l'autre jour, habillé Olympe en petit garçon? On vous a rencontré dans la montagne et la malheureuse portait un fusil.

Elle était superbe d'indignation.

Mon père partit d'un formidable éclat de rire... Eh quoi! c'est le charmant petit costume russe de Pompon qui cause tout ce scandale, de compte à demi avec un fusil qui est un vrai bijou?

Se tournant vers moi, il me dit : Va mettre ton costume, ta cousine verra comme il est ravissant et apporte ton fusil.

J'allais sortir pour obéir à mon père. Mais cette prude de province, me prenant par le bras, me dit d'un air solennel : Garde-toi, malheureuse enfant, de remettre ce costume !

— Pourquoi donc, fis-je étonnée.

— Pourquoi ? tu le demandes ! Ne sais-tu pas que c'est un péché mortel de porter un costume qui n'est pas celui de son sexe.

Mon père riait de plus belle.

— Oui, oui, c'est un péché mortel, et puisque ce mécréant (elle me désignait mon père) ne te l'apprend pas, moi je fais mon devoir, je t'avertis.

Etes-vous folle ? dit mon père. Sachez, chère cousine, que le peuple américain est fort dévot, et que pourtant les jeunes misses portent souvent en voyage un costume masculin.

— Ah ! voilà le fin mot... l'Amérique ! C'est là, mon cousin, où vous êtes allé prendre ces idées fatales. Ce n'est pas impunément que l'on court le monde ! Et vous voulez élever cette enfant à l'américaine ! bon Jésus, il ne manque plus que cela ! Mais ne comprenez-vous pas que ce sera la perdition de son âme et une honte pour la famille !

Cette chère cousine ! quel succès fou elle aurait obtenu au Palais-Royal !

Mon père avait vu mourir son frère unique d'une méningite, venue par trop d'application à l'étude ; il n'avait qu'une peur, nous voir fatiguer le cerveau. Ma sœur n'a été mise au couvent qu'à l'âge de neuf ans, et elle ne savait pas lire, ce qui

ne l'a pas empêchée de faire de bonnes études et
de les avoir terminées à dix-sept ans.

Moi, sa cadette de quelques années, je restais
auprès de mes parents ; mon institutrice avait ordre
de m'apprendre à coudre, à broder, de me laisser
jardiner, aller à la cuisine voir comment on faisait
un bon dîner, mais de ne pas m'apprendre seulement le b-a — ba.

Mon père était abonné à une douzaine de journaux : cinq étaient pour moi, c'étaient le *Magasin
pittoresque*, le *Musée des familles*, le *Journal des
enfants*, le *Journal des demoiselles*, le *Tour du
monde*. Mme Gauchier me faisait la lecture de
ces journaux le soir. C'était pour moi une joie suprême, mais qui avait son revers : souvent cette
bonne dame fermait le journal, déclarant qu'elle
était fatiguée, et cela au moment le plus palpitant
d'intérêt. Je n'osais rien dire, mais j'allais me coucher en maudissant mon ignorance ; j'aurais tout
donné, même mon fusil, plus encore, mon petit
poney, pour savoir lire. Je priais, suppliais mon
père de me laisser apprendre ; il me répondait
invariablement : « Lorsque tu auras neuf ans ! »

Que de larmes j'ai versées de rage, en feuilletant
ces journaux qui, je le savais, contenaient de jolies
histoires que je ne pouvais lire !

En vain je demandais à mon institutrice de m'apprendre en cachette, elle refusait. Un jour, un
Polonais exilé de son pays voulut bien accepter
l'hospitalité que lui offrit mon père, il s'installa au
château. C'était le capitaine J... Comme je lui fis la
cour pour qu'il m'apprît à lire ! Il y consentit et,
nous cachant comme des coupables il me donna
les premiers éléments de la lecture. Mes progrès

furent merveilleux : en deux mois je sus lire. Alors
je résolus de faire un coup d'éclat. Un soir je prends
le grave *Journal des Débats.* « Veux-tu, dis-je à
mon père, me permettre de te lire ton journal? »

Il croit à une plaisanterie, suppose que je vais
faire ce que j'avais souvent fait, inventer une drô-
lerie... Mais à la dixième ligne du premier Paris
il comprend que je ne puis inventer, il se fâche, je
le prie de remarquer que je me porte fort bien, que
je n'ai pas la moindre méningite ; enfin il me voit
si heureuse, qu'il finit par ne plus gronder et prendre son parti du fait accompli.

Je crois ce système excellent, de laisser d'abord
développer le corps avant de fatiguer l'esprit, et de
laisser désirer l'instruction au lieu de l'imposer à
de pauvres petits êtres qui ne peuvent encore en
comprendre l'utilité. Grâce à mon père qui me
défendait tout travail intellectuel durant plus d'une
heure, l'étude m'a toujours semblé la chose la plus
désirable du monde et la plus agréable de toutes.
Pour moi, c'était le fruit sinon défendu, du moins
à peine toléré.

C'est pendant ces douze premières années de ma
vie que je suis devenue auteur, conférencière, et
que j'ai pris les goûts des voyages.

Mon père m'a inspiré ces instincts, il m'a même
habituée à m'occuper un brin de politique, et c'est
pourquoi j'ai bravé avec énergie et sans scrupules
le préjugé qui veut qu'une femme ne soit ni auteur
ni conférencière, qu'elle ne se lance pas dans
des voyages périlleux et que la politique soit lettre
morte pour elle.

Je me suis fait ce raisonnement-ci : Mon père était
intelligent, il avait de l'esprit et du bon sens il m'a

donné ces goûts, donc ils n'ont rien de coupable!
Entre l'opinion de quelques bourgeois et de quelques journalistes grincheux, je n'ai pas hésité à
préférer la sienne.

Auteur! voici comment je le suis devenue. Les
journaux que je recevais étaient bien écrits et très
intéressants ; je les lisais, relisais avec un plaisir
extrême. Souvent mon père me disait : « Voyons,
essaye de composer une petite histoire! » J'en
écrivais cinq ou six, je les lisais à mon père qui
parfois en trouvait une pas trop mauvaise, ce qui
m'encourageait à en inventer d'autres.

. Parfois, alors que mon père avait huit ou dix
amis à dîner, il me disait au dessert : « Allons,
Pompon, conte-nous une des histoires que tu as lues
dans tes journaux. » Je me levais et je faisais un
résumé humoristique d'une de ces histoires. On
riait, on disait : « Elle a la parole facile; quel
dommage qu'elle ne soit pas un petit garçon, elle
serait devenue un bon avocat.

Par ces petits discours, je me suis habituée à parler sans peur et sans émotion, ce qui m'a rendu
facile plus tard la carrière de conférencière.

Les veillées sont un des grands charmes de la
vie de château.

Privée, hélas! fort jeune de ma mère, ma sœur
étant en pension j'étais seule d'enfant. Le soir, mon
père, le capitaine J... et Mme Gauchier causaient de choses sérieuses, et moi je les écoutais
Ils parlaient de la révolution de 89, de la constitution américaine. Notre hôte polonais nous contait les atrocités commises par l'autocratie; il
disait, avec un vif sentiment d'admiration, la belle
et très héroïque conduite des femmes polonaises

conspirant avec leurs époux, se battant à côté d'eux, les suivant jusque dans l'enfer Sibérie.

On lisait les journaux politiques à haute voix. Mon père essayait de me faire comprendre les choses de la politique, il possédait la collection complète des caricatures faites sur Charles X et sur Louis-Philippe, et il m'expliquait le fait ou la pensée qui avait inspiré le crayon de l'artiste.

J'ai été amenée tout naturellement, à m'occuper des choses sérieuses et même politiques. Plus tard seulement j'ai connu, à mes dépens, ce préjugé tout français qui veut que la femme ne s'intéresse ni aux choses de sciences ni aux choses politiques. Alors j'ai scruté ma conscience et elle m'a répondu que la femme vivant aussi bien l'histoire politique que l'histoire anecdotique d'un pays, il était naturel qu'elle s'en préoccupât.

Entre l'opinion des hommes possédés par ce préjugé et celle de mon père, homme d'intelligence et de bon sens, pouvais-je hésiter, je vous le demande ? J'ai laissé dire, et j'ai continué comme j'avais commencé.

Il est du reste un fait bizarre, qui prouve peu en faveur de l'esprit de justice des hommes et moins encore en faveur de leur esprit chevaleresque, c'est celui-ci : en temps de guerre, de révolution et de troubles, l'homme, bien loin de renvoyer la femme à son pot-au-feu, la prend comme auxiliaire, il trouve tout naturel qu'elle s'expose aux dangers avec lui.

En 1789 et en 1793, républicains comme monarchistes trouvaient cela très méritant de sa part.

En Vendée, le prêtre a pris la femme pour alliée,

elle a lutté, conspiré avec lui, et les légitimistes trouvaient ces Vendéennes sublimes.

Les Irlandais poussent aujourd'hui leurs femmes dans les ligues agraires ; ils leur disent : «Vous faites partie de l'humanité vous devez combattre avec nous, pour nos droits. »

Les révolutionnaires russes jettent les femmes dans les noirs complots, et elles sont pendues ou envoyées aux mines.

Les légitimistes ont trouvé dignes d'éloges les femmes qui ont protesté contre les expulsions des jésuites ; ils trouvent naturel qu'elles se fassent les soutiens du trône et de l'autel.

Sous Napoléon III, la femme qui faisait de l'opposition était fort bien vue des républicains qui lui disaient bravo ! En voulez-vous une preuve ? Voici la lettre que Jules Favre m'écrivait à Lyon et qui a été insérée dans le *Progrès* de Lyon, le 4 décembre 1869 :

« Madame,

« J'apprends avec une vive joie les succès que vous obtenez dans ma ville natale, qui a toujours été sensible au double prestige de l'intelligence et de la beauté. Qui mieux que vous peut plaider la cause des femmes et surtout la gagner? En vous entendant on ne peut manquer d'être convaincu, et vous n'auriez pour adversaires que ceux qui se seraient à l'avance bouché les yeux et les oreilles. Je fais les vœux les plus sincères pour que la semence généreuse que vous répandez fructifie, et que le souvenir laissé par vous au milieu de mes compatriotes soit aussi durable que celui que je conserve de vos écrits et de vos entretiens.

» Agréez, madame, l'expression de ma respectueuse sympathie.

» Ce 2 décembre 1869.

» JULES FAVRE. »

Eh bien! les conférences que je faisais à Lyon touchaient à l'économie sociale et à la politique, mais j'émettais des idées républicaines et je disais des choses désagréables à l'empereur. Alors Jules Favre, et les autres, encore de ce monde, et au pouvoir, me disaient: « Continuez, vous faites bien. »

Aujourd'hui, si je me permettais de critiquer un acte de la République, je gage qu'ils me diraient: « La politique ne regarde pas les femmes! »

Les Irlandais, s'ils arrivent à gagner leur cause, diront la même chose aux ligueuses. Les révolutionnaires russes, s'ils triomphent, agiront de même. Si le roi revenait, les légitimistes feraient le même raisonnement à leurs femmes. Si bien que les hommes ne sont d'avis que les femmes ne doivent pas s'occuper de politique, que lorsque les marrons sont tirés du feu et qu'il s'agit de se les partager.

Avouez que cette manière de faire n'est ni très équitable ni parfaitement chevaleresque!

Instincts de conférencière, goûts littéraires, habitude de m'intéresser aux choses politiques, amour des grands voyages, tout cela m'a été inspiré par mon père; ce qui fait que je brave, la conscience fort calme, les préjugés et les critiques que l'on me fait parfois à cause de ces goûts.

*
* *

C'est mon père qui a mis fin brusquement aux exploits d'un cordonnier corse, qui avait trouvé plaisant et surtout lucratif de venir jouer en Provence le rôle de Louis Bonaparte, de celui qui a été Napoléon III.

Mon père m'a souvent conté l'histoire de cet aventurier, mais je ne sais plus si c'est en 1845 ou en 1847 que cet homme vint exploiter la crédulité des partisans de l'empereur; les amateurs de ces sortes de procès trouveront au greffe de la ville d'Apt la minute de celui-ci.

Un jour, mon père était à la fenêtre de son cabinet de travail situé au premier étage, il voit entrer dans le jardin le maire de Rustrel, escorté d'un singulier personnage portant paletot et chapeau gris, au petit caporal; cet homme se campe devant une statue en marbre noir représentant Napoléon Ier et dominant une chute d'eau, il ôte son chapeau d'un geste dramatique et s'écrie : Mon grand oncle, je te salue!

Le maire lui parle tout bas, puis il le laisse et entre au château. Mon père donne l'ordre d'introduire dans son cabinet le fonctionnaire municipal. Il entre, l'air important et mystérieux, il attend pour parler que le domestique ait bien refermé la porte.

— Sommes-nous seuls? fait-il en jetant un regard circulaire dans le cabinet.

—Tout à fait seuls, et chez moi les murs n'ont pas d'oreilles, lui répond mon père, qui lui demande ensuite quel est ce fou qui salue Napoléon comme son oncle?

Le maire de Rustrel se redressa, et parlant len-
tement, en scandant ses mots : — C'est le prince
Louis-Napoléon Bonaparte, le futur empereur des
Français !

— Quelle folie me dites-vous là ? Le prince est en
Angleterre.

— Il revient en France incognito, il a passé la nuit
chez moi. Oui, monsieur, tel que vous me voyez, j'ai
eu l'honneur de loger notre empereur ! car il va
l'être ! Il a même daigné exiger que je mange à sa
table, je vais conserver comme des reliques le lit
où il a *daigné* dormir, le verre où il a *daigné* boire.
Ah ! monsieur, regardez-moi, et dites-vous que vous
voyez un homme heureux !

— Mais qu'est-ce qui peut bien vous faire supposer
que cet homme est le prince Louis Bonaparte ?

— Il a *daigné* me confier ce secret d'Etat, et du
reste il n'y a qu'à le voir pour deviner qu'il est prince.
L'armée est pour lui, il voyage pour connaître ses
dévoués partisans et pour découvrir les hommes
capables à qui il confiera les hautes fonctions... Je
serai préfet..., et il vient vous offrir une ambassade.

— Mais quelle fable me contez-vous là, monsieur
le maire ?

— C'est un secret d'Etat que je vous confie.
Tenez, lisez ce papier et soyez assuré qu'il vous
signera de sa main un bon d'ambassade.

Il sortit de sa poche un billet qu'il donna à lire
à mon père et qui contenait les mots suivants,
ainsi que huit fautes d'orthographe :

« Bon pour une préfecture à son choix donnée
à mon loyal sujet, le maire de Rustrel. Louis-Napoléon Bonaparte, neveu du grand Napoléon. »

— Votre billet est aussi bon que celui que possédait La Châtre ; mais dites-moi, combien vous a-t-il coûté ? Ce monsieur-là ne doit pas donner gratis de si magnifiques autographes, lui dit mon père en riant.

— Rien, absolument rien, seulement vous comprendrez facilement que le prince a besoin d'argent pour préparer son coup de main ; je lui ai confié trois mille francs, le maire de Gignac lui en a donné autant, et il a reçu un bon de recette particulière ; quelques-uns de mes notables que je lui ai présentés hier lui ont offert leurs petites économies, ils ont reçu en retour des bons les autorisant à faire des coupes de bois dans la montagne. En vrai prince qu'il est, il paie royalement ; si vous mettez à sa disposition une vingtaine de mille francs, vous aurez une ambassade à votre choix. Il vient loger chez vous quelques jours, d'ici il rayonnera à Saint-Saturnin, au Villars et à Saint-Cristol.

— Mais comment donc, je vais m'empresser de lui prêter l'appui de mon nom et de mon honorabilité pour opérer sur les villages voisins! Comptez-y, ma parole vaudra le billet de Ninon, et il peut compter aussi de la même façon sur les vingt mille francs. Revenez demain avec lui et croyez qu'il aura la réception qu'il mérite.

Le maire de Rustrel ne connaissait pas même de nom la belle Ninon ; il fut persuadé que mon père remettait au lendemain l'honneur de recevoir le futur empereur, afin de se donner le temps d'aller chercher chez son notaire les vingt mille francs et de faire dresser un trône dans la salle à manger.

Le lendemain, il revint avec ledit personnage;

mon père avait fait venir deux gendarmes d'Apt
qui lui mirent les menottes et le conduisirent dans
la prison de cette ville.

Le maire de Rustrel était d'une fureur rouge
contre mon père, qu'il accusait d'avoir commis un
crime de haute trahison.

Traduit comme escroc devant le tribunal d'Apt,
cet homme avoua être Corse et cordonnier ; il avait
voulu exploiter sa ressemblance avec le prince
Louis Bonaparte. Ses victimes étaient confuses ; le
maire de Rustrel s'écria avec un désespoir comique : « Et moi qui lui ai baisé la main ! »

Il fut condamné à je ne sais plus combien de
mois de prison.

Cet artiste en souliers, cet amateur d'aventures,
devait en effet ressembler beaucoup à celui qui a
été Napoléon III, car la première fois que mon
père vit l'empereur, il ne put s'empêcher de dire :
« Mais c'est encore mon fameux cordonnier ! »

La nature, en bonne démocrate, s'amuse à donner parfois à des cordonniers des figures de prince
et à des princes des figures de cordonnier.

Parlons un peu de sainte Rosette Tamisier et du
miracle de Saint-Saturnin-les-Apt.

Le village de Saint-Saturnin est un des plus
pittoresques que j'aie vus : il est perché sur une
montagne et dominé par un roc énorme qui forme
plate-forme et qui contient un petit lac d'une eau
toujours glaciale. Les maisons du village ont toutes
des jardins qui descendent en espalier vers la
plaine.

On arrive à ce village par une route communale
qui monte à pic.

Il est habité par quelques familles de petite no-

blesse et de bonne bourgeoisie, et par des paysans
et des ouvriers. Buckle, le philosophe anglais, a
fait remarquer avec raison que les aspects de la
nature ont une réelle influence sur le caractère de
l'homme. Les habitants de Saint-Saturnin, jouis-
sant d'un point de vue gai et splendide, sont bons,
spirituels et d'humeur joyeuse.

L'air étant sain sur ces hauteurs, ils sont tous
robustes et ils atteignent à un âge avancé; les
centenaires n'y sont pas rares.

Le prêtre joue un grand rôle dans le village.

Saint-Saturnin a possédé pendant cinquante ans
un curé qui était bien le plus brave homme du
monde. Il aurait converti le diable lui-même, si
messire Lucifer fût venu passer quelques mois dans
ce village.

Alors que beaucoup de prêtres semblent se faire
un jeu malin de rendre la religion absurde et peu
sympathique, le curé Grand la rendait intelligente
et tolérante; aussi tous ses paroissiens allaient-ils
à la messe comme un seul homme.

Il était un brin voltairien; lorsqu'on plaisantait
devant lui certains dogmes, il disait en riant :
« Ceux-là ne viennent pas de Jésus, ils ont été
inventés par des ânes qui se sont figuré qu'en se
mettant une soutane ils auraient de l'esprit, mais
qui, malgré la soutane, n'ont fait que des âneries,
ce qui prouve que l'habit ne fait pas le prêtre.

Je lui ai entendu faire deux sermons typiques...
Un jour, il monte en chaire, et, désignant une
femme de la main, il dit : « Eh! là-bas, Mignon,
je viens de passer devant ta maison, tes enfants
sont seuls, ils pleurent, ils peuvent se faire du mal;
si tu te figures être agréable à Dieu en laissant tes

enfants pour venir marmotter ici tes *Ave Maria*, tu
te trompes. Dépêche-toi d'aller soigner ta mar-
maille; tant que tes enfants seront aussi jeunes, je
te dispense de la messe. »

Ensuite, se tournant vers une autre femme : « Et
toi, la Louison, que fais-tu là? Ton mari arrive de
son champ, où il a travaillé dur pour rentrer ses
foins; la soupe n'est pas faite, il n'est pas content
et il a raison, on ne vient à la messe que lorsqu'on
ne laisse rien de grave en souffrance; on peut
prier chez soi aussi bien qu'à l'église... Va vite
faire la soupe à ton homme. »

Une autre fois, sachant qu'une jeune fille avait
été séduite par un ouvrier marbrier, qu'un enfant
allait naître de sa faute et que le séducteur refusait
de l'épouser, sachant aussi que les filles et les
femmes du village montraient cette malheureuse
au doigt, ne lui parlaient plus, l'évitaient comme
si elle avait eu la peste, ce bon curé monte en
chaire, prend la légende de la femme adultère pour
texte de son sermon, puis, tout à coup, il dit :
« Mes chers frères, mes chères sœurs, Julie Grandchamps a commis une faute. Sans vouloir l'excuser, je vous dirai pourtant que Chichois est plus
coupable qu'elle; lui est un homme, il savait ce
qu'il faisait, tandis que cette jeunesse n'avait pas
d'expérience. J'ai appris que quelques mauvaises
femmes, et croyez que celles qui ont beaucoup
péché sont seules mauvaises, j'ai appris que ces
femmes-là méprisent Julie, affectent de ne plus lui
parler, tandis que les filles et les femmes vraiment
vertueuses et honnêtes, loin de lui jeter la pierre,
essaient de la consoler dans son malheur par de
bonnes paroles, et celles-là font une œuvre méri-

toire aux yeux de notre Sauveur, qui, comme je viens de vous le dire, a voulu qu'on pardonnât à la femme adultère. Mais les femmes mauvaises n'auront pas longtemps à donner carrière à leur méchanceté, car Chichois est un honnête homme, incapable d'une mauvaise action ; il ne pense nullement à renier son enfant, et je sais qu'aujourd'hui même il doit venir me demander de tout préparer pour son mariage.

» Donc, bientôt, tout sera réparé, et les méchantes femmes seront confondues. »

Chichois et Julie Grandchamps assistaient à la messe. A la sortie, aucune femme ne voulut être rangée dans la catégorie *des mauvaises parce qu'elles ont beaucoup péché...*, toutes entourèrent la fille séduite, lui serrèrent la main et lui parlèrent affectueusement. Chichois pensa qu'il serait mal à lui de faire mentir le curé. Prenant Julie par la main, il lui dit : « Viens, allons arranger notre mariage chez M. le curé. »

Grâce à lui, il y eut une mère de famille de plus et un enfant naturel de moins. Et tous les vieux du pays de dire : « Faut avouer que notre curé est un bien brave homme! »

Oui, il était un brave et digne homme, et pendant cinquante ans qu'il est resté curé de ce village, jamais il n'a fait le moindre scandale, jamais rien n'a pu faire supposer qu'il eût oublié son serment de célibat.

Il venait souvent nous voir ; il aimait beaucoup mon père, qui avait une grande estime et une vive sympathie pour lui. Toujours gai, excellent convive à table, buvant sec, causant avec verve et détestant les dévotes plus que tout au monde, bien souvent je lui ai entendu dire : « J'aime cent fois mieux un athée qu'un dévot; du premier j'ai l'espoir de faire un chrétien, et le dévot, quoi que je fasse, ne sera jamais qu'une vipère. »

Ce bon curé avait un gros chagrin, un seul : son église était affreuse et elle menaçait ruine. Quelle honte, disait-il souvent, que le bon Dieu soit plus mal logé que la généralité de mes paroissiens!

Il avait pour vicaire un de ces jeunes prêtres qui croiraient offenser Dieu s'ils souriaient, et commettre un péché mortel en faisant la plus innocente des plaisanteries.

Ce vicaire avait pour pénitente Rosette Tamisier, une dévote.

Il y a deux espèces de dévotes en Provence: les unes ont la peau jaune, l'air revêche et sont d'une maigreur de squelette. Les autres, bien en chair, ont la peau douce et rosée ; leur regard, d'une suavité béate, ne quitte la pointe de leurs souliers que pour se lever vers le ciel.

C'est à cette dernière catégorie qu'appartenait Rosette Tamisier. Elle portait toujours le costume spécial aux dévotes provençales: robe de laine noire, tablier de soie noire, un fichu en mousseline blanche, plissé artistement entourait son cou blanc, et sur ce fichu un second en laine noire descendant un peu plus bas et allant se nouer derrière le dos; une coiffe en mousseline blanche, avec des gros canons formant comme une auréole immaculée autour du visage constituait sa coiffure. Rosette se montrait fervente à la prière, et elle faisait de nombreuses visites à son directeur spirituel, monsieur le vicaire. Un jour, cette grassouillette dévote

sort de l'église, où elle avait passé une heure
toute seule, sa figure était illuminée. Dieu venait
de lui apparaître, disait-elle, et il lui avait annoncé
qu'un miracle aurait lieu, que les plaies du Christ
peint sur le tableau placé derrière le maître-autel
saigneraient, et que les fidèles pourraient recueillir
le vrai sang de leur Dieu. Ce miracle, lui avait
dit le Tout-Puissant, avait pour but de confondre
les infidèles et d'attirer la bénédiction du ciel sur
Saint-Saturnin.

On peut se figurer si l'émotion fut grande. Un
miracle est une chose rare et bien faite pour
affoler des villageois. Le curé se dit qu'après tout,
Dieu qui avait fait tant de choses pouvait bien
faire un miracle, et se frottant les mains il pensa
que l'argent allait affluer et qu'il pourrait enfin
faire bâtir une superbe église.

Il fit sonner les cloches, se rendit à l'église où le
vicaire était déjà ; bientôt, hommes, femmes, enfants, vieillards, et les gendarmes s'entassèrent dans
cette église, on ferma les portes ; la sainte, déjà on
lui donnait ce nom, dit qu'il fallait allumer tous
les cierges du maître-autel, qui en effet fut éclairé
a giorno, si bien qu'il y eut bientôt une atmosphère
de cinquante degrés de chaleur dans la maison de
Dieu.

On entonna le *Veni, Creator!*

Enfin, le moment suprême arrive ! Le brigadier
de gendarmerie veut être le premier à voir le
miracle... Tenant un énorme cierge à la main, il se
place à côté du curé qui s'approche du tableau,
avec un mouchoir blanc, il essuie les pieds du
Christ... le mouchoir se teint d'un sang vermeil !
Le gendarme se jette à genoux en criant : « Ce jour-

ci est le plus beau jour de ma vie ! » Le vicaire et le curé chantent le *Te Deum*, la foule trépigne, hurle, prie, pleure, c'est un affolement général.

En quelques heures, cette nouvelle merveilleuse se répand dans tout le département : Saint-Saturnin possède un tableau miraculeux !

En l'espace de quelques jours, elle fait le tour des départements environnants. La foule accourt en procession, les prêtres ont l'air aussi fiers que s'ils étaient des petits dieux, les dévotes sont transfigurées, toutes espèrent qu'elles aussi auront des apparitions.

Le miracle se renouvelle plusieurs fois ; la foule est telle dans ce village, que le seul hôtelier, *beau-frère de Rosette Tamisier*, gagne un argent fou. Les poulets se vendent deux francs et les œufs deux sous pièce, prix inconnus jusque-là. On parle de bâtir des hôtels, une maison de mille francs trouve acquéreur à dix mille. Ce sang de l'homme-Dieu est un Pactole pour Saint-Saturnin.

Les autorités d'Apt, sous-préfet (il se nommait Grave) et juge en tête, viennent constater et verbaliser sur le miracle.

Le juge s'appelait M. de Ferry de Chennery et c'était un gros dévot ; tout comme le brigadier il se place à côté du curé, au moment suprême, et il tend un beau mouchoir en fine toile... Le curé le passe sur la couronne d'épines du Seigneur, et la toile reçoit des empreintes sanglantes... M. Ferry de Chennery veut porter à Apt cette relique et il fend la foule en criant : « Place au sang de Dieu ! » M. Grave crie aussi au miracle, et toutes ces autorités vont affirmer à Apt la réalité du miracle.

Quel remue-ménage dans ce coin de la Provence !

Le travail était suspendu ; ouvriers, bourgeois, paysans accouraient à Saint-Saturnin.

Pourtant, un habitant de ce village, François Bontemps, un homme instruit et quelque peu voltairien, insinua qu'il était singulier que le miracle n'eût lieu qu'après que Rosette avait passé une heure, seule, enfermée dans l'église. On faillit le lapider, puis pour le convaincre on demanda à la sainte de permettre qu'une ou plusieurs personnes restassent avec elle dans l'église pendant sa prière préparatoire. Elle répondit que Dieu pour converser avec elle exigeait qu'elle fût seule.

Ceci fit naître quelques doutes chez les personnes de bon sens.

Un jour, deux dames d'Apt de famille de magistrats vinrent à Saint-Saturnin pour voir le miracle et pour couper un morceau de la robe de la sainte, qui logeait chez son beau-frère, ce qui donnait un attrait de plus à l'hôtel. A peine installées dans leur chambre elles demandent à la servante si l'on peut voir la sainte. Cette fille leur répond qu'on ne saurait la déranger, car elle est en prière dans sa chambre et qu'elle cause sans doute avec les anges. Elle leur désigne une porte au bout d'un couloir comme étant celle de la chambre de la sainte.

La servante partie, ces dames, curieuses comme défunte notre mère Ève, s'en vont vers ladite porte, étouffant le bruit de leurs pas, retenant leur respiration.

Elles espèrent entendre la voix harmonieuse des anges, mais c'est une rude voix d'homme qui frappe leurs oreilles, et cette voix parle patois.

Elles se regardent toutes surprises, des anges

patoisant cela leur semble une chose bizarre... elles
écoutent, la voix dit (je traduis en français) :

« La maison est remplie de gens cossus qui font
des dépenses, tu vas me faire le plaisir de leur
laisser croire jusqu'à la nuit que le miracle aura
lieu... et tu ne leur diras que Dieu n'est pas décidé
que lorsqu'il sera trop tard pour qu'ils partent...
ils dîneront, je leur ferai des lits dans le grenier à
foin, ce sera au moins cinq cents francs de gain. »

La Sainte. — C'est une idée, d'autant que ça
m'embête de faire le miracle tous les jours.

Lui. — Mais il y a des dames qui demandent à
te voir, il faut te montrer.

La Sainte. — Je me montrerai ce soir à ces
idiotes, mais à présent qu'elles me f... la paix !

Ces dames, fixées sur la sainteté de Rosette
Tamisier et sur la réalité du miracle, remontèrent
en voiture et retournèrent à Apt, où elles contèrent
ce qu'elles avaient entendu. On surveilla, caché
dans l'église, et bientôt on obtint la conviction que
ce miracle était une ressouvenance de celui de
saint Janvier : un sang figé que la chaleur rend
liquide.

L'affaire s'est déroulée devant le tribunal de
police correctionnelle d'Apt.

Saint-Saturnin n'a pas eu son tableau miraculeux ; il est resté petit village, au lieu de devenir
une riche petite cité tout comme Lourdes.

Je suppose bien que cette dévote n'avait pas
trouvé toute seule la manière d'opérer ; mais n'ou-
blions pas qu'elle était une des pénitentes du
vicaire, qui, sans doute, a été son complice. Je
suis moralement sûre que le curé Grand n'a pris
aucune part à cette mystification. A force de sou-

haiter d'offrir une belle église au bon Dieu, il en
sera arrivé à supposer que Dieu faisait un miracle
pour lui en donner le moyen, et il a dû être mystifié, aussi bien que le brigadier de gendarmerie
et que le juge Ferry de Chennery.

Dans ces affaires de miracles, le clergé, parfois,
n'est pas le plus coupable, il y a un mystificateur.
Viennent les premières dupes qui ne veulent pas
avouer avoir été trompées et qui affirment énergiquement, et, renchérissant sur eux, l'âpreté au gain
de tous les épiciers désirant escompter argent
comptant le chimérique miracle. Les désœuvrés
de la localité se persuadent que c'est arrivé, les
pèlerins venant rompre un peu la monotonie de
leur vie journalière, le miracle leur est nécessaire
et ils l'affirment. C'est Dieu qui est le plus lésé dans
ces sottes histoires, car on lui fait jouer un rôle
petit et parfois ridicule.

Quelle prétention colossale de croire que pour
nous, misérables humains, le Créateur de l'univers
va fabriquer ces apparitions et faire saigner du
vrai sang de Jésus les plaies peintes sur une toile!

Lorsque Dieu voudra faire un miracle il le fera
immense, éclatant, prodigieux.

CHAPITRE II

CONCLUSIONS D'UN MARIAGE

A douze ans j'ai dû quitter ce coin charmant du
département de Vaucluse, pour aller faire ma pre-

mière communion dans un couvent; j'ai passé
près de trois ans dans cet asile de paix.

Si vous alliez supposer qu'en petit diable que
j'étais, j'ai donné un mal d'enfer aux religieuses
pour me discipliner un brin, vous vous tromperiez
du tout au tout : dès la première année j'ai obtenu
le prix de sagesse, et j'ai porté en sautoir le grand
cordon bleu.

Si vous pensiez encore que le couvent me faisait
l'effet d'une prison, je vous dirais que c'est exact,
mais que mon caractère est ainsi fait, que je m'ha-
bitue très vite à tout, et me trouve bien partout où
le hasard me jette. Du reste j'adorais ces bonnes
sœurs qui me gâtaient à souhait, et dès le com-
mencement de ma troisième année de couvent,
elles n'eurent aucune peine à me persuader que je
ne devais plus les quitter et prendre le voile. Je
trouvai l'idée charmante, je leur laissai couper
mes cheveux, j'essayai le costume des novices,
et je me mis à suivre les offices des religieuses.
Cela ne dura que quinze jours. Mon père arriva, il
était d'une colère rouge, il me fit appeler au par-
loir, me prit par le bras, me fit monter dans une
voiture sans même me permettre d'aller embrasser
mes chères amies les religieuses. Oh! comme j'étais
désespérée !

Il me défendit de leur écrire, confisqua les
lettres qu'elles m'écrivirent, et voilà comment il se
fait que je n'ai pas été nonne !

Dans cette sorte de tombeau appelé couvent, la
mort de l'intelligence aurait précédé celle du corps;
c'était le calme, la paix sépulcrale, et cette paix a
une sorte de charme.

La volonté de mon père m'a lancée dans le

monde, j'y ai trouvé la lutte âpre, ardente, mais j'ai vécu car j'ai beaucoup souffert. Se sentir vivre est, après tout, une sorte de bonheur. Et la souffrance doit être utile à l'homme, elle doit avoir la mission de détacher l'esprit des choses de la matière et de lui montrer son avenir en le forçant de lever les yeux vers la région des étoiles.

Dans les mœurs de cette Amérique qu'il aimait tant, mon père ne critiquait qu'une chose: la liberté laissée aux jeunes filles de choisir leur époux.

Il m'a mariée suivant le système français et à un âge où j'ignorais tout de la vie, et où j'étais trop enfant pour comprendre que le *oui* que j'allais dire devant monsieur le maire et monsieur le curé me lierait pour la vie et ferait mon bonheur ou mon malheur.

Comme tout est folie et sottise dans notre beau pays de France ! Les parents savent, eux, la gravité du mariage et... ils présentent un monsieur à leur fille, et lui disent: Il nous conviendrait pour gendre; s'il ne te déplaît pas, épouse-le, tu nous feras plaisir.

Une fille bien élevée se dit qu'elle doit faire plaisir à ses parents — et en trois semaines le mariage est bâclé, les parents se frottent les mains sans remords !

Mon mari, M. Alexis Audouard, était mon cousin germain du côté de ma mère, mais nous avions vécu éloignés, nous ne nous sommes connus que trois semaines avant de nous unir pour l'éternité terrestre.

Peu de temps après notre mariage, il a acheté

3.

l'étude de notaire de la ville de Marseille et j'ai passé près de cinq ans dans ma ville natale.

J'ai demandé une séparation corps et biens au tribunal de Marseille, le procès a été plaidé publiquement, les minutes en sont déposées au greffe du tribunal de cette ville. J'ai obtenu cette séparation et la garde de mes deux fils, quoique je fusse fort jeune.

Je ne dirai rien de plus, ces tristes affaires personnelles ne seraient d'aucun intérêt pour le public. Mais on m'a vue seule dans le monde à l'âge où beaucoup de femmes sont encore filles et sous l'aile protectrice de leurs parents. Je devais à mon honneur d'établir la vérité et de prouver que je n'avais rien fait pour être ce qu'on nomme une femme *déclassée*, nom qu'une société, aussi cruelle que stupide, donne aux femmes qui ont eu le malheur de tomber sur un mari qui trouve amusant, malgré les liens du mariage, malgré les enfants nés de ce mariage, de mener à grandes guides la vie de garçon, et à qui le métier de Don Juan plaît infiniment plus que les devoirs de père et d'époux.

Cet homme reste pour le monde un charmant viveur et un bon garçon, et sa pauvre victime de femme qui n'en peut mais, devient une déclassée !

C'est logique pour les personnes qui croient à la tache originelle; car c'est aussi injuste que cette croyance qu'il est naturel, Eve ayant péché, que nous n'allions pas au ciel, si nos parents ne nous font pas baptiser. Le Français a mille et une qualités, mais la logique lui fait absolument défaut.

Ces sénateurs momies se demandent s'il est sage à eux de voter le divorce ! Ils trouvent moral

et juste un jugement de séparation qui, comme le
mien par exemple, se termine pas ces conclusions:

« Faisons défense et prohibition au mari de
hanter, rechercher et fréquenter sa femme sous
quel prétexte que ce soit, et ordonnons à la police
de prêter main forte à cette dernière en cas de
besoin. »

Ces sénateurs, adorateurs d'une sottise acceptée
par l'usage, trouvent moral de séparer ainsi une
femme de vingt ans, un homme de vingt-neuf, et
de ne pas permettre que la femme trouve un protecteur dans un second mariage, et que le mari
puisse épouser sa maîtresse, afin de ne pas mettre
au monde des enfants adultérins. Cette morale à
rebours est fort singulière, avouez-le, mais cela
est.

En France, au plus un préjugé est bête, inique,
immoral, au plus il est profondément enraciné
dans l'esprit de ceux qui voient un crime dans tout
changement heureux, dans toute amélioration, et
qui se cramponnent aux hardes du passé comme
l'huître se cramponne au rocher. Ces coquillages
humains ont l'horreur du changement. Rester ce
qu'on est leur semble le comble de la sagesse. Avec
cette sagesse-là nous porterions encore le costume
d'Ève, et nous aurions pour lit la terre, ce qui par
les temps pluvieux serait particulièrement désagréable.

Que Dieu leur pardonne, à ces adorateurs de
sainte routine, le mal qu'ils ont fait, celui qu'ils
font, celui qu'ils feront; mais moi, moins miséri-
cordieuse que Dieu, je désire qu'après leur mort
ils soient changés en huîtres et dévorés par le
progrès... culinaire.

CHAPITRE III

MARSEILLE ET MARSEILLAIS

Marseille ressemble aussi peu à Paris que Paris ne ressemble à Pékin.

Le Marseillais, quoi qu'en ait insinué Déroulède, est Français de cœur; mais dans la forme, il est lui, c'est-à-dire Marseillais.

Je n'ai jamais visité une contrée aussi curieuse, aussi pittoresque, aussi riche en choses plaisantes que Marseille. Aussi, je vous demande la permission, lecteurs, de consacrer un long chapitre à ma ville natale. Je veux vous silhouetter mes aimables compatriotes tels qu'ils ont été et tels qu'ils sont.

Juvénal leur a donné l'épithète de crédules entre les crédules.

Pline les a nommés les plus menteurs des hommes.

L'intendant Nicolas d'Arnoul écrivait ceci des Marseillais au grand Colbert :

« Peuple chaud, difficile à contenter, ce n'est pas que les Marseillais ne soient de bonnes gens, mais la chaleur du pays les emporte et la raison leur vient un peu trop tard.

» Vous les connaissez ces grands braillards qui parlent plus des épaules et des bras que de la langue, et qui expriment plus de mal par leurs gestes que par la bouche. Je ne m'étonne pas si la peste les ravage, leurs maisons estant sans air, assez mal bâties, remplies d'ordures depuis la cave jusqu'au grenier. »

En 1655, un arrêt du Parlement d'Aix constate que les mœurs des Marseillais sont dissolues ; que les femmes sont galantes, les maris complaisants, et que tout se passe sous le voile de la religion.

A cet arrêt, un grave jurisconsulte de Marseille réplique : « que la femme qui n'a qu'un seul amant ne saurait être notée d'infamie, car, dit-il, la fureur de l'amour a des charmes puissants, et que ni prudence ni sagesse ne servent de rien pour se maîtriser. »

Sous Louis XIII, le père Joly, supérieur du couvent de Saint-Augustin, ayant enlevé la femme Chabert à son mari, et s'étant enfui avec elle, les amoureux furent pris et condamnés aux galères perpétuelles. Mais les Marseillais, mis en gaieté par la mésaventure de ce pauvre époux, mirent en musique et chantèrent dans la rue les vers suivants, composés par un Marseillais :

LA FEMME CHABERT A SES JUGES

Avec un très humble salut
Je vous fais cette remontrance :
Que si, hors de l'Eglise, il n'est point de salut,
Le mien doit être en assurance.
Elle a toujours été mon but,
J'ai recherché son alliance,
Et dans le droit canon il n'est point de statut
Qui me condamne à la potence.
Mais quand même j'aurais failli,
C'est pour un homme si joli,
Que j'attends de ceste entreprise
Et vos louanges et vos dons,
Puisque l'on gagne ses pardons
Quand on se soumet à l'Eglise.

De nos jours, beaucoup de femmes marseillaises pensent ce que disent ces vers. Si les crimes d'amour les trouvaient indulgents et gouailleurs, ils étaient d'une intolérance implacable pour ceux assez criminels pour n'être pas bons catholiques. Ils appelaient *bigarrats* les tièdes, qui étaient, disaient-ils, des demi-huguenots (ni chair ni poisson). Antoine de Lenche, consul, poursuivi pour ce crime, se réfugia dans une tombe ; un cardeur le découvrit. Il fut conduit devant un bénitier, et lardé de coups d'épée. Les femmes et les enfants s'emparèrent de son cadavre et le traînèrent dans les rues en le piétinant.

La même populace maltraita fort le consul Riquitti, qui avait osé couvrir de son corps un protestant. On le lui arracha des mains ; on le traîna dans les rues en le tirant par les pieds, et, avant de le tuer, on lui fit endurer mille tortures.

Bagasse ! ne plaisantons pas, soyons bons catholiques, mais ceci constaté, bien établi par nos momeries, amusons-nous, voilà ce qu'ont toujours pensé et ce que pensent encore certains Marseillais.

D'Assoucy a écrit sur Marseille, qu'il visita en 1655, les vers suivants :

Marseille, si sage et si belle,
Dont les habitants si courtois
Ont fait boire plus d'une fois
Nos gabelliers à la gabelle (1);
Où les faquins furent les roys;
Où les maçons portant truelle
Chantaient nos édits et nos lois
Sur le chant de la Péronnelle (2).
Marseille, où comme la chandelle
A la livre on y vend le bois;

(1) C'est-à-dire jetés à la mer.
(2) C'est-à-dire s'en moquaient.

Où monsieur et mademoiselle,
Pour s'alléger un peu des poids
De cette masse corporelle,
Vont f... dessus les toits;
Où du matin jusqu'à la brume
La mourre (1) occupe les cinq doigts;
Où la basse et vile commune
Dort toute nuit, rote, pétune (2);
Où tant le gueux que le bourgeois,
Tous les mois, ainsi que la lune,
Change de face et de fortune;
Où la raison n'a voix aucune;
Où tout le sang est iroquois;
Où l'on n'adore que Neptune,
Les vents, la mer et le pécune;
Où pour quatre livres tournois
On ne soupe que d'une prune,
Ou de deux œufs ou de trois noix;
Où la musique plus divine
Est le cornet et le hautbois,
La conque ou la trombe marine;
Où le plus musqué sent la poix;
Où la nymphe la plus poupine
Sent la merluche et la saline;
Où l'on voit en tous lieux fumer
Au port ainsi qu'à la cuisine
Le thon, l'anguille et la sardine,
Et partout le pot écumer;
Où la science la plus fine
Est la vertu de bien ramer.
Bref, où si grande est la doctrine
Que les matelots sans houssine,
Comme les vaisseaux sur la mer,
Vont à cheval à la bouline (3)!

---

(1) Jeu italien.

(2) Fume.

(3) La bouline est un des cordages servant à la manœuvre
du vaisseau.

Antonio Arenas, en contant en vers la malheureuse expédition de Charles-Quint contre Marseille, dit:

Lou trente diables non supéraret can.

Il affirme que les Marseillais sont gens pleins de valeur et que Dieu ne suscita jamais guerriers si intrépides.

Dans les siècles passés, ils se sont en effet montrés fort vaillants. Mais en 1870 la Provence n'était point menacée ; le Marseillais qui aime railler et critiquer, a l'épiderme sensible, il ne supporte pas qu'on lui rende la pareille, il en veut aux Parisiens, qui s'avisent de le prendre pour cible de leurs plaisanteries ; et Paris affamé et bloqué, il disait en se frottant les mains : « *E' té* qu'ils se débrouillent comme ils pourront, ces malins de Parisiens ! »

Pour le Marseillais, l'homme du Nord, le *rancio* n'est point encore tout à fait un frère.

En 1524, le connétable de Bourbon vint assiéger Marseille, il se vanta d'avoir raison de ses habitants avec trois coups de canon. « Dès le troisième jour, dit-il à Pescaire, tenez-vous pour assuré que les consuls viendront m'apporter les clefs de leur ville. »

Le troisième jour, un boulet des assiégés vint tuer le prêtre qui disait la messe sous la tente du connétable. — Voilà, lui dit Pescaire en riant, les clefs que vous envoient les Marseillais !

Les historiens nous apprennent que les femmes aidèrent les hommes à mettre la ville en état de défense ; bravement elles affrontèrent le feu de l'ennemi : quelques-unes, sous le commandement de

très haulte dame de Monteaux, se distinguèrent
de telle sorte près d'un bastion, qu'on lui donna
le nom de bastion des Dames.

Duruflé, dans son poème sur le siège de Marseille, s'écrie:

> Mais quels nouveaux soutiens! Je vois des héroïnes
> Qui combattent pour nous sur ces vastes ruines.
> De fières Talestrix, des bords du Thermidon
> Viennent-elles braver les hasards et Bourbon?
> C'est un secours plus cher, un plus touchant spectacle!
> Et de Beauvais ici j'admire le miracle!
> Poursuis, sexe charmant, décide nos succès,
> Cet appareil guerrier relève tes attraits.
> Combats pour ton empire; évite l'esclavage
> Du jaloux Espagnol qui t'adore et t'outrage;
> Montre-toi digne enfin du sang qui t'a formé;
> Vénus défendit Troie, et l'Amour est armé.

Oui, femmes mes sœurs, poursuivons, décidons
de leurs succès, et, la victoire gagnée, les hommes
nous diront: « Des droits! vous plaisantez! Vous
n'avez aucuns droits, vous ne faites partie de
l'humanité que devant les dangers, devant l'impôt
et devant les pénalités de la loi. Exposez-vous,
payez, montez sur l'échafaud, allez en prison, en
exil. Mais souvenez-vous bien que, devant droits et
privilèges, vous n'êtes rien, en dehors de l'huma-
manité! »

A la place du bastion des Dames, un boulevard
avait été ouvert, en souvenir de la valeur des
Marseillaises, on lui avait donné le nom de boulevard
des Dames. Le conseil municipal a trouvé sans
doute que la femme n'avait droit ni à la reconnaissance, ni à la gloire, et il a changé le nom de
cette grande voie.

Si le climat et si les bouleversements de la

nature ont de l'influence sur le caractère de
l'homme, il n'est pas étonnant que mes compatriotes soient turbulents, emportés et baroques.
Outre le mistral qui donnerait de la nervosité
même aux poissons, le sol de leur cité a subi des
bouleversements incroyables, il a été remué de
fond en comble.

La topographie primitive de Marseille est sujette
à controverse.

Saint Justin affirme que la ville fut bâtie dans
un recoin formé par la mer et situé près des bouches
du Rhône.

Strabon, dans son livre IV, nous dit que le port
de Marseille s'appelait Lacydon, qu'il était de forme
circulaire et qu'il se trouvait au milieu d'un amphi-
théâtre de rochers.

Jules César, dans ses *Commentaires*, dit que
cette ville était baignée de trois côtés par la mer,
que le quatrième était accessible par terre, et défendu par forteresse et fossés.

Une seule chose est certaine, c'est que le sol sur
lequel était assise cette colonie phocéenne a éprouvé
de grands bouleversements. Une partie de l'ancien
rivage a été conquise par la mer. Des routes tracées
de Marseille aux Martigues, des tours et des campagnes bâties sur le rivage ont entièrement disparu.

Pendant le tremblement de terre du 21 juillet 365,
les eaux de la Méditerranée furent secouées d'une
façon terrible, les rives restèrent un instant à sec
et la retraite des eaux laissa voir des montagnes
et des vallées qui avaient dû jadis recevoir les
caresses du soleil. Là était sans doute engloutie la
ville primitive.

Vers le sixième siècle, Marseille avait à peu près
la même topographie qu'aujourd'hui, seulement
l'eau a gagné encore, car les historiens de cette
époque parlent d'une immense place séparant la
major de la mer, et à présent, une quinzaine
de mètres à peine se trouvent entre la mer et
elle.

Nos arrière-petits-enfants, si les conquêtes de la
mer continuent, ne verront plus ni le port actuel
ni la célèbre Canebière.

C'est le cas de donner l'étymologie de ce nom :
il vient de *canebe*, chanvre; *canebière* pour chène-
vière ou champs ensemencés de chanvre.

Ce qui prouve encore que la mer a gagné du
terrain, car ce champ ensemencé devait se trouver éloigné du rivage.

L'ancienne ville était pittoresque, les maisons
donnaient parallèlement sur les rues intérieures,
et elles étaient adossées contre les remparts. Ces
remparts étaient percés d'ouvertures qui portaient
le nom de grottes et qui servaient de communication entre la ville et le quai; elles étaient fermées
la nuit par de solides grilles.

La ville était divisée en ville haute et en ville
basse ; réunies toutes les deux dans la même en-
ceinte, elles étaient séparées par un immense mur,
et une seule porte de communication était percée
dans ce mur.

Les habitants de la ville haute traitaient de haut
en bas ceux de la ville basse, et ces derniers avaient
une haine profonde pour ceux de la ville haute.—
Ce qu'on s'est injurié, disputé, distribué de coups
de poings, c'est fabuleux. La paix craint le mistral,
elle plane rarement en Provence

L'esprit de chicane a toujours régné en maître absolu à Marseille: l'histoire de cette ville ne relate que luttes entre la ville haute et la ville basse, entre les vicomtes et les évêques, entre les chanoines de la major et les évêques, luttes du conseil municipal contre les vicomtes, et enfin luttes de tous contre le roi de France.

Les luttes étaient tout aussi ardentes entre les corps d'états constitués; les conflits d'attributions divisaient les deux classes de travailleurs.

Il y avait querelle entre les libraires et les bouquinistes à savoir ce qui distingue le bouquin du livre.

Entre les fripiers et les tailleurs, à savoir si les premiers pouvaient vendre un habit neuf et si les derniers avaient le droit de recoudre un habit à un client.

Mêmes différends entre les cordonniers et les savetiers.

Les selliers attaquaient les charrons; les taillandiers se plaignaient des maréchaux ferrants. Les cloutiers faisaient procès aux serruriers pour les empêcher de fabriquer des clous.

Les menuisiers ne devaient pas faire des caisses, car il y avait la corporation des caissiers qui, eux, ne devaient pas livrer le plus petit ouvrage de menuiserie. Pour le plus simple objet on devait avoir recours à dix corps d'états.

Le Parlement d'Aix rendait arrêt sur arrêt pour établir la différence entre le vieux et le neuf, pour établir ce qui rentrait dans la spécialité d'un chacun, mais ces arrêts n'amenaient pas la paix.

L'amour de chicane, tout comme la goutte, est héréditaire. Les Marseillais d'aujourd'hui portent cette manie chicanière même dans la conversation, l'esprit de contradiction est le fond de leur esprit, aussi la causerie dégénère-t-elle en discussions oiseuses et insipides.

Tous ces corps d'états étaient constitués en confréries avec costume spécial, bannière, chapelle et fêtes particulières.

Les rues de l'ancien Marseille étaient étroites, mal percées, il y avait de çà et là des ponts construits sur ces rues et allant d'une maison à l'autre.

Certaines maisons formaient saillie, les autres avaient des grottes, les autres des arcades.

Des marchands venus de la Turquie, de l'Egypte, de la Tunisie, de Malte et de l'Italie, portant leur costume national, étaient installés dans ces grottes ou sous des auvents ; quelques-uns étaient installés au milieu de la rue. Les équipages les gênaient peu, car en 1450 Marseille ne possédait que cinq équipages d'apparat.

Les rues étaient fermées par de grosses chaînes de fer, on ne pouvait pas voisiner la nuit d'une rue à l'autre. Ces rues tortueuses, faites à la fantaisie d'un chacun, offraient un coup d'œil pittoresque dont la symétrie était bannie.

La ville ne possédait aucune voirie, et l'on peut affirmer en consultant les documents du temps (1) et même la mémoire de nos grands-pères que Marseille a été une des villes les moins propres de la terre. Le poète Lubin écrivait en 1769 de Marseille au comte de Turpin : « On est si prodigue ici qu'on y jette tout par la fenêtre, vous

_____

(1) Lire un ouvrage fort remarquable, les *Rues de Marseille*, par M. Fabre.

entendez une douce voix qui vous crie : *Passarès !* et vous êtes coiffé de ce que vous savez. »

Jusqu'au quinzième siècle, les maisons n'avaient aucun cabinet, et *tout* était jeté par les fenêtres. Au seizième siècle il y eut progrès : l'administration municipale, sur la proposition d'Amiel Albertas vota l'emploi d'un *tombereau* au service du nettoiement de la ville. Un sieur Angevin se chargea, moyennant un écu par mois, de la mission de ramasser toutes les ordures.

Il va sans dire que cet unique tombereau fut impuissant à rapproprier ; les rues restèrent d'une saleté révoltante, avec des cloaques, vrais foyers d'infection à chaque pas.

Le port, dont le curage était insuffisant, était tellement puant qu'à une lieue en mer la brise portait aux marins arrivants les parfums de Marseille.

Ces mauvaises odeurs finirent par arriver jusqu'à Paris et, en 1575, le roi de France, par lettres patentes adressées au lieutenant de la sénéchaussée de Marseille, intima l'ordre à tous les propriétaires d'avoir à construire sous le délai d'un an des *privés* ou fosses *en hault ou en bas de leurs maisons*, sous peine de forte amende qui serait applicable à la construction du quai de Saint-Jean.

Cette ordonnance royale causa une révolution dans Marseille, le peuple criait à l'arbitraire et à la malpropreté. « Eh quoi ! disaient les Marseillais, ces sales gens du Nord voudraient nous forcer à garder les ordures dans nos maisons ! C'est révoltant ! »

Les échevins ne voulurent pas se soumettre à ce qu'ils appelaient une injure faite à leur ville et à leur dignité, ils firent partir l'un des leurs, le sieur Bonin pour Paris : il portait au roi la supplique des échevins et de tous les habitants de la bonne ville de Marseille. Pendant qu'il était à Paris, ses confrères lui écrivaient : « N'oubliez rien, parlez ferme, faites que notre ville ne se *dépure* point. »

C'est ne se rapproprie point qu'ils auraient dû dire.

Bonin parla tant, s'indigna si haut et si bruyamment, qu'il fut mis à la Bastille.

Le procureur du roi reçut l'ordre de tenir bon : il fit payer des amendes si considérables aux récalcitrants, que les propriétaires se décidèrent à construire des cabinets, mais ils les placèrent sur les terrasses situées au dernier étage de leur maison. Ce qui a inspiré au poète d'Assoucy les vers que j'ai cités.

Nos pères, malgré les ordonnances du roi, se souviennent d'avoir reçu sur la tête le *passarés*, et aujourd'hui il y a encore plus de trois mille maisons du vieux Marseille qui n'ont pas la moindre fosse. Le matin on aperçoit la ménagère portant un pot de nuit haut d'un demi-mètre couvert avec un rond de bois, et sans façon elle le vide dans le ruisseau. Ceci, croyez-le, n'empêche nullement les Marseillais d'affirmer que leur ville est dix fois plus propre que Paris.

Au dix-huitième siècle Marseille fut agrandie. Le plus illustre de ses enfants, Pierre Puget, fit un plan : s'il avait été suivi, cette ville aurait été la plus belle du monde, mais l'entêtement et l'esprit de chicane des habitants ne le permirent pas. Si Puget parlait de faire une place ovale, les échevins la voulaient rectangulaire et ainsi pour tout. Une sta-

tuc que le grand artiste devait faire pour la place
Louis XV fut donnée à un artiste inférieur, Clérion
de Trets : de là procès entre les deux artistes, entre
la ville et Pierre Puget, et ces chicanes furent
cause que Marseille n'est là plus belle ville du
monde que dans l'imagination de ses habitants.
En 1789, Marseille possédait encore des murs d'en-
ceinte ; ils furent endommagés au moment de la
Révolution. Plus tard, le préfet de Lacroix les fit
démolir pour les faire reconstruire. Ce projet, repris
puis abandonné, n'a jamais été exécuté et Marseille
est restée ville ouverte.

Agathias, dans son *Histoire du sixième siècle*, dit
que Marseille, tout en appartenant à des maîtres
barbares, a toujours conservé ses franchises munici-
pales, ainsi que ses coutumes, et ne s'est jamais
régie qu'à sa fantaisie.

Mais il y a un maître qui l'a trouvée docile, c'est
le clergé. Pendant de longs siècles, elle lui a appar-
tenu corps et biens : la ville haute appartenait à
l'évêque, et la deuxième était régie par les prévôts
de la cathédrale. Le clergé possédait le pouvoir
séculier et le pouvoir spirituel.

L'abbaye de Saint-Victor a possédé les trois quarts
de la ville et une bonne partie de son territoire. Ses
moines, riches et puissants, avaient de nombreux
esclaves attachés à leur monastère ; ils faisaient la
loi, tous s'inclinaient devant leur bon plaisir. Leur
ardeur à s'emparer du territoire fit naître de longues discussions entre eux et les magistrats des
vicomtes : elles finirent par prendre un caractère
si agressif, que le pape Urbain V dut rendre une
bulle pour mettre une limite à leurs envahisse-
ments.

Les Marseillais, après avoir été zélés païens, dès
le troisième siècle devenaient des fanatiques catholiques, et leur ville était un pays de cocagne pour
les moines. On comptait à Marseille plus de quarante ordres divers, et la ville n'était que couvents
et abbayes.

Il ne faudrait pas croire que ces moines fussent
un élément de paix. Voyez plutôt ce qui se passa
en 1528. Les frères mineurs conventuels ayant eu
leur couvent détruit, et n'ayant pas de quoi le
reconstruire, soutenus par une sentence achetée
au commissaire apostolique de l'archevêque d'Arles, sommèrent les dames religieuses du couvent
des Accoules d'avoir à déguerpir de leur monastère
et de le leur offrir. Les religieuses refusent, alors
les moines se ruent sur le couvent, brisent les portes, chassent les religieuses et s'installent à leur
place.

Les nonnettes éplorées vont chez l'évêque de
Marseille, qui prend fait et cause pour elles, fait
chasser les mineurs conventuels par la force armée
et réinstalle les religieuses chez elles.

Mais les moines appellent le commissaire apostolique d'Arles. Ce personnage arrive, et haran-
guant la populace, il lui demande de lui prêter
main forte pour expulser une deuxième fois les
nonnes. La populace, ravie de voir de près ces
saintes filles, se met sous les ordres de l'official de
l'archevêque d'Arles, les portes du couvent sont
forcées une fois encore, les religieuses prises à bras
le corps sont jetées hors de leur monastère, et
l'histoire dit qu'il se passa des choses...! Pendant
un demi-siècle, la lutte continua et enfin la victoire
resta aux nonnes.

Quel livre curieux et intéressant, mais peu édifiant, on ferait avec l'histoire des couvents de Marseille !

Je l'ai commencé, j'espère le finir, et je ne me sers que de documents authentiques.

UNE DIGRESSION

J'en suis restée à Marseille... j'y reviendrai, certes, mais je laisse un instant ma patrie et mes compatriotes pour vous parler du mort de la semaine, de Ch. Lachaud.

En voyageant à travers mes souvenirs, je puis me permettre, n'est-ce pas, de quitter brusquement un sujet pour saisir aux cheveux, — puisque l'usage permet de saisir les cheveux de l'occasion, — on peut se permettre de saisir ceux d'un souvenir ! l'une en a aussi peu que l'autre ! Donc, je continue... de saisir aux cheveux un souvenir que la mort du célèbre avocat me remet en mémoire. J'ai eu l'honneur de l'avoir pour adversaire dans la première cause que j'ai plaidée, et que j'ai eu le bonheur de gagner. Vous le voyez, la chose est assez étonnante et mérite d'être contée.

C'était sous l'empire. M. Ernest Dréole était alors député officiel, directeur ou sous-directeur de la *Patrie*, je ne sais plus au juste ; en tout cas, il écrivait dans ce journal. De plus, il était parent par alliance et par nature de M. Mocquart, le secrétaire de l'empereur... On le voit, c'était une puissance !

Moi, j'étais alors une bien jeune débutante dans le monde des lettres, je disais hautement ce que je pensais de l'empire. Je n'en pensais pas du bien, par conséquent j'étais mal vue dans les régions impériales.

En 1866, je publie chez Dentu un livre intitulé *Guerre aux hommes*, dans lequel je faisais la guerre aux vices, aux sottises et aux ridicules, mais un livre dont une mère aurait permis la lecture à sa fille.

Les journalistes indulgents et bienveillants en dirent quelque bien, mais, dans le feuilleton de la *Patrie*, M. Ernest Dréole, sous le pseudonyme du gérant Garat, m'insulta à propos de ce livre de la façon la plus grossière. Son article débutait ainsi : « La police opère avec soin la saisie de la charcuterie avariée, je ne sais pourquoi elle n'opère pas avec le même soin la saisie des immondices que des femmes de lettres *déposent* chez les éditeurs ! » Vous le voyez, M. le député Dréole a un style élégant et propre, lorsqu'il se met un masque !

Après ce début il parlait de la couverture jaune de mon livre qu'il posait comme une œuvre d'une immoralité révoltante.

Une, deux, vingt, cent personnes m'apportent la *Patrie*... Je m'informe et j'apprends que c'était M. Ernest Dréole qui se cachait sous le nom du gérant Garat; je constitue avoué, j'attaque en diffamation et dommages-intérêts le sieur Dréole.

On me disait : C'est la lutte du pot de terre contre le pot de fer... il est impérialiste, vous ne l'êtes pas, vous perdrez.

Moi, j'ai foi en la magistrature et en son impartialité. Deux jours avant celui fixé pour l'affaire j'envoyai aux juges, au président et au substitut, un numéro de la *Patrie* contenant ledit article et un exemplaire de mon livre *Guerre aux hommes*.

Le grand jour arrive; M⁰ Lachaud était le défenseur de M. Dréole.

Jules Favre m'accompagnait, mais je déclare vouloir plaider moi-même. Jules Favre s'assied, je passe à la barre et je prends la parole.

Sachant que les hommes accusent à tort les femmes d'être bavardes, je me dis : — Il faut leur faire encore un brin la guerre en leur jouant la niche de faire un plaidoyer bien court.

Voici, mot à mot, ce que je dis :

« Messieurs, confiante en votre impartialité je suis sûre que vous avez lu l'article et le livre que je vous ai envoyés... toute l'affaire est là. La loi m'a forcée de demander des dommages-intérêts afin d'appeler mon insulteur devant vous, mais vous comprendrez que je serais désolée d'avoir de l'argent de ce drôle qui, pour insulter une femme, se cache sous le pseudonyme du gérant Garat et qui, pour flagorner l'empire, signe Ernest Dréole en toutes lettres. Je vous demande de faire ce que vous feriez si, à propos de rien, le premier Auvergnat venu m'insultait : je demande cinq francs d'amende, et l'insertion dans trois journaux à mon choix.

« Vous voyez du reste que mon adversaire se reconnaît comme un grand criminel, puisqu'il a pris pour le défendre l'avocat de tous les fieffés malfaiteurs. »

Ce fut tout !

Une plaidoirie féminine de trois minutes !

M⁰ Lachaud ne se trouva plus sur son terrain familier, il fut un peu embarrassé. Le gérant

Garat étant venu déclarer qu'il n'était nullement l'auteur du fameux article et qu'il venait de donner sa démission de gérant, mon adversaire dut déclarer qu'en effet Ernest Dréole était l'auteur de ces lignes. — Mais, dit-il, vous savez comme ceci se passe, les éditeurs envoient les livres nouveaux aux journalistes. Un jour il était arrivé plusieurs livres immoraux à mon client. Celui de Mme Audouard étant venu le même jour, il s'est dit : c'est le jour des livres immoraux, il doit être immoral, et il a fait son article.

—Pardon, dis-je, mais ce qui prouve que mon livre ne lui est arrivé ni ce jour ni un autre, c'est qu'il parle d'une couverture jaune serin et que mon livre a une couverture blanche avec des lettres rouges.

Lachaud sourit, il sentait que sa cause était mauvaise. Alors il prit mon livre, le lut d'un bout à l'autre, essayant parfois de trouver que tels ou tels passages pourraient être mal interprétés. Soudain il s'écrie : Ah ! ici l'auteur n'a pas lésé la morale, mais bien la vérité historique et un peu aussi la dignité du clergé : jamais concile n'a discuté à savoir si la femme avait une âme ; l'Église a toujours été convaincue de cette vérité.

Le président lui-même lui apprit que le concile de Mâcon avait discuté cette question et que l'âme n'avait été accordée à la femme qu'à la majorité d'une voix. Il plaida avec esprit une heure trois quarts, mais je gagnai mon procès. M. Ernest Dréole fut condamné à cinq francs d'amende et à l'insertion du jugement dans cinq journaux à mon choix.

En cette occasion je pus bien apprécier la loyauté

4.

de caractère de ce grand avocat ; évidemment il prouvait que son client avait eu tort de m'insulter et de mentir en posant un livre moral comme un livre immoral ; il plaida sans conviction, et en galant homme incapable d'abuser de l'impunité accordée à l'avocat pour suivre son client dans la voie fâcheuse où il s'était engagé.

Voilà la digression terminée. Je vais retourner à mes moutons..., non, que dis-je ?... à mes compatriotes.

Les jésuites ont toujours exercé un pouvoir sans limite à Marseille, pouvoir s'étendant jusqu'au sein de la famille. Ils y ont *commercé*, trafiqué et fait faillite — (se souvenir du fameux krach de la Compagnie des Indes).

Les couvents y sont nombreux, et lorsque dans les environs on aperçoit un beau parc et une vaste construction, on peut être assuré que c'est un couvent.

En Russie, l'autocratie transforme par le tchin tout citoyen en soldat devant subir la dure discipline militaire.

A Marseille, dès le cinquième siècle, le clergé par l'invention des confréries a transformé tous les Marseillais en soldats de l'Eglise, soumis à sa sévère juridiction.

D'abord chaque corps d'état avait sa confrérie, avec chapelle particulière, et costume spécial, et toutes ces confréries étaient unies à l'Eglise. Il y avait, et il y a encore, celles de pénitents, noirs, bleus, blancs, gris et jaunes.

La confrérie de Notre-Seigneur agonisant a été une des plus importantes; elle possédait l'église des Accoubs, un petit chef-d'œuvre du moyen âge.

La confrérie des calfats a joué un grand rôle dans l'histoire de Marseille.

Celle des patrons pêcheurs avait des prieurs et des prud'hommes; elle traitait directement avec les rois de France, jouissait de très grands privilèges. Son aumônerie, régie par cinq prieurs, était si riche qu'en 1385 ces prieurs achetaient une galère tout armée au nom de la confrérie des patrons pêcheurs.

Elle offrit douze cents florins au roi René, pour la reconstruction de la tour Saint-Jean, et René, en remerciement, céda à perpétuité le port de Morgiou avec ses dépendances aux pêcheurs.

Ces pêcheurs étaient plus papistes que les papes et toujours prêts à se jeter dans les luttes religieuses.

Un jour le cardinal Flavio Chigi, neveu du pape Innocent X, passe par Marseille, les patrons pêcheurs lui font une réception superbe, puis en grande pompe ils lui donnent leur bénédiction; le cardinal rit fort de l'aventure.

Les Marseillais ont toujours été très charitables; leur ville était jadis un pays de cocagne pour les mendiants. Lorsque les hospices se fondèrent et que les archers eurent mission de ramasser les mendiants pour les y enfermer, la populace leur donna le nom de *chasse-gueux*, et souvent les roua de coups, leur enlevant des mains les vagabonds qu'ils conduisaient. — «C'est infâme, disait-elle, de priver de la liberté ces pauvres diables; leur donner la prison en même temps que le pain, c'est de la cruauté, non de la charité!»

Mais ce peuple, si charitable pour les siens, était intraitable pour les étrangers; les mendiants, non originaires de la ville, étaient marqués au bras par le fer rouge, et s'ils étaient repris, ils étaient battus à coup de nerf de bœuf.

Le Marseillais est profondément égoïste; seulement, son amour pour sa personne est si grand qu'il s'étend même à tout ce qui est marseillais.

Nulle part, en France, le fanatisme religieux et l'esprit de superstition n'ont été aussi forts qu'en Provence. L'imagination y est très développée, et les facultés de l'entendement ne le sont point assez.

Le Provençal est poète, musicien, mais il n'est ni penseur, ni philosophe, ni mathématicien.

Jusqu'à la fin du dix-septième siècle, on ne parlait, en Provence, que de sorciers et de sorcières. La juridiction contre la magie blanche et la magie noire avait fort à faire; les bûchers s'élevaient de tous côtés, et à l'odeur de l'ail venait se mêler celle des grillades de chair humaine.

La petite anecdote suivante prouve qu'en 1611, les graves magistrats, tout comme les vieilles femmes, avaient joliment peur de messire le diable.

Le Parlement d'Aix était réuni en assemblée secrète sous la présidence de M. de Vair; ces graves magistrats s'entretenaient du prête Gaufridi coupable de rapt, impiété et magie, et se disaient qu'il serait de bonne justice de le faire griller. — Soudain un bruit se fait entendre, venant de la cheminée, ils pâlissent, se regardent; mais voilà qu'un être noir, noir comme le diable, sort de cette cheminée, c'est un sauve-qui-peut général, les magistrats s'enfuient en se signant. Thoron, embarrassé dans ses paperasses ne peut fuir, il se jette à genoux devant l'être noir en lui criant : « Grâce!

pitié, messire diable, ne me faites pas de mal et, je vous le jure, je ne condamnerai plus vos sorciers au bûcher ! »

Ma jé siou Auvergnat è pas lou diable,et j'y ramone li cheminées, dit l'être noir qui n'était autre qu'un petit ramoneur.

Toutes les nonnes juraient être hantées par des démons, et les moines, je ne sais si c'est pour voir le diable de près, escaladaient la nuit les murs des couvents de femmes.

François du Rosset écrivait gravement qu'il fallait être athée ou épicurien pour ne croire ni aux démons ni aux sorciers.

Marseille a vu naître plusieurs sectes célèbres, entre autres celle des *Fratricelles*, qui a pris naissance dans le couvent des moines mineurs de Saint-Antoine. Les sectaires portaient un habit court étroit et sale, ils s'annonçaient comme les apôtres de réformes populaires et indépendants, ils disaient (et vraiment ils avaient quelque peu raison) que l'Eglise de Jésus était devenue charnelle, perdue dans les douceurs du luxe, qu'elle était âpre au gain, et ils se faisaient les apôtres de la vraie religion de Jésus, toute d'amour, de charité et d'humilité.

Michel Monàchi, grand inquisiteur de Provence, les fit arrêter ; les uns furent brûlés et les autres, condamnés à la dégradation, durent porter une croix jaune sur la poitrine et une deuxième sur l'épaule.

Ils firent la triste expérience qu'il est imprudent de parler de charité et d'humilité à Rome.

Les fêtes religieuses à Marseille ont eu dans le temps le vieil aspect des saturnales païennes;

leurs processions de la Fête-Dieu, avec les pénitents, les enfants Jésus, le petit Jean-Baptiste, les
rappellent encore un peu.

Les signes extérieurs sont nécessaires à ce peuple, qui finit même par s'en contenter et se figurer
qu'il est excellent chrétien, parce qu'il se déguise
en pénitent ou en bourras, qu'il suit les processions, qu'il est d'une confrérie, et du cercle des
jésuites. Etre bon, charitable, aimer son prochain,
ne pas filouter, ne pas voler, être véridique, lui
paraissent des détails sans conséquence. La forme
chez lui prime le fond.

Voilà ce qu'a été le Marseillais.

Le Marseillais actuel, eh bien ! il est ce qu'il a
été.

Catholique dans la forme, païen dans le fond.

Il a construit une église de vingt-cinq millions à
la chaste mère de Jésus. Cette politesse faite, il
adore Vénus.

Mercure n'a plus d'autel dans la cité, mais plus
d'un gros négociant lui offre un coin de son cœur
comme temple.

A Marseille, tout comme en Amérique, on dit :
« Combien vaut monsieur un tel? »

Lorsque vous êtes présenté à une femme, elle
vous toise des pieds à la tête; son salut est imper-
tinent, aimable ou glacial, suivant la valeur de
votre toilette.

Posséder de l'argent et paraître en posséder encore bien davantage, telle est la grande affaire
dans ce pays.

Littérature, poésie, philosophie, sornettes que
tout cela. Acheter à bon compte, vendre au prix
de l'or, voilà le point essentiel, voilà la chose in-

telligente et sérieuse, voilà la chose pour laquelle le vrai Marseillais se figure que l'homme est créé et mis au monde.

Un jour, je parlais avec admiration, devant des Marseillais, de Théophile Gautier : ils m'écoutaient avec impatience ; l'un d'eux, n'y tenant plus, finit par me dire : « Et qu'est-ce qu'il gagne donc, avec tout son esprit, ce monsieur-là?

— Mais, je ne sais, fis-je, peut-être vingt-cinq mille francs par an.

— Voilà un joli merle! s'écria-t-il, et il y a bien de quoi faire des embarras. A une seule bourse, il m'arrive d'en gagner deux fois autant!

— Ce qui prouve, conclurent les autres, que nous avons un peu plus d'esprit que lui. »

Inutile de dire qu'il y a des exceptions. Je connais des personnes fort bien et remplies d'esprit à Marseille, mais elles ne font pas partie de ce qu'on nomme la haute société, laquelle se compose des droguistes, des savonniers, des huiliers, des cordiers, des marchands de salaisons, des fabricants de suif, de chandelles et d'allumettes, etc., etc., et qui forment une coterie, n'admettant que ceux ayant chevaux, voiture, brillants et grand trâlala. Parler français n'est pas nécessaire, aussi faut-il entendre parler les grandes dames de la Merluche et des Savons! — Ma chère, disait l'une des plus richardes à son amie, je suis venue pour le cours Puget. — Tiens, je croyais que tu venais pour me voir, riposta l'amie, qui, fille d'un fonctionnaire, connaissait le français. — Mais, certainement, que je viens pour te voir, mais je suis venue pour le cours Puget. — Ah! je comprends, tu veux dire que tu as passé par le cours. — Par ou pour, ma chère, ça y fait peu !

La Merluchette en question descendait d'un landau superbe et elle portait une toilette de quinze cents francs, prix qu'elle nous fit connaître à quatre reprises consécutives.

Cette société a son quartier, son faubourg Saint-Germain ; elle est catholique, légitimiste ; rien n'est cocasse comme d'entendre ces femmes enrichies de la veille, ayant le verbe haut, le geste vulgaire et l'accent pur Canebière, parler de *notre Roy*. J'espère bien que cette haute *comestiblerie* marseillaise, pour mieux jouer aux légitimistes, se fabriquera des blasons, thons enlacés par des sardines, savons et paquets de suif, pains de sucre formant castel, cordages goudronnés se tortillant pour faire une couronne, café et cacao semés sur fond d'azur ! Cela viendra et ce sera bien drôle.

CHAPITRE IV

DE SINGULIERS TUTEURS. — UN CODE A REFAIRE

Faisons comme Figaro, rions-en, pour n'avoir point à en pleurer.

Nous avons, en France, un code qui fait à la femme une situation par trop insupportable ; à force d'être injuste, il en est burlesque.

Les magistrats, les avocats et les avoués le savent bien, mais les autres ne le savent pas assez. Nul ne doit ignorer la loi, dit-on, et pourtant en

France on ne fait généralement connaissance avec le code que le jour où l'on est sa victime.

Il y a en France plus de deux cent mille femmes abandonnées par leur époux, ou légalement séparées de lui. Il en est qui sont innocentes de tous noirs ou jaunes méfaits, ce sont des victimes. La loi pour être respectable doit être juste et protectrice. Eh bien! nous allons voir quelle est la protection que le code accorde à ces femmes!

Au moment où le Sénat ne paraît point songer que la loi du divorce attend depuis longtemps son bon vouloir, il me paraît utile de dire comment le code protège les femmes séparées.

Je vais vous conter mon odyssée judiciaire; vous me direz, après l'avoir lue, si je ne suis pas excusable de faire campagne depuis vingt ans en faveur de la réforme du code et du rétablissement du divorce.

J'avais donc obtenu, comme je l'ai dit, séparation corps et biens, garde de mes enfants, restitution de ma dot et pension pour mes enfants.

Femme séparée, je restais mineure.

Les magistrats devenaient mes tuteurs.

Pour rentrer en possession de ma dot (sous régime dotal), mes tuteurs m'avertirent qu'il me fallait chercher un bon *remploi*, et cela fait, par voie de justice demander l'*autorisation maritale*.

Je propose pour une partie une première hypothèque. Refus. — Coût : 300 fr.

Alors je dois faire requête au tribunal d'avoir lui à m'autoriser, ce qu'il fait, mais second coût de 300 fr., soit 600 fr.

Comme second *remploi* je propose une campagne à Maisons-Laffitte. — Refus marital, coût : 300 fr.

— La loi exige que la femme plaide dans le pays
où le mari a été se fixer, je dois donc plaider
devant le tribunal d'A... Les magistrats de cette
ville, *mes tuteurs*, trouvent le *remploi* mauvais,
attendu que « *le département de Seine-et-Oise est*
bien trop éloigné de Paris pour qu'une campagne
à Maisons-Laffitte puisse être louée comme villa d'été
et que la contenance de quatre mille mètres est insuf-
fisante pour en faire une campagne de rapport. »

Coût : 600 fr. — et de 1,200.

Notez que pendant toute la durée de ces procé-
dures le détenteur de ma dot ne me payait pas
d'intérêts.

Je vais devant la cour. Les conseillers donnent
une leçon de géographie aux juges, et leur apprennent que le département de Seine-et-Oise touche à
celui de la Seine, que Maisons-Laffitte est à vingt
minutes, par chemin de Paris, et ils m'autorisent.
Coût : 600 fr. d'avocat, d'avoué et de procédure, ce
qui joint aux 1,200 fr., fait 1,800 plus la perte de six
mois d'intérêts.

Vous m'avouerez que cette minorité imposée à
la femme tant que son mari vit, et malgré qu'elle
soit légalement séparée de lui est ruineuse, et l'incapacité ne lui sert pas de base, puisque veuve
à dix-huit ans elle est considérée comme majeure
et capable, et je ne pense pas que la mort de son
mari ait le don de transformer son intellect.

Devant un refus persistant du paiement de la
pension qui m'était allouée, je vais prier mes tuteurs
les magistrats de faire exécuter les clauses de leur
jugement. Débrouillez-vous comme vous pourrez,
me disent-ils ; nous l'avons condamné à payer, c'est

tout ce que nous pouvons faire. S'ils sont chers ces tuteurs, ils sont peu utiles.

Je comprends que je dois être tout à la fois père et mère pour mes enfants; je n'avais point assez avec les rentes de ma dot, je travaillerai, me dis-je. Je m'aperçois bien vite qu'aucune place n'est laissée à la femme dans les carrières libérales. Malgré mon horreur pour le négoce, je songe à m'associer avec un parent; j'aurais tenu les livres; mais il me faut une certaine somme. Je vais trouver mes tuteurs les magistrats qui, code en main, m'expliquent d'abord que je n'ai pas le droit de toucher au capital de ma dot, ni pour créer une industrie ou un commerce, pas même pour faire élever mes enfants, ni pour payer leur nourriture, ni des frais des maladies; que les législateurs n'avaient prévu qu'un seul cas permettant à la femme d'aliéner: celui où son mari ayant des dettes, elle voudrait, quoique séparée de lui, les payer.

Avouez avec moi que ceci est raide !

Ils m'apprirent en plus que je ne pouvais ni commercer ni trafiquer, sans autorisation de mon mari, qui sans nul doute me la refuserait.

Ici les législateurs ont laissé au mari le droit de faire mourir sa femme et ses enfants de faim ! Lui ôter le droit au travail est inique !

Je quitte Marseille, je viens à Paris, pensant trouver plus facilement une carrière dans cette ville.

Donner des leçons ne me convenait pas du tout, j'étais trop jeune pour arpenter la ville toute seule, et ce triste métier me forçait à laisser pendant de longues heures mes enfants aux soins ou au manque de soins d'une mercenaire.

Aidée par des écrivains de grand talent et de grand cœur, je fonde le *Papillon* ; il me fallait quelques billets de mille francs pour l'installer ; j'adresse requête à mes tuteurs les magistrats de la première chambre. J'avais préparé un numéro du journal imprimé pour leur prouver que ma revue serait honnête et purement littéraire. J'écris à Jules Favre pour lui expliquer le besoin urgent que j'avais de travailler et de gagner quelque argent; je lui demande si, vu la situation exceptionnelle où je me trouve, il ne pense pas que les magistrats m'autoriseront à prendre cette petite somme sur mon capital. Je terminais ma lettre par un regret de n'être pas née en Amérique, nation où la femme a le droit au travail. Voici la réponse que me fit cet éminent avocat :

Madame, vous aurez certainement la loi contre vous; ne l'a-t-on pas toujours pour adversaire quand on veut bien faire, et vous regrettez de n'être pas citoyenne américaine! Je le crois certes bien : l'exemple de cette nation devrait nous faire honte, et nous sommes loin de le comprendre, ce qui ne m'empêchera pas bien entendu de me mettre de tout cœur à votre disposition.

Votre bien dévoué,

JULES FAVRE.

J'allai voir M. Baroche, garde des sceaux, que je connaissais pour l'avoir rencontré dans le monde. Je lui expliquai la situation que me créait le non-paiement de la pension, les embarras du régime dotal, les difficultés de trouver une carrière, et mon désir de m'essayer dans la littérature.

Voici, mot à mot, notre conversation :

— Je comprends votre désir de travailler, et je l'approuve ; mais je dois vous avertir que vous aurez la loi et la société contre vous ; cette dernière vous accusera de vouloir faire l'homme.

— Mais n'est-ce pas mon devoir strict ?

— Oui, certes ; mais les idées françaises sont très arrêtées : la femme ne doit pas chercher à se faire une situation indépendante de l'homme, et la femme qui écrit est mal vue.

— Que dois-je faire ?

— Selon moi, ce que vous allez faire ; mais je vous avertis que vous serez blâmée, critiquée, tandis que si vous preniez un... ami... tout le monde dirait : Pauvre petite femme, elle y a été forcée ; et le monde serait plein d'indulgence pour vous... Armez-vous de courage !

— Eh bien ! j'accepte blâme, critique ; mais j'écrirai, je gagnerai la vie de mes enfants, qui ne la devront pas à un... ami.

On a dit du mal de M. Baroche, mais je dois déclarer que je l'ai trouvé bon, serviable et d'une convenance parfaite. Ce jour-là il m'engagea à aller voir mes juges et à leur expliquer ma situation, afin de les décider à faire droit à ma requête.

Deux me reçurent avec hauteur, tout comme on reçoit un subalterne venant vous emprunter dix francs ; étant mes tuteurs, ils se faisaient peut-être illusion et considéraient ma dot comme à eux.

Le troisième, un gros bonhomme aux lèvres pendantes, au regard de satyre, me dit d'un air narquois que j'étais une naïve, qu'une jeune femme ne devait pas travailler. Il me força à le remettre durement à sa place.

Et ils veulent être inamovibles ! Pourquoi ne

demandent-ils pas d'être déclarés infaillibles ! !

Mon affaire vint en chambre du conseil. Autour d'une grande table étaient assis les trois juges, et un substitut *merveilleux* plus un greffier. Le juge au regard de satyre me regardait d'un air railleur et méchant. Ces aimables tuteurs me laissèrent debout, j'avais absolument l'air d'une accusée, d'un malfaiteur quelconque. Quelle singulière chose que dans un pays comme la France, pays qui a une antique réputation de politesse, les magistrats se croient permis d'en manquer complètement !

J'expliquai mon affaire, je leur donnai le premier numéro du *Papillon* pour leur prouver que ce serait un journal honnète et bien pensant.

Le juge satyre, me toisant avec insolence, assura qu'il fallait que j'eusse peu de bon sens et que je comprisse bien mal ce que je devais à ma famille et à mes enfants, pour songer à entrer dans la république des lettres, il osa me sermonner au nom de la morale. Il pouvait dire tout ce qu'il voulait, il avait l'impunité, car si je m'étais permis d'apprendre à ses collègues ce qu'il avait osé me dire, j'aurais été condamnée pour insulte à la magistrature !

Le substitut *merveilleux*, prenant en main, avec un air de suprême dédain, mon *Papillon*, et parcourant la liste des noms de mes collaborateurs qui étaient Jules Janin, Théophile Gautier, Michelet, Arsène Houssaye, Galoppe d'Oncquaire, Albert de Lassale, et autres écrivains de valeur, le substitut *merveilleux* se mit à dire, s'adressant à mon avoué et non à moi par un comble d'impertinence: « Maître un tel, votre cliente

appartient à une famille honorable, elle a le plus
grand tort de vouloir se lancer dans la littérature
où elle se trouvera avec des mangeurs et des gens
sans aveu comme Jules Janin, Théophile Gautier
et tutti quanti, et nous refusons sa requête. »

En entendant cette sortie inconcevable, mon
fameux coup de mistral souffla avec une telle
violence dans ma petite tête, que prenant la parole
sans attendre qu'on me la donnât je ripostai
ainsi : Puisque monsieur le substitut vient de
mettre en cause, et d'une façon fort inopportune du
reste, deux écrivains des plus honorables, qu'il me
permette de lui rappeler la statistique faite l'an
dernier par Théophile Gautier, qui prouve qu'il y
a eu au bagne des ministres, des procureurs, des
substituts, des magistrats, des notaires, des avoués
et des avocats, mais pas un seul littérateur, ce qui
nous fournit la preuve que les écrivains sont
gens moins sans aveu que veut bien le dire l'honorable substitut. »

J'eus les rieurs pour moi, mais la magistrature
contre moi ; mes tuteurs refusèrent avec des con-
sidérants d'un sévère ! coût : 250 fr. !

Je fonde le *Papillon*, et sinon avec talent du
moins avec grand courage, je me lance dans la
littérature saine et morale.

Au bout de six mois, procès de mon mari, pour
m'empêcher de *prostituer son nom en l'imprimant
dans les journaux.*

Son avocat, un fort vilain monsieur, aussi pauvre en talent qu'en convenance. se mit à m'accabler
d'injures, c'était une honte, une infamie ! J'osais
écrire, imprimer le nom Audouard, frayer avec des
hommes de lettres ! Pendant une heure, ce cra-

paud du palais vomit contre moi des injures plates
et idiotes. — Encore un joli usage que celui qui
donne l'impunité aux avocats!

Mon avocat, sans prendre la peine de répondre
à ce débordement, regardant les magistrats bien en
face, leur dit : « Ma cliente a la charge de ses fils;
si on ne veut pas qu'elle travaille, que notre adversaire ait le courage de dire ce qu'il veut qu'elle
fasse! »

Les juges comprirent, ils eurent honte et ils déclarèrent que j'avais le droit d'écrire.

Mais un procès qu'on gagne coûte encore, celui-ci
me revint à 250 fr.

Depuis dix-huit ans, tant pour avoir le droit de toucher à mon capital pour faire élever mes enfants,
soit pour leur faire des tombes lorsque j'ai eu le
malheur de les perdre, soit pour faire des répa-
rations d'urgence à mes campagnes, enfin pour
toutes choses sages, utiles et même indispensables,
j'ai dépensé 17,000 fr. en frais d'autorisations !

La tutelle si onéreuse du tribunal m'a été ruineuse et néfaste et jamais protectrice.

Ne pensez-vous pas que j'ai été fondée à attaquer le code, les lois et les hommes qui les ont
faits?

Ne pensez-vous pas qu'il est grand temps de refaire notre code ?

Et n'êtes-vous pas de mon avis, qu'il est singulier qu'ayant à la Chambre une centaine d'avocats
qui passent leur temps à s'occuper des questions
qu'ils ne connaissent pas, il ne se trouve pas un
seul député, si ce n'est le chimiste Naquet, pour
demander une sérieuse réforme de nos lois?

C'est sous l'Empire, de 1860 à 1869 surtout, qu'a commencé à Paris ce que le très spirituel Roqueplan nommait le paroxysme. Il n'était pas de financier ne cherchant à gagner des millions sur l'émission de mines situées dans... la lune ; le moindre petit boursier rêvait lui aussi aux millions, le petit employé écrasé par le luxe des autres ne supportait plus sa misère, il jouait à la bourse, après des jours de fortune il avait son petit krach. Paroxysme industriel, commercial, financier, artistique et littéraire... L'amour même n'était plus qu'une sorte de paroxysme de la passion. Chacun voulait s'enrichir vite, et jouir des biens de la vie à toute vapeur.

Le mercantilisme des lettres montrait déjà le vilain bout de son oreille d'âne.

Pourtant l'école des classiques avait encore des lueurs, semblables aux lueurs empourprées que laisse derrière lui le soleil allant éclairer d'autres régions.

La grande école des romantiques brillait sur nos sommets comme l'aurore aux mille feux ensoleille les cimes des monts.

On possédait une noble pléiade de grands hommes. Mais déjà on se demandait, avec une sorte d'angoisse, quels étaient ceux qui seraient de taille à les remplacer.

Les jeunes avaient du talent mais non du génie. Une sorte de vent funeste soufflait sur les âmes et leur donnait ce mal étrange que Victor Hugo a si bien défini dans un seul vers :

> Mal d'un siècle en travail où tout se décompose

J'arrivai à Paris, avec le désir intense, fou, de

connaître nos célébrités, de voir de près ceux
dont les œuvres m'avaient charmée.

Ma bonne chance me servit à souhait, il me fut
donné de pouvoir approcher plusieurs de nos
grands hommes, et la meilleure chance encore de
me lier avec quelques-uns.

Souvent, chez l'écrivain, l'homme est tout autre qu'on se l'était figuré en lisant son œuvre; le
voir, c'est perdre ses illusions.

C'est Lamartine qui le premier m'a fait ressentir ce sentiment irritant de la déception, et
m'a fait regretter amèrement d'avoir vu l'idole de
trop près.

On parlait de la misère de M. de Lamartine et
cette misère l'avait encore grandi dans mon esprit,
elle avait ajouté à mes yeux une auréole de
plus autour de son auguste front.

Je me le figurais vivant dans un pauvre logis
dénudé; je le voyais là, grand, digne et placide.

Un de mes amis connaissait cet illustre poète, il
alla lui demander, pour moi, l'honneur de lui être
présentée : gracieusement il accorda cette faveur
et fixa le jeudi suivant, à trois heures.

Dans quelle émotion je passais les heures qui
me séparaient de ce jour faste !

Il habitait rue de la Ville-l'Evêque, tout à côté
du ministère de l'intérieur.

Au jour dit, mon ami et moi nous arrivions chez
lui cinq minutes avant l'heure indiquée. Mon cœur
battait. J'étais aussi émue que la femme allant à
son premier rendez-vous. Tout bas je me redisais
ceux de ses vers qui m'avaient le plus empoignée,
et c'était comme une griserie qui me donnait le
vertige.

On nous introduisit dans une grande pièce au
rez-de-chaussée, une sorte de bureau, où se tenait
un homme, un de ses secrétaires sans doute, et
l'on nous pria d'attendre un instant.

Une vieille dame, portant un cabas à la main,
ayant une bien modeste toilette, de ces toilettes
qui dissimulent mal la gêne, était entrée en même
temps que nous. Elle venait pour s'inscrire à la
souscription du grand poëte, on lui passe un re-
gistre. Elle pose son cabas sur une chaise, sort son
étui à lunettes de sa poche, met ses lunettes sur
son nez et prend la plume. — A ce moment entre
un valet de chambre, il gratte à une porte, celle
donnant dans le sanctuaire, il l'entr'ouvre et dit :
Le cocher demande à monsieur quel est le cheval
qu'il faut atteler aujourd'hui? — Le noir, répond une voix, celle de Lamartine. Le valet de
chambre allait s'éloigner. La vieille dame qui avait
écouté, sans signer et sa plume à la main, s'approche de cet homme. — Mon ami, dit-elle, est-ce
que M. de Lamartine a encore des chevaux? —
Il en a deux, madame, lui répond le valet, qui
cela dit, s'incline et sort.

Alors la vieille dame reste une minute son-
geuse, puis elle remet la plume sur la table, ôte
ses lunettes, les remet dans leur étui et reprend
son cabas.

— Vous ne vous inscrivez pas, demande le secrétaire.

— Non, monsieur, ce serait par trop naïf de ma
part de venir en omnibus apporter mon argent à
un homme qui roule carrosse !

Elle dit cela sèchement, et sortit.

Le secrétaire se remit à son travail sans paraître ni étonné, ni froissé.

Je regardai mon ami, il avait rougi, et moi je sentais sur mon visage cette chaleur que donne le rouge pourpre de la honte.

Nous étions des fanatiques, et les fanatiques tout comme les amoureux souffrent de voir leur idole rapetissée.

Mon cœur cessa de battre, mon émotion disparut, je compris que je n'allais voir qu'un homme et non un demi-dieu.

J'avais rêvé taudis, je me trouvais dans un hôtel. Ô déception !

Enfin ! on nous introduisit dans un cabinet de travail très richement et très artistement meublé.

Lamartine, grave, majestueux, avec un geste un peu théâtral, nous tendit la main, nous indiqua des sièges et il s'assit en face de nous, sur un grand fauteuil à haut dossier, le bras droit appuyé sur son bureau, la main gauche appuyée sur son genou.

Je laissai mon ami prendre la parole, lui expliquer qui j'étais, lui parler de mes débuts dans la littérature, et moi, je me mis à examiner l'illustre poëte.

Le charme était bien brisé ! comme c'est singulier ! Un être vous apparaît entouré d'un prestige immense ; à la pensée de le voir, de lui parler, vous êtes tout enfiévré... Puis un rien, un incident, un détail prosaïque se produit, et voilà le prestige qui s'envole à tire d'ailes, l'idole n'est plus pour vous qu'un mortel de génie !

Ce qui me frappa d'abord dans l'examen de sa personne ce furent ses pieds. J'avais bien ouï dire qu'il était affligé de longs pieds, mais jamais, non jamais, je ne les aurais crus aussi *gendarmesques*... Que l'ombre du poète me le pardonne, mais ils me parurent plats !

La tête était belle, la bouche n'était pas très bonne ; ce qui dominait en ce vieillard, c'était un air de suprême distinction. Mais il avait en lui un je ne sais quoi d'étudié, de sec et d'antinaturel, qui me fit soudain penser à la statuette d'un grand bonze indou, en bois, et assis dans un fauteuil de nacre que j'avais vue dans une collection.

On a dit qu'il n'y a pas de grands hommes pour le valet de chambre, eh bien ! je crois que, par un suprême effort, Lamartine a trouvé moyen de rester demi-dieu pour son valet de chambre.

J'avais, à ce moment déjà, fait un premier voyage en Orient Mon ami le dit au poète ; j'eus un sentiment de malaise, je n'aurais pas voulu avoir à lui parler de cette contrée où il avait eu le malheur de perdre sa fille. Quoique ceci remontât à 1833, il me semblait que la mort d'un enfant fait une plaie au cœur que le temps est impuissant à cicatriser.

Mais le poète ne nous conta que sa ruine datant de son voyage en Orient, il avait dû y dépenser des sommes folles ; il nous dit son chagrin de n'avoir pas réussi à mettre en actions les immenses terrains que le grand Turc lui avait offerts.

Mettre un don en actions ! encore une idée qui est digne d'un financier, mais bien indigne d'un poète !

Il se plaignit de l'ingratitude des Français, qui ne savaient pas honorer leurs gloires, de sa souscription qui n'allait pas, de sa peur de ne pouvoir conserver Saint-Point.

Et moi, j'écoutais; malgré moi mes yeux se fixaient sur ses longs gros pieds, et je me disais que l'âme avait peut-être le corps qui lui convenait, un corps indicateur. Celui de Lamartine se dressait fièrement malgré le poids des ans; le regard profond semblait s'élever vers les cieux, mais ses grands pieds étaient là pour dire que l'âme avait encore un fort amour pour les biens de la terre.

Entendre cet homme venu de l'autre siècle parler argent, me paraissait une chose étrange.

Nous nous levâmes pour prendre congé, il me donna une sorte de bénédiction littéraire, me souhaitant le succès, puis il mit un baiser sur mon front et me dit : Un jour vous pourrez dire à vos enfants et le redire à vos petits-enfants, j'ai été embrassée par Lamartine !

Je l'avoue, est-ce à ma honte? je ne fus pas touchée, il me semblait que ces paroles ne venaient pas du cœur, qu'aucun élan de franche bienveillance ne les avait dictées.

Je rentrai chez moi toute déçue et presque attristée. Je pris *Jocelyn*, j'en relus une centaine de pages, mais je fermai le livre : entre le héros et moi se dressait le vieillard que je venais de voir. Je me mis à méditer, et le résultat des mes *songeries* fut qu'après tout, Lamartine avait été un admirable chanteur, mais un homme ordinaire, n'ayant pas un de ces grands cœurs qui possèdent la bonté suprême et divine, ni même un de ces cœurs de feu ayant des amours ardentes, des haines implacables, cœur vivant. Je me dis que tout en lui avait été convention et non naturel. Je me souvins d'une poésie que j'avais lue de lui et dans laquelle il chantait en beaux vers la mort de sa fille. Pour pouvoir mettre en vers une douleur pareille, il faut ne pas ressentir la douleur dans ses angoisses terribles.

Je constatai que cet immense amour de l'humanité souffrante, que l'on rencontre à chaque page dans l'œuvre de Victor Hugo, ne se retrouvait pas dans l'œuvre de Lamartine. L'un était un penseur sondant l'infini, l'autre un musicien, un amoureux d'harmonie, un rhytmique incomparable, un homme ayant du génie, mais point assez pour oublier parfois qu'il en avait et savoir rester humain. Bref, un très grand poète, mais un homme de taille moyenne.

L'homme, dans Lamartine, avait amoindri le poète à mes yeux; l'homme, dans Victor Hugo, m'a fait encore mieux comprendre la grandeur géniale de son œuvre.

Victor Hugo possède cette suprême simplicité apanage de la vraie force.

Il était exilé par l'homme du 2 décembre. Il habitait un nid d'aigle planté en plein Océan. Il allait souvent à Bruxelles pour corriger les épreuves de ses livres.

Jamais je n'aurais osé écrire à Lamartine, l'homme glacial drapé dans son prestige.

Point je n'aurais osé écrire à Victor Hugo vivant à Paris au milieu de sa cour; mais il était proscrit; en lui écrivant, en allant vers lui, on s'exposait aux tracasseries de la meute policière de Louis-Napoléon Bonaparte. Ceci me donna le courage d'écrire au grand poète et de lui demander la permission d'aller le voir à Bruxelles.

Il m'y autorisa par une lettre charmante.

Souvent, j'ai entendu des personnes s'étonner de voir ce grand homme répondre à tous ceux qui lui écrivent.

Elles ont bien tort de s'étonner, c'est tout naturel. D'abord Victor Hugo est bon gentilhomme; il est homme du monde jusqu'au bout des ongles. Or, l'homme réellement bien élevé ne laisse jamais une lettre sans réponse, surtout si elle est d'un inférieur comme rang social ou d'un très inférieur comme talent.

Ceci est une règle absolue de bonne éducation.

Et, de plus, Victor Hugo est bon; il possède l'âme la plus franchement bonne que je connaisse. Or il sent bien que, pour un petit poète, un modeste écrivain, recevoir une lettre de lui est un grand bonheur; alors, bravant fatigues et ennuis, il répond à tous des lettres d'encouragement gracieux. Une sorte de charité, la spirituelle.

Sa lettre me fit une joie immense : il avait l'exquise bienveillance de me dire qu'il connaissait mon nom, qu'il avait lu avec plaisir un livre de moi! Ah! qu'il y a loin de la bonhomie indulgente de ce grand poète à la morgue de certains journalistes!

Je partis au plus vite pour Bruxelles. Il habitait une maisonnette bien bourgeoise, bien modeste, située boulevard des Barricades. Une porte toujours ouverte conduisait dans un petit jardinet; la maison était au fond et sa porte en était également grandement ouverte.

Pourtant, je sonnai à la porte du jardin. Une vieille bonne, à la figure gaie et avenante, sans se déranger de sa cueillette de persil, me cria : « Entrez, entrez, madame. »

— Monsieur Victor Hugo? fis-je.

— Madame le trouvera dans le petit salon à droite en entrant.

— Mais voudriez-vous m'annoncer?

— Madame s'annoncera très bien elle-même, monsieur est si bon et si accueillant.

L'avez-vous remarqué? On peut sûrement dire : Tel maître, tel valet ; c'est à croire que ce dernier est l'enseigne vraie du premier. Dès l'antichambre, l'observateur peut se faire une idée exacte du caractère de celui à qui il va rendre visite. Les valets de Lamartine étaient froids, compassés, pédants. Cette brave servante de Victor Hugo était souriante et tout accueillante.

J'avais éprouvé une émotion craintive en allant chez le chantre des *Méditations*, j'arrivai chez l'auteur des *Orientales* sans crainte, avec cette joie immense qu'on a au cœur lorsqu'on va voir une personne qu'on aime depuis un siècle. Je m'étais demandé ce que je dirais à Lamartine. Je venais simplement exprimer naïvement et sans phrases à Victor Hugo. mon admiration profonde, ma sympathie sincère.

La pose intimide, la force attire.

J'entrai résolument. Il lisait, les coudes appuyés sur la table. « Olympe Audouard, » lui dis-je, me présentant moi-même.

— Soyez la bienvenue chez le proscrit, mon enfant, me dit-il en se levant et en mettant un baiser sur mon front. Ce baiser-là m'émut jusqu'aux larmes, car il me fit l'effet d'une sainte et divine bénédiction. Celui-là ne m'était pas donné en vue de la postérité, afin que je pusse un jour m'en faire gloire ; il était l'expression d'une bonté parfaite.

Victor Hugo a beaucoup en lui des antiques patriarches ; son hospitalité rappelle celle que l'on reçoit en Orient.

Le grand poète causa simplement ; rien en lui ne sentait la pose ; c'était un homme, non une idole. Nous parlâmes de l'empire, de notre chère France, humiliée sous la botte impériale. Il m'encouragea, avec une bonté ineffable, dans ma carrière littéraire et dans la campagne que j'avais entreprise en faveur de l'émancipation de la femme. « La femme, me dit-il, c'est la conscience de la patrie ; étouffer sa voix, c'est étouffer la conscience de la France. Elle doit être instruite, libre, et devenir la compagne de l'homme. »

Aucun homme n'a écrit des choses plus belles que Victor Hugo en faveur de la femme. Dans les *Châtiments*, il a été le prophète bien inspiré sur le sort qui attendait M. Bonaparte, l'homme du 2 décembre. Dans ces mêmes *Châtiments* est imprimé (page 320) le discours suivant qu'il prononça à Jersey à l'enterrement d'une pauvre femme emprisonnée, puis proscrite par l'empire pour avoir écrit des vers libéraux ; elle se nommait Louise Julien.

« Pitié !... Ce mot que je viens de prononcer, il a jailli du plus profond de mes entrailles devant ce cercueil, cercueil d'une femme, cercueil d'une sœur, cercueil d'une martyre ! Pauline Roland en Afrique, Louise Julien à Jersey, Francesca Maderspach à Temeswar, Bianka Téléki à Pesth. Tant d'autres : Rosalie Gobert, Eugénie Guillemot, Au-

gustine Péan, Blanche Clouant, Joséphine Prabeil,
Elisabeth Parlès, Marie Revill, Claudine Hibruit,
Anne Sangla, Armantine Huet et tant d'autres
encore, sœurs, mères, filles, épouses, proscrites,
exilées, transportées, torturées, suppliciées, cruci-
fiées. O pauvres femmes! Oh! quel sujet de larmes
amères et d'inexplicables attendrissements! Faibles, souffrantes, malades, arrachées à leurs familles, à leurs maris, à leurs parents, à leurs soutiens; vieilles quelquefois et brisées par l'âge,
toutes ont été des héroïnes, plusieurs ont été des
héros! Oh! ma pensée en ce moment se précipite
dans ce sépulcre et baise les pieds froids de cette
morte dans son cercueil! Ce n'est pas une femme
que je vénère dans Louise Julien, c'est la femme;
la femme de nos jours, la femme digne de devenir
citoyenne; la femme telle que nous la voyons autour de nous, dans tout son dévouement, dans
toute sa douceur, dans tout son sacrifice, dans toute
sa majesté! Amis, dans les temps futurs, dans
cette belle, et paisible, et tendre et fraternelle république sociale de l'avenir, le rôle de la femme
sera grand; mais quel magnifique prélude à ce rôle
que de tels martyres si vaillamment endurés!

» Hommes et citoyens, nous avons dit plus d'une
fois dans notre orgueil : « Le dix-huitième siècle
a proclamé le droit de l'homme; le dix-neuvième
proclamera le droit de la femme. » — Mais il faut
l'avouer, citoyens, nous ne nous sommes point
hâtés; beaucoup de considérations, qui étaient
graves, j'en conviens, et qui voulaient être mûre-
ment examinées, nous ont arrêtés. A l'instant où
je parle, au point même où le progrès est parvenu,
parmi les meilleurs républicains, parmi les démo-

crates purs, bien des esprits hésitent encore à admettre dans l'homme et dans la femme l'égalité de
l'âme humaine, et par conséquent l'assimilation
sinon l'identité complète des droits civiques. Di-
sons-le bien haut, citoyens, tant que la prospérité
a duré, tant que la République a été debout, les
femmes, oubliées par nous, se sont oubliées elles-
mêmes; elles se sont bornées à rayonner comme la
lumière, à échauffer les esprits, à attendrir les
cœurs, à éveiller les enthousiasmes, à montrer du
doigt à tous le bon, le juste, le grand et le vrai.
Elles n'ont rien ambitionné au delà. Elles qui, par
moments, sont l'image de la patrie vivante; elles
qui pouvaient être l'âme de la cité, elles ont été
simplement l'âme de la famille. A l'heure de l'adversité, leur attitude a changé; elles ont cessé
d'être modestes; à l'heure de l'adversité, elles nous
ont dit : — Nous ne savons pas si nous avons droit
à votre puissance, à votre liberté; mais ce que
nous savons, c'est que nous avons droit à votre
misère. Partager vos souffrances, vos accablements,
vos dénuements, vos détresses, vos renoncements,
vos exils, votre abandon si vous êtes sans asile,
votre faim si vous êtes sans pain, c'est là le droit
de la femme et nous le réclamons. — O mes frères!
et les voilà qui nous suivent dans le combat, qui
nous accompagnent dans la proscription et qui
nous devancent dans le tombeau! »

On le voit, ce poète de génie rend hommage à la
femme. Puisse sa prédiction s'accomplir et le dix-
neuvième siècle ne pas tomber dans le néant sans
avoir vu les républicains de la troisième République proclamer l'égalité de l'âme humaine!

Pourquoi, de retour à Paris et placé au sommet

du monde politique, n'a-t-il pas prononcé un admirable et entraînant discours en faveur de la femme? Pourquoi, lui qui a demandé par des lettres éloquentes la grâce de tous les condamnés, n'a-t-il pas écrit une page émouvante en faveur de la condamnée femme?

Victor Hugo aurait pu faire que sa prédiction se réalisât. S'il avait voulu, le dix-neuvième siècle aurait proclamé les droits de la femme. Pourquoi ne l'a-t-il pas voulu?

Pourquoi lui, *le fort*, a-t-il eu cette faiblesse des vulgaires hommes politiques, d'oublier, une fois au pouvoir, les paroles et les promesses faites avant?

Mystère!

Mystère que je lui demande humblement d'éclaircir, en lui rappelant son magnifique discours prononcé sur la tombe de Louise Julien.

Il a trop parlé de justice pour être de ceux flattant la femme lorsqu'on a besoin d'elle, et lui disant: Arrière! — lorsque le but est atteint.

Mais alors pourquoi, maître aimé, pourquoi, sublime poète, pourquoi, dans vos requêtes en faveur des condamnés, avoir oublié la femme?

Je vous crois justice et bonté, et en toute confiance je vous dis : Répondez, pourquoi?

Tout comme si le talent ne l'eût point sacré roi, Victor Hugo vint me rendre ma visite à l'hôtel. Je le revis plusieurs fois, tant à ce premier voyage qu'à un second que je fis à Bruxelles; toujours il montra la même bonhomie, la même adorable bonté.

A mon second voyage, il m'a sauvé la vie. Je devais, de Bruxelles, me rendre à Marseille, où le choléra régnait, et traverser Paris où il sévissait aussi.

En venant me dire adieu, il m'offrit un flacon contenant des gouttes contre le choléra, remède inventé par Trousseau. Dès le lendemain de mon arrivée dans ma ville natale, j'eus une attaque de choléra ; déjà j'avais les extrémités froides ; je bus ces fameuses gouttes de quart d'heure en quart d'heure ; elles eurent raison de ce mal terrible, et je suis sur terre au lieu d'être dans le monde des esprits. Son intention était bonne, je ne lui en garde pas rancune.

Avec quel bonheur je lus et relus les *Châtiments*! Ce livre était sévèrement défendu en France, je n'avais pu me le procurer ; aussi, arrivée à Bruxelles, je me dis que, n'étant point sûre de pouvoir le passer à la frontière, le meilleur moyen était, pour en faire bénéficier les Parisiens, de l'apprendre par cœur, et j'emmagasinai quinze cents vers dans ma mémoire, toute la pièce de l'*Expiation*, toute celle intitulée : *Cette nuit-là*, et aussi *Stella*.

Je faillis, à cause de ces livres et d'une dizaine de pamphlets contre l'empereur, aller sur la paille humide des cachots ; je comptais les dissimuler dans les poufs de mes robes et dans la doublure de mes manteaux. Une dépêche m'ayant fort troublée et m'appelant brusquement à Marseille, sans plus songer à rien je jetai pêle-mêle ces livres avec mon linge dans mes malles, et je partis. En route, je songe à l'imprudence que j'ai commise ; j'en parle à un journaliste, mon compagnon de voyage. « Très grave, me dit-il, il y va pour vous de la prison et d'une forte amende. »

La perspective n'avait rien de gai, et, lorsque

arrivés à la frontière, nous fûmes invités par la
police à passer à la salle de la douane, j'étais fort
perplexe. Mon sac de voyage à la main, j'entrai
dans la douane la tête basse.

La visite commence, un douanier ouvre d'abord
mon sac; il découvre, dans une serviette, un livre
innocent, celui-là, intitulé : *Non, Louis XVII n'est
pas mort au Temple*. Cet homme croit que j'ai
voulu le dissimuler; il s'en empare brusquement,
lit le titre attentivement; un policier flairant une
bonne découverte vient examiner ce livre; alors je
dis tout haut : « Eh là, messieurs, comme vous
avez l'air navré que Louis XVII ne soit pas mort
au Temple! Pensez-vous que cet événement, peu
récent, du reste, puisse gêner l'empereur? » Les
voyageurs se mettent à rire; le policier, furieux à
l'idée qu'on se moquait de lui, s'éloigne en bou-
gonnant; le douanier, non moins vexé, me rend
le livre, et, pressé d'en finir avec moi, fait un signe
à la craie sur mes deux malles, et me tourne le
dos.

J'étais sauvée !

— Vous pouvez vous flatter d'avoir une rude
chance! me dit mon confrère, lorsque nous fûmes
remontés dans notre voiture.

Souvent, le hasard vous joue des tours pendables;
il n'est que juste que, parfois, il vienne à votre
aide.

Les *Châtiments* et *Napoléon le Petit* furent
accueillis à Paris avec une joie folle; on les dévorait, ils passaient de main en main, on en faisait
des copies, et je dois déclarer, pour être véridique,
que les hommes de l'entourage de l'empereur

se montraient les plus empressés à me les demander.

Je me souviendrai toujours de ceci : Le général
Edmond de Toulongeon étant venu me voir me dit
de suite : « Rapportez-vous les *Châtiments?* »
« Certainement, » fis-je. Il resta silencieux une
minute, il paraissait ému ; puis, avec hésitation, il
me dit : « Suis-je nommé dans l'*Expiation?* »
« Non, » lui dis-je. Sa figure s'illumina. « Que je
suis heureux! fit-il, et je vous en supplie, si vous
retournez à Bruxelles, déposez mes remerciements
aux pieds de Victor Hugo. C'est un écrivain de
génie, un honnête homme ; être attaché par lui au
pilori de l'histoire m'aurait fait un grand chagrin.»
Puis il m'expliqua longuement qu'il n'avait point
pris part au coup d'État et que, s'il était bonapar-
tiste, c'est que l'empereur était un charmeur dont
il avait subi le charme.

J'ai récité l'*Expiation* à Mocquart, à Bacciochi
et à bien des hauts personnages de la cour, et je
vous jure bien que ceux attachés au pilori par le
poète étaient honteux et fort désolés. Ils ne pre-
naient point l'air dégagé qu'avait pris l'empereur
en montrant le volume de *Napoléon le Petit* à ses
courtisans et en leur disant : « Voilà, messieurs,
Napoléon le Petit par Victor Hugo le Grand ! »

Le pauvre homme! il ne se doutait même pas
combien ce qu'il disait était vrai!

Selon moi, Victor Hugo n'a rien fait de plus beau
que ces vers intitulés l'*Expiation*. La retraite de
Moscou, la fatale bataille de Waterloo, Napoléon
à Sainte-Hélène, sa mort, l'orgie du deuxième empire, ne sont pas simplement contés, ils sont peints,
et il y a là des images qui font des tableaux splen-

dides à la Rembrandt. Aucune des œuvres si belles du grand poète n'atteint cette hauteur et n'est aussi saisissante.

En émettant cette opinion, j'ai trouvé bien des contradicteurs, mais toujours je les ai mis au pied du mur et je les ai forcés de convenir qu'ils n'avaient point lu l'*Expiation* et qu'ils la jugeaient d'après l'opinion d'un *certain journal*, qui avait déclaré que la haine avait mal servi le grand homme et qu'il s'était montré inférieur à lui-même dans les *Châtiments*.

Il y a une foule de gens qui, pour s'éviter l'examen que coûte une opinion à acquérir, acceptent aveuglément celle du journal en question.

Est-il possible, je vous le demande, de trouver des images plus belles et plus saisissantes que celles contenues dans la pièce intitulée : *Cette nuit-là*.

> Trois amis l'entouraient. C'était à l'Elysée.
> On voyait du dehors luire cette croisée.
> Regardant venir l'heure et l'aiguille marcher,
> Il était là, pensif ; et, rêvant d'attacher
> Le nom de Bonaparte aux exploits de Cartouche,
> Il sentait approcher son guet-apens farouche.
> D'un pied distrait, dans l'âtre, il poussait le tison,
> Et voici ce que dit l'homme de trahison :
>
> « — Cette nuit, vont surgir mes projets invisibles,
> Les Saint-Barthélemy sont encore possibles.
> Paris dort, comme au temps de Charles de Valois;
> Vous allez dans un sac mettre toutes les lois,
> Et par-dessus les ponts les jeter dans la Seine. »
>
> Comme ils sortaient tous trois de la maison Bancal,
> Morny, Maupas, le grec, Saint-Arnaud, le chacal,
> Voyant passer ce groupe oblique et taciturne,
> Les clochers de Paris sonnant l'heure nocturne

S'efforçaient vainement d'imiter le tocsin;
Les pavés de Juillet criaient : A l'assassin !
Tous les spectres sanglants des antiques carnages,
Réveillés, se montraient du doigt ces personnages;
La Marseillaise, archange aux chants aériens,
Murmurait dans les cieux: Aux armes, citoyens!

Avouez-le, ceux qui ont dit que le poète avait été ici inférieur à lui-même ont été aveuglés par la passion politique.

Est-il possible de faire plus grand, plus sublime que dans ce tableau de Sainte-Hélène :

Il croula, Dieu changea la chaîne de l'Europe.
Il est au fond des mers que la brume enveloppe,
Un roc hideux, débris des antiques volcans.
Le destin prit des clous, un marteau, des carcans,
Saisit, pâle et vivant, ce voleur du tonnerre,
Et, joyeux, s'en alla sur le pic centenaire
Le clouer, excitant par son rire moqueur
Le vautour Angleterre à lui ronger le cœur.

Evanouissement d'une grandeur immense!
Du soleil qui se lève à la nuit qui commence,
Toujours l'isolement, l'abandon, la prison;
Un soldat rouge au seuil, la mer à l'horizon,
Des rochers nus, des bois affreux, l'ennui, l'espace,
Des voiles s'enfuyant comme l'espoir qui passe.
. . . .
Un jour enfin il mit sur son lit son épée
Et se coucha près d'elle, et dit : C'est aujourd'hui!
On jeta le manteau de Marengo sur lui.
Ses batailles du Nil, du Danube, du Tibre
Se penchaient sur son front; il dit : Me voilà libre!
Je suis vainqueur! Je vois mes aigles accourir !
Et, comme il retournait sa tête pour mourir,
Il aperçut, un pied dans la maison déserte,
Hudson-Lowe guettant par la porte entr'ouverte.
Alors, géant broyé sous le talon des rois,
Il cria : La mesure est comble, cette fois!
Seigneur! c'est maintenant fini. Dieu que j'implore
Vous m'avez châtié! — La voix dit: Pas encore!

L'*Expiation* est l'épopée la plus grandiose et la plus belle qui existe. Selon moi, c'est l'œuvre capitale du maître. Quelle grande et ingénieuse pensée de punir le *Dix-huit brumaire* par le 2 décembre !

Lorsque j'ai été en Amérique, le livre des *Châtiments* y était peu connu. J'ai souvent déclamé l'*Expiation*, toujours elle a été couverte de bravos enthousiastes.

Un jour, en Russie, on me pria de la dire. Il y avait une nombreuse assistance, beaucoup d'officiers. Ils m'écoutèrent avec une émotion réelle. Au récit des tortures subies par notre armée perdue dans les neiges, les yeux des Russes se mouillèrent de larmes, tout comme si j'avais narré le désastre non d'une armée ennemie mais d'une de leurs armées.

Lorsque j'eus fini, la maîtresse de maison dit à un des hommes présents : « Alexis, dites à madame ce que votre père vous a conté souvent ; dites-lui combien nous avons soigné avec dévouement et affection les Français prisonniers ou blessés. » Et cet homme me conta que son père faisait partie de la grande armée ; blessé, il avait été recueilli par une famille, et si tendrement soigné par elle, si choyé par tous les Russes, qu'il guérit. Il est resté chez nos vainqueurs, il a épousé une Russe, son fils est Russe. Il me dit qu'une centaine de prisonniers et de blessés, touchés de la bonté des Russes avaient fait comme son père et s'étaient fixés en Russie.

Le peuple russe est un des meilleurs que je connaisse, et c'est le seul aimant réellement la France,

quoique, convenons-en, nous n'ayons rien fait pour
mériter cette sympathie.

Le jour de la rentrée de Victor Hugo à Paris fut
un beau jour pour nous; ce fut un rayon de soleil
venant faire diversion à nos patriotiques angoisses.
Nous étions nombreux à la gare, et tout Paris
était massé sur son parcours. Quelle ovation en-
thousiaste il reçut !

Et comme il était ému de revoir son cher Paris
Ce jour-là, que de larmes de joie coulèrent !

Bien des fois j'ai revu Victor Hugo pendant le
siège. Qu'il était jeune et vaillant avec son costume
de garde national et son képi sur l'oreille !

Pas un n'était plus exact que lui à monter sa
garde.

Lui aussi voulait, comme Chanzy, comme Gam-
betta, la résistance à outrance ; nous la voulions,
nous aussi. Nous étions fous, peut-être, mais de
combien notre folie était plus noble et plus grande
que la prudence des autres !

Quelque opinion qu'on ait sur la Commune, et
tout en reconnaissant les fautes commises par ses
chefs, on doit reconnaître que le premier souffle de
la révolte est parti d'un sentiment d'ardent patriotisme ; il a été inspiré par le désespoir éprouvé par
une paix honteuse.

Puis, les Italiens, les Polonais, les Russes, qui
s'étaient faufilés dans ses rangs, se mêlant de ce
qui ne les regardait pas, ont donné un tout
autre caractère à ce mouvement qui, débutant par
le patriotisme, a fini par la hideuse guerre civile.

Il est une chose que je regrette que Victor Hugo
n'ait point écrite : ce sont ses mémoires. Que de
choses curieuses il pourrait nous dire, lui qui a

vu toutes les luttes, tous les grands événements de
ce siècle, qui a vu tomber cinq souverains et naître
deux républiques !

Je vous l'ai dit, ce grand poète, par l'effet de
cette politesse innée du gentilhomme, et par l'effet
de sa bonté native, répond à toutes les lettres
qu'on lui envoie. J'ai eu la bonne fortune de recevoir beaucoup de lettres de lui. Des lettres inédites
de Victor Hugo offrent toujours un vif attrait, c'est
pourquoi je vais vous en offrir deux. La suivante
me fut adressée par lui en 1868, au moment de
mon départ pour l'Amérique.

« Je m'empresse, madame, de vous répondre.
Votre gracieuse lettre me charme et m'attriste.
Hélas ! vous êtes donc de ceux qui ne me croient
point quand je parle de mon isolement ! Je suis
dans ce monde un méconnu, et, par conséquent,
un solitaire ; je n'y connais plus que tout le monde,
c'est-à-dire personne.

» En Amérique, je connaissais deux hommes :
John Brow, qu'on a pendu ; Lincoln, qu'on a poi-
gnardé.

» En Italie, je connais Garibaldi vaincu.

» En Grèce, Zimbakaki traqué ; en Russie, Herzen
chassé ; tel est mon bilan. J'ai demandé à Victoria
la grâce du fénian Burke, je l'ai eue. J'ai demandé
à Juarez la vie de Maximilien trop tard, mais l'eût-il
accordée ? Je ne connais pas J... qui est un traître.

» Je suis un proscrit ; si jamais vous êtes proscrite, nous ferons la paire, en supposant qu'un
hibou puisse nicher près d'une fauvette.

» Vous me demandez si j'ai fait des vers sur
l'Amérique ? Oui, dans les *Châtiments.*

6.

» **Vous** allez donc passer la mer? Vos blanches ailes ne craignent point les grands espaces; vous êtes faite pour planer, ayant la beauté et l'esprit. Je ne connais pas un journaliste en Amérique, quoique plusieurs me soient sympathiques. Si vous rencontrez une belle Américaine, Mme de Montgomery Atwood (en Europe en ce moment), montrez-lui cette lettre, elle a influence dans plusieurs grands journaux, elle vous aidera gracieusement.

» Je ne puis écrire tout ce que je dirais, la police de France intercepte mes lettres. Soyez heureuse, madame, vous méritez le succès, vous l'aurez. Je me mets à vos pieds.

» Victor Hugo.

Cette seconde me fut adressée à Bruxelles. Je lui avais envoyé mon album, avec prière d'y mettre une ligne, et je lui avais envoyé un de mes livres.

« Une chose que je n'ai jamais, madame, c'est un livre de moi; je ne m'aperçois point de ce détail et je ne le regrette que le jour où un charmant esprit et une charmante femme veut bien me faire l'honneur de m'offrir un de ses ouvrages, et à qui je voudrais, en échange, en offrir un des miens. Je saisirai la première occasion de m'acquitter envers vous, et, en attendant, j'ai déjà lu ce que vous avez eu la bonne grâce de m'adresser; bien des pages excellentes et spirituelles; on sent le cœur dans votre esprit.

» Je vous envoie votre album, vous y trouverez la preuve de mon obéissance à vos gracieux ordres.

» Je suis ici occupé et préoccupé de mille choses

et mille affaires à la fois. Votre présence dans Bruxelles est un charme; j'irai le chercher. Je profiterai de mon premier moment de liberté pour aller chez vous, madame, mettre à vos pieds mes empressements et mes hommages.

» VICTOR HUGO. »

On le voit, il est impossible de mieux oublier qu'on est le plus grand poète du siècle, et que celle à qui l'on écrit n'est qu'un modeste écrivain, plus riche en bonnes intentions qu'en talent! Impossible aussi d'être plus parfaitement homme du monde !

Aujourd'hui, Victor Hugo est entouré de ses petits-enfants, une cour d'amis et d'admirateurs l'entoure, ma sauvagerie m'empêche de me joindre à ses admirateurs, dont je suis la plus modeste mais non la moins dévouée et non la moins fervente.

L'an dernier j'eus la preuve que sa bienveillance est toujours aussi grande. Je désirais un autographe de lui pour orner le numéro du jour de l'an que je voulais offrir à mes lecteurs. J'allai chez lui, il était absent; je laissai une feuille de papier autographique, un flacon d'encre et une de ces maudites petites plumes fines et pointues nécessaires pour écrire sur ce papier, mais bien difficiles à manier. Par un mot je le priais d'y mettre une ligne pour le *Papillon*; dès le lendemain je recevais ce que je souhaitais, avec ces mots sur un papier ordinaire:

« Mauvaise plume, mais bon cœur.
» Toujours à vos pieds, madame.

» VICTOR HUGO. »

Le génie ne grise pas.

La médiocrité seule connaît la vanité et le sot orgueil. X. Z. et Cie nous en donnent chaque jour la preuve.

Aujourd'hui, Victor Hugo toujours génial, toujours fort, assiste à la décadence des lettres. Il reste, géant, entouré de nains !

N'est-il pas singulier, qu'alors qu'en sciences, en arts mécaniques, en industrie, nous avons progressé d'une façon énorme; en arts et en belles-lettres, nous n'ayons pu, malgré nos efforts, atteindre les hommes des siècles depuis longtemps disparus !

Quel est celui de nos sculpteurs qui peut avec raison se vanter d'être un Phidias ?

Quel est le peintre moderne qui pourrait être comparé à Rubens, à Rembrandt ou au Véronèse, au Titien ?

Trouverions-nous un sculpteur, un architecte et un peintre qui, en s'y mettant à trois, pourraient faire des œuvres équivalentes à celles de Michel-Ange ?

En littérature, pouvons-nous nous vanter d'être en progrès ?

Molière a-t-il surpassé Aristophane ?

Racine, Corneille, Boileau et Voltaire ont-ils surpassé Homère, Sophocle, Euripide, Aristote, Platon, Pythagore, Juvénal, Tacite, le Dante, Pétrarque, l'Arioste, Cervantes, Calderon, Lope de Vega et Shakespeare ?

Non, ils se sont inspirés d'eux simplement. Notre grande école de 1830 a-t-elle égalé en génie la noble pléiade des écrivains du règne de Louis XIV ?

Seul, Victor Hugo a eu autant de beauté rythmique que Corneille et Racine; il a été plus humain qu'eux et chez lui la grandeur de l'idée a égalé la perfection de la forme; seul Victor Hugo s'est élevé jusqu'à Shakespeare dans son théâtre, et à Juvénal dans ses satires.

La nouvelle pléiade d'hommes de plume que nous possédons à présent, est bien inférieure à celle qui brillait encore à Paris en 1862.

Aucun des nouveaux éclos ne saura égaler Lamartine, Alfred de Musset, Théophile Gautier, Jules Janin, Dumas père, Michelet et Sainte-Beuve.

La prétention et la morgue de certains actuels est grande, mais si vaste qu'elle soit, elle ne dissimule pas leur médiocrité.

La science, elle, marche au contraire à pas de géant : après la vapeur, l'électricité; après le télégraphe, le téléphone qui, il est vrai, nous vient avec le téléphone du nouveau monde.

Pourquoi les arts et les lettres ne suivent-ils pas cette même marche ascendante? Question curieuse à étudier!

Sans rien préjuger, je me permets d'insinuer que ce qu'on nomme la civilisation leur a porté un coup mortel.

En somme, notre civilisation, dont nous sommes si fiers, consiste à nous vêtir correctement à la dernière mode, à savoir saluer, entrer et sortir pas trop gauchement d'un salon, à bien débiter à propos certaines formules de politesse, à loger dans un appartement beau, confortable, orné d'objets d'art—celui qui ne sait pas et qui n'a pas tout cela n'est pas un homme du monde suivant notre civilisation. — Or tout le monde veut être homme du monde, la banalité a tué l'originalité. Il faut beaucoup d'argent pour être un homme du monde ; les belles-lettres et les arts ne sont plus un idéal, une aspiration de l'âme, mais un simple moyen de gagner beaucoup d'argent.

Le Dieu or a étouffé le génie.

Ecrire n'est plus un art, mais simplement un moyen de faire fortune ; aussi, assistons-nous à ce spectacle curieux des juifs se ruant sur la presse et abordant même la littérature. Dans tous les journaux l'élément juif est représenté, il en est un défendant le trône et l'autel, qui compte cinq juifs dans sa rédaction, intelligents et habiles ; eux ne croyant pas à Jésus, font de l'argent en soutenant le catholicisme : les faiseurs prennent le pas sur les écrivains.

La transformation de la presse et de la littérature depuis 1865 est complète. Notre prétendue civilisation est encore pour quelque chose, je crois, dans l'abaissement de nos lettres, elle enfante des nullités, en empêchant le développement de toute originalité. Elle est essentiellement bourgeoise, or le bourgeois aime la convention uniforme et bête. Elle a appliqué le mot de bohème à certains originaux de génie : aujourd'hui nul ne veut plus être un bohème et chacun ressemble à un chacun, l'auteur vit en bourgeois, fraye avec des bourgeois, et de ce frottement ne sort aucune étincelle ; le bourgeois ni gagne rien, l'auteur y perd un peu : la sottise est éminemment contagieuse.

L'écrivain et l'artiste, pour avoir de ces envolées qui les portent jusqu'aux régions hantées par le génie, doivent vivre seuls ou frayer avec les grands ouvriers de la pensée.

Comme en France on est très amateur de la *foorme*, on doit trouver qu'aujourd'hui les écrivains sont devenus plus raisonnables, plus corrects; pour moi, je trouve ces écrivains *embourgeoisés* singuliers, et, je le déclare, je préférerais la non-correction de Théophile Gautier et de Dumas père.

Ce bon Dumas père était un brin bohème, mais quel cœur! quel esprit! et quel talent! J'ai fait sa connaissance d'une façon bien imprévue. J'étais à Aix en Savoie. Mme Marie Bonaparte-Wyse, alors Mme Ratazzi, y était aussi; comme on le sait, elle avait une jolie salle de spectacle, qu'on nommait le théâtre du Châlet. Nous y jouions la comédie au profit des pauvres.

Notre troupe se composait de Mme Ratazzi, douée d'un fort joli talent de comédienne; — elle est aujourd'hui la femme d'un noble espagnol, M. de Rute;

De moi, qui n'avais qu'un talent médiocre; de Tony Révillon, qui jouait avec un vrai talent et un naturel parfait les rôles de jeunes premiers et d'amoureux;

Du jeune Leroy de Loulay, qui a si bien pris goût aux planches, qu'il s'est fait nommer député et joue aujourd'hui un rôle sur la scène du Corps législatif, section de la droite;

De sir Henri Stuardt, jouant les rôles comiques avec tant de talent, qu'un soir, la représentation terminée, un impressario lui fit des offres superbes, le prenant pour un vrai cabotin. Fort contrarié en apprenant que c'était un Anglais pour tout de bon et un Crésus, il ne trouva rien de mieux que de lui dire : « Ah! monsieur, que je regrette que vous ne soyez pas un pauvre diable sans le sou, je vous aurais fait un sort! »

Nous en rîmes huit jours.

Un après-midi nous répétions une pièce d'Alexandre Dumas père intitulée : le *Châle vert*, je venais de réciter ma tirade, lorsque soudain sort de la coulisse un grand colosse, son chapeau à la main, la mine souriante : — Bravo, bravo, mon enfant; c'est très bien, je suis content de vous.

Je regarde de toute ma hauteur cet intrus m'appelant son enfant et se présentant de lui-même avec un pareil sans façon; — il eut un bon sourire et me dit: — Je suis Alexandre Dumas; voulez-vous me permettre, Madame, vu mon âge, de vous nommer mon enfant?

Et vous, mon cher maître, voulez-vous me permettre de vous embrasser; il y a si longtemps que je désirais vous connaître.

Il me donna deux gros baisers de nourrice, puis me dit : Pourquoi ne pas venir à moi, ou ne m'avoir pas appelé à vous. Et comme je lui répondais que je n'avais point osé, il se mit à rire de son rire franc et bon : Ne pas venir à moi, mais c'est absurde; je suis le grand-papa de tous les jeunes, et je vous le jure, j'aime bien mes petits-enfants; ce n'est pas moi qui les gronde, mais ce sont eux qui souvent se permettent de m'appeler un grand enfant, un grand fou.

— Et, fis-je, ont-ils raison ?

— Je le crois, c'est si bon de rester enfant! et la folie est encore la plus grande des sagesses.

Nous fûmes dès cet instant les meilleurs camarades du monde. Souvent, je l'appelais vieux grand-père, et lui m'appelait sa petite amie chérie; il me donnait des conseils, se donnait la peine de lire ce que j'écrivais. Je ne crois pas qu'il soit possible de trouver dans l'univers un homme plus excellent, plus obligeant et plus *bon garçon* que lui.

Méry avait la réputation d'être un très brillant causeur, mais on ne pouvait, selon moi, nommer Méry un causeur, car la causerie est duo, trio, quatuor. Chacun y met son mot, à tour de rôle tous donnent la réplique. Eh bien! pour Méry, causer c'était faire un monologue; dès qu'il était dans un salon, il prenait le dé de la conversation, il se savait brillant, il aimait à briller et prétendait briller seul, ce qui souvent vexait fort ceux qui auraient voulu se tailler un petit succès à côté de lui.

Alexandre Dumas causait bien; son esprit vif, brillant, original, ne faiblissait jamais, il vous faisait faire des voyages charmants dans les régions de la fantaisie, mais il possédait cet art si rare de savoir écouter, il aimait à faire ressortir l'esprit des autres. J'habitais alors, 38, rue de Penthièvre. Dumas était un assidu des soirées que je donnais, et, tous, nous étions sous le charme de sa parole et sous celui non moins grand de sa bienveillance infinie et de sa bonhomie parfaite.

Un jour, un seul jour, Alexandre Dumas m'étonna. Vint à Paris le général Geffrard, l'ancien président dégommé de la république d'Haïti. C'était un noir du plus beau noir, mais aux traits grecs, aux cheveux d'un blanc de neige, et pas trop crépus. Il était instruit, intelligent, très homme du

7

monde ; il se fit présenter à moi. Je l'invitais à mes soirées du vendredi. Il nous contait, avec un grand fond de philosophie, la façon dont on l'avait renversé. « Voyez comme mes compatriotes ont eu tort, disait-il, ils m'ont ôté le pouvoir au moment où j'allais les blanchir ! »

Et comme nous nous écriions : —Eh quoi ! vous avez trouvé un philtre pour rendre la peau noire rose et blanche ?

— Non, nous répondait-il, je ne suis point assez sorcier pour opérer ce miracle, mais je comptais faire venir d'Irlande un millier de beaux gars blonds et roses, et un millier de belles jeunes filles, aussi bien blondes et bien roses. J'aurais marié les garçons avec mes jeunes négresses, et les jeunes Irlandaises avec mille de mes plus beaux nègres. J'aurais ainsi, avec l'aide du temps, créé une belle race, j'aurais blanchi mon peuple. Il m'a chassé, tant pis pour lui, il restera noir, noir comme Satan !

Un soir, il nous conta qu'il était un peu parent avec Alexandre Dumas ; il nous expliqua que la négresse Tiennette, dont le marquis de la Pailleterie avait eu un fils, qui a été le fameux général Davy Dumas, qui servit avec éclat sous Dumouriez et qui fut le père d'Alexandre Dumas père ; que cette belle négresse Tiennette était la sœur de sa grand'mère. Il m'exprima le désir de connaître son illustre parent.

— Rien n'est plus facile, lui dis-je. Dumas n'est pas venu ce soir, mais je vais lui écrire qu'il vienne dîner chez moi demain. Venez, vous ferez connaissance à table.

Naïvement, je me figurais, moi, que notre grand

écrivain serait enchanté de faire la connaissance
de l'ex-président d'Haïti, et tout heureux de parler
de cette île, berceau de sa famille. — Plus naïvement encore, n'ayant jamais partagé ce sot préjugé
sur la couleur de la peau, je pensais que Dumas
serait enchanté d'entendre parler de cette belle
Tiennette et de ses amours avec le marquis de la
Pailleterie. Dès le lendemain matin, je lui écrivis
ces deux lignes: « Ami, vous invite à dîner ce soir.
Je vous présenterai un homme bien désireux de
vous connaître. »

Le général Geffrard arriva le premier, il était radieux. Alexandre Dumas entra dans mon salon à
sept heures sonnantes, il avait l'air joyeux lui aussi.
Soudain il aperçoit Geffrard, il le regarde étonné...
puis... je vois toujours la figure du cher grand
homme s'assombrir, et son bon sourire ordinaire se
changer en un rictus où le dépit et la colère s'al-
liaient. Je compris que j'avais fait un impair, je
lui présentai Geffrard et bientôt je m'empressai
de faire passer mes convives dans la salle à manger.

Le dîner ne fut pas gai. Alexandre Dumas était
mal à l'aise, et il le laissait voir. Le général lui
parla de Tiennette, de leur parenté. Dumas lui
répondit un peu sèchement que cela remontait bien
loin, qu'il était né en France et qu'il ne connaissait pas Haïti.

Voyant que ce sujet lui était désagréable, je mis
la conversation sur un autre sujet. Mais je fus profondément étonnée de trouver ce petit côté mesquin dans le grand esprit de cet écrivain d'un si
grand talent.

Geffrard, lorsque Dumas eut pris congé de nous,
ce qu'il fit de bonne heure contre son habitude,

me dit avec un fin sourire : « Ce Dumas est encore plus mulâtre qu'il ne le croit, car il a la haine du nègre. »

Notez que Dumas me bouda un temps, il resta plusieurs vendredis sans venir, il pensa que j'avais voulu l'humilier en le faisant rencontrer avec Geffrard, qui se disait son parent.

Jamais je n'aurais pu soupçonner que lui, argument de si haute valeur contre ce sot préjugé de race, pût l'avoir ; d'autant, qu'il m'avait montré un grand tableau représentant son père le général Davy Dumas, en grand costume, la main appuyée sur son cheval de bataille ; il paraissait fier d'être le fils de ce brave, qui avait une fort belle prestance et qui, quoique fortement mulâtre, était beau garçon.

Alexandre Dumas habitait alors le 106 du boulevard Malesherbes ; sa fille Marie Pestel habitait avec lui ; elle faisait de la peinture, et se préparait à faire paraître son livre intitulé *Au lit de mort*.

Dumas se piquait, non sans raison, d'être un excellent cuisinier : un jour il nous invita une vingtaine de personnes à aller manger un diner entièrement fait par lui.

J'arrivai de bonne heure, je le trouvai en manches de chemise, avec un tablier bleu, et c'était, ma foi, bien lui qui préparait les rôts, les entrées, les sauces et les entremets : vingt plats avaient été confectionnés par lui.

Le diner fut exquis, mais d'un épicé à nous faire vider avec entrain toute la cave de Dumas. Mme d'Assailly, Mme Rattazzi, Mme de Renneville, une comtesse polonaise dont le surnom était Dindonoska, le comte de Pomereu, Dupuy de Lôme, entre autres, assistaient à ce repas qui fut fort gai; le grand romancier était très fier de voir combien nous appréciions son talent culinaire. Faire la cuisine était une passion chez lui; souvent, lorsqu'il venait dîner chez moi, il allait à la cuisine pour faire un plat ou pour donner un conseil à ma cuisinière; mais dame Inès mon vieux cordon bleu lui disait sans façon: «Monsieur Dumas, vos livres sont merveilleux, ils m'intéressent, même moi qui ne suis qu'une bête... Mais je les lis sans essayer d'en écrire; ayez donc la bonté de manger ma cuisine sans vouloir la préparer. »

Il revenait tout ennuyé au salon en disant: «Elle est intraitable votre cuisinière! » Et, pour se venger, il l'appelait Inès de Castro, ce qui la fâchait beaucoup... « Que madame, me disait-elle, me rende justice, je casse très peu. »

Nous riions; alors avec un vrai désespoir elle s'écriait: « Mais qu'ai-je donc tant cassé? »

En 1869 Dumas était un peu fatigué; il avait deux feuilletons à finir; les visiteurs, toujours pendus à sa sonnette, l'empêchaient de travailler. Je lui offris une petite maison que je possède dans le parc de Maisons-Laffitte... Il accepta sans façon, comme je lui offrais de tout mon cœur et sans façon, et nous prîmes jour pour aller nous y promener, afin qu'il vît comment il pourrait s'y caser.

Par un hasard extraordinaire, Charles Joliet ne connaissait pas Dumas, et inutile de dire qu'il avait un grand désir de le connaître. Je l'invitai à venir avec nous, et je le présentai à Dumas, qui fut pendant toute la journée d'une joie d'enfant, admirant de bonne foi ma baraque, fort laide, mais entourée de beaux arbres ; il écoutait ravi le rossignol chanter, il faisait des projets de jardinage, il était charmant, étincelant d'esprit. Cette journée, passée dans les bois avec ce cher grand disparu, est restée gravée dans ma mémoire, et je gage que mon confrère Joliet s'en souvient, lui aussi, car il était bien content de causer avec Dumas, et fort touché de la sympathie que lui témoignait le grand homme.

Huit jours après, il s'installait dans ma modeste maisonnette. Je n'allais pas le voir, afin qu'il fût libre de faire ce qu'il voulait et de recevoir qui il voulait, et je crois qu'il y passa cinq ou six semaines fort joyeuses. Le cher ami a écrit quelques lignes sur le mur de la fenêtre près de laquelle il écrivait habituellement; je prends grand soin qu'elles ne s'effacent pas, et ma maisonnette est devenue célèbre. On ne l'appelle plus que la maison d'Alexandre Dumas.

Il est mort chez son fils, au Puy, ce qui m'a privée de la consolation de lui dire un dernier adieu. Je n'ai du reste pas même reçu une lettre de faire part du fils, quoique je fusse en bons termes de politesse avec lui.

On peut affirmer que la lettre, c'est l'homme. Dans un roman, dans une pièce de théâtre, l'homme n'est pas lui ; son esprit devient caméléon, il change de couleurs et de formes. Mais, dans le billet, l'homme redevient lui, sans préméditation, sans le vouloir même, il se montre tel qu'il est.

Il m'arrive chaque jour de recevoir des lettres d'hommes que je ne connais que par leur notoriété; eh bien! leur calligraphie, leur style, me les montrent souvent tout autres que je les croyais. Ils me révèlent leur vrai caractère, car, lorsqu'il m'est donné, après la lettre reçue, de les voir et de causer avec eux, je constate que l'impression causée par la lettre était juste.

Avant d'avoir étudié un peu la science graphologique avec l'abbé Michon, j'en avais éprouvé la vérité par l'impression différente que me causaient les écritures. Souvent, il m'arrivait, recevant une lettre d'une personne inconnue, de la jeter au panier sans la lire. Le graphique m'avait causé une impression désagréable. D'autres fois, le graphique au contraire m'inspirait une sorte de sympathie, et je me disais : Cette personne est loyale, franche et bonne. Lorsque je la voyais, j'avais la preuve que l'instinct ne m'avait pas trompée.

La lettre est une sorte de miroir laissant pressentir le *moi* de celui qui l'a écrite.

Étudiez bien les lettres qu'on vous écrit, et vous aurez la preuve de ce que j'avance.

Dumas père et Dumas fils sont des hommes d'égale, mais très différente valeur. Le caractère du père est tout l'opposé de celui du fils. Eh bien! c'est surtout dans le billet que cette différence apparaît. Le fils cherche à faire de l'esprit, il y parvient toujours, mais une certaine sécheresse se montre dans sa lettre. On sent un caractère froid, un cœur sans envolée, une politesse de convention; on dirait le style d'un notaire ou d'un avoué.

Dumas père ne cherchait pas à faire de l'esprit, il laissait parler son cœur. En lisant un billet écrit par lui, on se fait de suite une idée exacte de son caractère et de sa bonne nature. Son exubérance de cœur, de bienveillance, de poésie s'y montre dans chaque ligne. Voici une lettre adressée par lui à une dame de mes amies; ceux qui ont connu

ce grand disparu pourront voir qu'elle le montre
bien tel qu'il était :

« Mon amie, vos deux commissions sont faites,
j'attends les réponses.

» J'en suis arrivé à ne plus parler du tout, je vous
dirais : *je vous aime* à deux pas, que vous ne m'enten-
driez pas. Au reste, comme cela ne me sert pas à grand
chose de vous le dire, je le dis à votre gant, que
vous avez laissé chez moi. Vous m'avez dit que je
n'étais qu'un grand enfant, vous avez raison. Seulement je joue à la jeunesse, et quand je suis seul
et que je pense à vous, je gagne l'illusion.

» Je baise votre gant, ne pouvant baiser votre
main.

» ALEXANDRE DUMAS. »

J'ai lu beaucoup de lettres de Dumas fils, aucune
n'avait cette simplicité, cette poésie naturelle ;
elles étaient très spirituelles, mais d'un esprit sec
dans lequel le cœur n'était pour rien.

J'ai vu plusieurs fois Dumas fils : je l'ai trouvé
très aimable, très homme du monde; il possède
un esprit brillant, caustique, il a des mots à l'emporte-pièce. Il soutient le paradoxe avec autant de
verve que Méry, et ce n'est pas peu dire. Mais ce
n'est pas un sympathique; on l'écoute avec plaisir,
on admire son esprit, et c'est tout. Nul plus que
moi n'admire son style, et cependant ses œuvres
me mettent en rage; je lui en veux de mettre un
style merveilleux au service d'idées fausses et parfois malsaines. Il me fait l'effet d'un émule de
Benvenuto Cellini, mais qui, au lieu de ciseler l'or
pur et de n'enchâsser que des pierres de valeur,

travaillerait des matières vulgaires et enchâsserait des pierres fausses.

Son parti pris de n'être jamais logique m'irrite. En tant qu'écrivain, il m'est, comme pensée, antipathique au suprême degré.

Le cœur comme la logique paraissent être systématiquement bannis de ses œuvres... Et pourtant, comme la femme est un être éminemmen bizarre, il paraît que ce railleur froid et sceptique a fait de nombreuses conquêtes. Beaucoup ont voulu être *la* Pygmalion de *ce* Galathée, mais je crois que l'amour-propre et la curiosité faisaient le fond de l'amour de ces femmes, presque toutes étranges et étrangères.

J'ai connu une petite comtesse autrichienne qui était amoureuse folle de lui; il paraît qu'elle n'était pas parvenue à animer *le* Galathée, car elle me parlait sans cesse de son noir chagrin, de son amère désespérance. Elle passait une partie de ses nuits dans une sorte de chapelle qu'elle avait installée à côté de sa chambre; elle avait calfeutré hermétiquement les fenêtres de cette pièce, qu'elle avait tendue en drap noir semé de larmes d'argent; dans le fond, un grand portrait en pied d'Alexandre Dumas, dont la clarté de deux lampes d'argent éclairait le visage.

Devant ce portrait, un prie-Dieu; à côté, une caisse en satin capitonnée de soie blanche attendait celle qui jurait qu'elle mourrait de son amour et qui, du reste, s'est fort bien consolée, car elle s'est remariée avec un Espagnol.

Cette chapelle mortuaire, ayant le portrait de Dumas comme image de Dieu, avait quelque chose de lugubre et de comique. Lorsque la petite com-

tesse m'y introduisit, je l'avoue, est-ce à ma honte ?
le côté comique m'empoigna et je ris; elle se
fâcha, m'accusant de ne rien comprendre à l'amour
sublime.

J'ignore si Alexandre Dumas a été visiter ce
sanctuaire, et s'il a connu toute l'intensité de la
toquade qu'il avait inspirée, car la petite comtesse
s'est brouillée avec moi; j'avais ri, je ne méritais
plus les confidences de son amour sublime.

Lorsque Dumas fils sera mort, s'il vient à
quelqu'un la pensée de publier les lettres éparses
qu'il trouvera de lui, et s'il a la pensée de réunir
dans le même volume celles de Dumas père, le public,
par la lecture de ces lettres, pourra se faire une idée
exacte du caractère de ces deux grands hommes,
de valeur peut-être égale, mais si fortement
dissemblables.

L'œuvre montre le talent de l'écrivain, la lettre
révèle son *moi*. C'est pourquoi, et comme documents pour la postérité, on devrait recueillir avec
soin les moindres billets des illustres.

La lettre banale est dictée par un esprit banal;
l'esprit, le génie, la bienveillance, le sentiment
poétique trouvent moyen de se montrer dans la
lettre la plus simple, dans une de ces lettres d'indifférent à indifférent. Défunt Roger de Beauvoir
était le M. de Sévigné de notre siècle. Ses lettres
étaient toujours charmantes, jamais banales, le
poète s'y révélait à chaque ligne. En voici une
choisie au hasard parmi plusieurs, qui vous prouvera
ce que j'avance :

« Ma chère directrice,

» Je m'étais accoutumé à recevoir au printemps

la visite d'un Papillon plus diamanté qu'un colibri, quand surtout, au bas de ses ailes, je lisais le nom d'Olympe. J'écoutais son vol effaré à mes carreaux et il ne partait guère sans laisser sur mes manuscrits le pastel de ses couleurs. Je suis tombé malade, bien malade et le Papillon s'est envolé. J'ose me rappeler à votre bon souvenir, en vous envoyant deux pièces de vers, recopiées l'une par mon fils, l'autre par moi, et je saisis cette occasion de me dire votre bien dévoué et reconnaissant sujet.

ROGER DE BEAUVOIR.

» Je charge Coligny de cette lettre, et aussi de vous donner des nouvelles de ma convalescence. Je suis loin d'avoir oublié les marques d'intérêt que j'ai reçues de votre sollicitude affectueuse. »

Méry, mon cher compatriote, écrivait aussi fort bien la lettre; celle que je donne ici fut dictée par lui dans un moment où il était bien cruellement éprouvé, menacé qu'il était de perdre la vue, et pourtant la poésie s'y allie à une philosophique résignation :

« Marseille, février 1863.

» Madame,

» Votre gracieuse lettre est venue éclairer un moment les ténèbres qui m'entourent depuis deux mois dans ma chambre de l'hôtel du Louvre. Une grave ophtalmie, très persistante, fait de moi un invalide littéraire. Quand pourrai-je recommencer mes travaux? Voilà ce que j'ignore. Mais je sais bien que dès que mes yeux et ma main permettront de tenir une plume, ils seront à votre service.

» En attendant, je me sers de la main d'un ami officieux ; mais il m'est impossible de dicter long-temps et bien. Mon ancienne habitude d'écrire est trop ancienne, et il me faudrait bien du temps pour la changer. Toutefois, si mon ophtalmie se prolongeait encore, j'essayerais de faire de la dictée ma nouvelle habitude.

» En attendant, croyez-moi, madame, votre bien affectueusement dévoué,

» MÉRY. »

Mais, puisque ce voyage à travers mes souve-nirs, écrit au courant de la plume et au hasard de mes ressouvenances, constitue en définitive mes mémoires, je dois vous dire, comment, moi Mar-seillaise, me trouvant séparée à vingt ans et sans protecteur dans le monde, j'ai pu fonder à Paris un journal, le premier *Papillon* dont parle avec tant de bienveillance Roger de Beauvoir. N'avoir jamais écrit autre chose que des lettres et les livres du ménage, arriver à Paris, et faire paraître, trois mois après, une revue qui avait pour collabo-rateurs des écrivains d'un grand talent, c'est, avouez-le, un tour de force, et moi je l'avoue sans hésiter, je suis fière d'avoir pu faire ce tour de force. Il me prouve qu'avec de l'énergie, et en ayant le courage d'oser, on peut beaucoup.

Je l'ai dit, j'ai appris à lire dans le *Musée des familles*, le *Magasin pittoresque*, le *Journal des jeunes personnes*, le *Tour du monde* et autres publications de ce genre qui ont été mes plus grandes distrac-tions dans mes jeunes années. Pourtant, venue à Paris pour chercher une carrière, je ne songeais pas à *oser* fonder un journal. Mais voilà qu'un jour

le comte Alfred Moselmann, le frère de la belle
comtesse Léon, celle qui fut l'Egérie du duc de
Morny, vint me parler d'un projet gigantesque
qu'il avait, celui de fonder un journal qui ferait la
commission, qui aurait des comptoirs-salons où les
fabricants mettraient des dépôts, la partie littéraire disparaissait presque sous la partie commerciale dans son projet. Il m'offrait de me charger
de la partie mode, de faire des causeries sur la
toilette, de correspondre avec les abonnées et de
leur expédier les chiffons qu'elles désireraient, et en
plus, de me tenir à leur disposition dans un des
salons des bureaux pour leur faire voir les objets
de toilette qui y seraient déposés.

Lorsqu'il eut fini de m'expliquer son plan :
— Euréka ! m'écriai-je, j'ai trouvé, grâce à vous, ce
que je cherchais. Votre projet ne me séduit pas
du tout. D'abord vous me transformeriez en une
sorte de marchande ayant à subir les caprices et
la non-politesse de certaines acheteuses, ce qui ne
me convient pas du tout... Tout en reconnaissant
qu'il n'y a pas de sot métier, mais seulement de
sottes gens, mon avis est qu'on peut et doit même
choisir une carrière dans ses goûts. Les miens ne
sont pas de subir les fantaisies des futiles et de
faire du commerce ; je veux être indépendante, et
enfin une qualité me manque absolument, celle de
la coquetterie. Je trouve absurde de dépenser tant
d'argent et de perdre tant de temps pour se parer
d'une foule de chiffons. Se vêtir proprement et
pas trop ridiculement me semble suffisant, donc
jamais je ne serai une digne émule de la vicomtesse de Renneville. Je ne saurais pas, je vous le
déclare, écrire cent lignes sur la toilette.

— Eh bien! alors? me dit Moselmann, qu'avez-vous donc trouvé?

— Je vais essayer de faire un journal comme ceux qui ont charmé mon enfance, un journal littéraire. Faites votre affaire commerciale avec qui vous voudrez.

Il ne la fit pas. Ce bon comte Moselmann, qui était né avec une grande fortune, avait la rage des affaires : il y a mangé dix-huit cent mille francs. Il a commencé par des canaux et il a fini par l'exploitation de l'engrais humain, commerce qui lui valait une vraie scie : dès qu'il entrait quelque part, on cherchait un flacon d'eau de Cologne. C'était un homme de beaucoup d'esprit, il avait fini par avoir des flacons d'odeur dans sa poche et il vous les offrait en riant.

Le jour même de ma conversation avec lui, j'allai rendre visite à Théophile Gautier avec qui j'avais dîné plusieurs fois chez la belle comtesse L... Il habitait, 32, rue de Longchamps, à Neuilly. Il avait contracté un mariage à la mode Reclus avec Ernesta Grisi, la cousine de la célèbre Carlotta Grisi. Il vivait là modestement, bourgeoisement, en bon père de famille, dans une petite maison avec jardin derrière, mais façade sur la rue.

Théophile Gautier à cette époque n'était plus le bohème dont parle Ernest Feydeau dans ses mémoires. Il portait encore les cheveux longs, mais qui ne pendaient plus jusqu'au milieu de son dos. Si chez lui il portait la vareuse, sa mise dans la rue était correcte. Il était du reste le feuilletoniste du journal de M. Paul Dalloz qui était alors impérialiste, puisque son journal était le *Moniteur officiel* de l'empire, tout comme à présent il est le moniteur semi-officiel des princes d'Orléans.

Les premières choses que j'aperçus en entrant chez Théophile Gautier ce furent des chats superbes, de ces chats gras, dodus qui, on le voit de suite, sont adorés par leur propriétaire — et en effet cet écrivain jurait que le chat était la bête la plus idéalement belle et la plus exquisement bonne de la création.

On m'introduisit dans le cabinet de travail de Gautier, situé au premier étage de la maison.

La conversation que j'eus avec lui est restée gravée dans ma mémoire, je la reproduis, car elle montre bien ce grand homme tel qu'il était.

— Quelle agréable surprise, chère madame!

— Monsieur Gautier, je viens vous demander un grand service.

— Vous saurez, chère madame, que lorsqu'on dit « monsieur Gautier », je ne réponds pas, je me retourne pour voir si mon concierge est derrière moi et si c'est à lui qu'on parle.

— Comment faut-il vous appeler... Théophile Gautier? le nom de Théophile me déplaît souverainement.

— Et à moi donc...! Je réponds bien moins si l'on m'appelle Théophile.

— Mais, ni Gautier, ni Théophile, comment faut-il vous nommer alors?

— Par mon petit nom Théo.

— Je n'oserai pas, c'est bien intime.

— Tous mes amis et amies m'appellent Théo. Si vous venez chez moi, c'est que sans doute je ne vous suis point antipathique; alors, appelez-moi Théo.

— Fort bien, monsieur Théo.

Il se mit à rire : Oh! fit-il, monsieur Dieu, ce serait drôle! Supprimez cette banalité dite formule de politesse.

— Va pour Théo.

— A présent nous voilà bons camarades. Je suis tout oreilles et tout à votre disposition pour n'importe quoi.

— Merci. Je vais écrire, je fonde un journal.

Théo, je ne l'ai jamais plus nommé autrement était assis ou plutôt pelotonné en face de moi, dans un fauteuil, avec son beau regard de lion au repos. Il bondit comme un fauve... Vous allez écrire! vous allez fonder un journal! Mais croyez-vous par hasard qu'on s'improvise auteur?

— Je crois, dis-je avec calme, qu'avec un peu d'intelligence, beaucoup d'énergie et tout autant de persévérance, on fait à peu près ce qu'on veut. Dieu nous donne le génie, mais nous pouvons, nous, acquérir un certain talent. Je n'ai pas le génie, je vais tâcher d'avoir un brin de talent.

Il se rassit, son œil redevint doux: Vous pourriez bien avoir raison, la volonté fait des miracles. Et quel journal voulez-vous fonder?

— Un journal littéraire amusant, si c'est possible, intéressant si cela se peut. Il parlera d'art, de sciences, de belles-lettres, aura des échos mondains. Enfin, je ne sais, je verrai, j'espère avoir des collaborateurs.

— Laissez-moi vous dire, madame, ce que c'est que le grand art d'écrire. On prend une pensée, elle représente le brillant ou la pierre fine ; ensuite, pour l'exprimer, on doit choisir les mots, construire la phrase, la faire belle, correcte, élégante.

Les mots représentent la garniture, dont l'orfèvre entoure le diamant; il faut qu'ils soient artistement accouplés, qu'ils forment une phrase musicale merveilleuse, que...

— Pardon, Théo, je veux m'essayer à voler, j'ai les ailes d'un passereau, non celles d'un aigle, je ne saurais viser aux cimes escarpées du grand art. Vous êtes un maître ciseleur de la phrase, vous êtes un Benvenuto Cellini du français, je vous admire, mais je n'essayerai pas de vous imiter.

— Que ferez-vous alors?

— Je tâcherai de penser bien et juste, d'avoir des idées bonnes...

— L'idée n'est rien, l'arrangement tout.

— Je ne suis pas de votre avis; pour moi, le fond est plus que la forme.

— Vous ferez du pathos, vous irez augmenter le nombre de ceux qui semblent n'avoir d'autre but en écrivant que celui d'insulter le goût et d'insulter notre langue si belle.

— J'ai beaucoup causé avec vous chez la comtesse S... Répondez en camarade, comment trouvez-vous que je cause? .

— Agréablement, sans quoi soyez assurée que j'aurais causé moins longuement avec vous. Je suis un indépendant moi, et jamais je ne serai l'esclave de la prétendue politesse qui consiste à se laisser torturer les oreilles, à entendre, le aux sourire lèvres, toutes sortes de plates banalités.

— Eh bien! Théo, en parlant, je pense tout haut, sans chercher le mot, sans essayer de faire des phrases. J'écrirai comme je pense et comme je parle, cela seul est dans mes moyens, je le sens.

Il se leva, plaça un grand cahier de papier sur son bureau, m'offrit une plume :

— Asseyez vous là, écrivez, faites le compte rendu de la pièce qu'on a jouée hier, commencez un courrier de Paris. Moi, pendant ce temps, je reprends mes pinceaux.

On le sait, Théo Gautier avait la rage de peindre ; il n'était qu'un peintre médiocre, aussi était-il plus heureux si on le complimentait sur sa peinture que si on le louait sur son style merveilleux, et que si on lui disait cette grande vérité qu'il était un styliste hors pair.

Il me montra pourtant deux fort jolis portraits, faits par lui, ceux de ses deux filles, qu'il appelait l'un Chien vert et l'autre Chien rose. Les modelés étaient superbes et, l'amour paternel aidant la main de l'artiste, il avait fait ces portraits avec beaucoup de chic et leur avait donné un coloris éclatant.

Rapidement, j'écrivis au courant de la plume cent lignes sur les derniers scandales, cent autres lignes sur *Barkouf*, joué à l'Opéra-Comique, et bravement je lui lus ces essais en le priant de ne pas oublier qu'il allait donner son avis à un camarade et non à une femme.

— En toute franchise, me dit-il, vous avez deux qualités qui, après tout, ne sont pas à dédaigner : la facilité et le naturel. Maintenant, reprenez la plume ; lorsqu'on fait un journal, on doit faire une sorte de programme qui est au journal ce qu'est la préface au livre. Ecrivez-moi cette sorte de préface, je verrai comment vous entendez faire ce journal.

Voici ce que j'écrivis, et c'est la préface qui

parut en tête du premier numéro du *Papillon 1.*
Mes premières lignes écrites en vue du public :

« Une femme, faire un journal, n'est-ce point là
une prétention tant soit peu ridicule, et nos amis
ne vont-ils pas s'imaginer déjà nous voir une tache
d'encre au bout des doigts ?

» Que notre titre nous défende et les rassure !

» Notre journal s'appelle le *Papillon.*

» C'est assez dire que nous ne sommes point
pédante, et que nous aspirons avant tout à être
chose légère, ailée, voltigeante, effleurant les belles
choses, nous éloignant à tire-d'aile des laides.

» Sérieuse au fond, nous tâcherons que ce journal ne le soit pas trop dans la forme ; nous ferons
moins des articles que des causeries.

» Causeries sur le monde, sur les lettres, sur les
arts, sur l'industrie, qui est encore une des meilleures gloires de la France. Ce Paris, que nous
aimons, où nous venons vivre, est le plus ardent
foyer de productions qui fut jamais ; nous essaie-
rons de faire bien connaître les merveilles qu'il
enfante incessamment.

» A une époque comme la nôtre, où il semble
que la publicité dévore, une pareille tâche aurait
vite épuisé les forces de plus vaillants que nous ;
mais nous aurons des collaborateurs dont le pré-
cieux concours sera le principal attrait de notre
Papillon. »

Je montrai ces lignes écrites au courant de la
plume à Théo.

— Ne trouvez-vous pas, lui dis-je, qu'il en est
des préfaces comme des folies, que les plus courtes
sont les meilleures ?

— Parfaitement, me dit Théo, mais il manque ici le nom de vos collaborateurs.

— Hélas! sais-je quels sont ceux qui voudront bien prêter leur talent et leur nom à une inconnue, à une débutante?

— Les arrivés, ceux-là sont toujours favorables et bienveillants pour les débutants; inscrivez mon nom, celui d'Arsène Houssaye, il ne vous refusera pas, car il est la courtoisie faite homme. Voyez Jules Janin, que vous connaissez déjà; allez chez Eugène Chapus, un écrivain bien spirituel, doublé d'un homme du monde; voyez Saint-Georges...

— Celui-ci est le parrain de mon journal, dis-je, c'est son ballet, le *Papillon*, qui m'a inspiré la pensée de prendre ce titre.

— Il est bon, me dit Théo, car ce lépidoptère a du goût, il courtise les fleurs, ce que Dieu a fait de plus beau après la femme.

Je quittai mon grand ami Théo heureuse comme est heureux l'oiseau qui voit, après la pluie, les chauds rayons du soleil venir sécher son palais de verts feuillages. Avec son appui, je voyais mon futur journal apparaître entouré de lueurs brillantes.

Quinze jours me suffirent pour installer ses bureaux au numéro 76 de la rue de la Victoire, dans deux jolies pièces au rez-de-chaussée, et pour préparer mon numéro. Se hâter m'a toujours paru une chose utile dans ce siècle, où l'on vit à toute vapeur.

Mon premier numéro parut le 10 janvier 1862, il était excellent: il contenait un *Courrier de Paris*, d'Henri Avenel; une *Etude sur Standhal*, par Arsène Houssaye; des vers, de Théo; *Les avatars de*

M. de Lamartine, par Charles Monselet; une *Causerie littéraire*, d'Emile Belcour; quelques lignes de M. Armand de Pontmartin; un article fort savant, très érudit, et encore plus humoristique sur les modes d'hommes, par Charles Coligny; une variété sur les livres, par D. Briard; un feuilleton, de M. Louis Enault, et enfin une *Revue théâtrale*, par moi; je trouvai moyen, dans cet article, de me faire deux ennemis irréconciliables. J'appris, dès mes débuts, que la critique n'est point aisée, car il faut ou sacrifier la vérité ou se sacrifier soi-même et s'exposer à l'inimitié d'une foule de hautes personnalités. Voici les quelques lignes qui me brouillèrent avec Scribe et avec Offenbach; il s'agissait de *Barkoff*, opéra-bouffe joué à l'Opéra-Comique :

« M. Scribe, auteur de trois ou quatre cents pièces de théâtre, qui a mis à la scène des rois et des bergères, des moines et des bandits, des duchesses et des grisettes, trouvait qu'il manquait encore quelque chose à sa gloire : le héros de sa dernière pièce est un chien. Aujourd'hui, M. Scribe est content; son acteur aboie, son public siffle. — « C'est pour le rappeler, » fait notre auteur.

» Parlons net : cette bouffonnerie de carnaval est tout à fait indigne du passé glorieux de M. Scribe; indigne du théâtre où l'on joue chaque soir la *Dame blanche*, le *Domino noir*, la *Fille du régiment*. Ce chien mal-appris s'est trompé de porte, il doit avoir sa niche aux Bouffes-Parisiens.

» La tentative de M. Offenbach sur notre second théâtre n'a pas été plus heureuse que son triste essai à l'Opéra. Puisse au moins ce double échec lui servir de leçon! M. Offenbach est bien chez lui; il a de très grands succès aux Bouffes, devant un public qu'il connaît, et auquel ses gentillesses trouvent le moyen de plaire. Qu'il ne force pas son talent, qu'il reste où il est bien; mais qu'il ne cherche point à introduire sa musique bouffonne dans le domaine de l'art sérieux. »

Ces lignes, j'en conviens, n'étaient point aimables pour ces deux hommes, mais ma critique était juste, mon appréciation vraie.

Scribe dit par-dessus les toits que je n'étais qu'un pauvre esprit. Offenbach me lançait son plus mauvais regard lorsqu'il me rencontrait, et notez qu'il était un fameux jettatore; aussi je dus me mettre en frais d'une paire de cornes en corail rouge pour conjurer son mauvais œil. Et l'on dit la critique aisée!

Celui que vous louez trouve que vous ne l'avez point assez loué; si vous l'avez appelé un demi-dieu, il s'écrie avec humeur : « Pourquoi demi, il me semble que... »

Celui que vous blâmez vous accuse d'être un oison!

Le public, lui, vous reproche de ne pas fustiger assez vigoureusement.

Oui, l'art est difficile, mais, artistes, oyez ceci: l'art le plus difficile, c'est encore la critique, qui, de plus, est un art plein de périls.

Mon deuxième numéro contenait un superbe article de Michelet, *Fleur de sang* ; un article très intéressant de Jules Lecomte, *La charité à Paris*; *La création de l'amour*, beaux vers d'Auguste Vacquerie ; *Les incarnations de Meyerbeer*, par Charles Monselet; un feuilleton, des variétés et une causerie chiffons. Les numéros suivants furent aussi bons que les premiers, et mon *Papillon* eut un grand succès.

Mes amis et amies, gracieusement, se transformèrent en courtiers d'abonnement. Dès mon second numéro, j'eus cinq cents abonnés, et mille à la fin du mois. Je reçus des demandes pour la Perse, la Chine, la Turquie, l'île d'Haïti, l'Egypte et l'Amérique, et la pensée que ma petite revue, portant mes idées, s'en allait vers ces pays lointains me comblait de joie.

Mon modeste bureau de la rue de la Victoire fut transformé en salon littéraire. J'y reçus d'illustres visiteurs : Théo, Jules Janin, Méry, Galoppe d'Onquaire et Charles Coligny y venaient souvent. Quelles bonnes et spirituelles causeries on y faisait ! On s'interrompait pour vendre un numéro et pour inscrire un abonnement; lorsque la recette était forte, c'était un cri de joie général.

Théo était bien le plus charmant causeur que j'aie connu, mais, nerveux comme trente-six jolies femmes, il devenait muet et morose dès qu'il entrait une personne ne lui plaisant pas. Je me souviens d'une théorie qu'il développait avec une verve endiablée et un esprit éblouissant : « Il y a, disait-il, plusieurs races : la noire, la jaune, la rouge, la blanche, la brune et la blonde. Ces races ne devraient pas se mêler, car les mélanges produisent des êtres abâtardis. Ainsi, la race blonde ne devrait pas s'allier à la race brune, par la meilleure de toutes les raisons, qui est celle-ci : il y a un amour blond et un amour brun, si bien que, dans l'union d'une blonde et d'un brun, le diapason ne saurait exister ; l'amour qui unit ces deux êtres est factice, car il n'est point de même essence.

L'être brun aime avec la chair, c'est un matérialiste, tandis que l'être blond aime avec le cœur, et
le plus souvent avec l'imagination. Il est spiritualiste d'essence; ce n'est pas pour rien que la
nature et la divinité lui ont donné des yeux faits
avec une parcelle du ciel bleu.

» Si un brun épouse une blonde, nous disait-il,
cette pauvre blonde souffrira, elle trouvera son
époux trop ardent, trop sensuel; il la froissera
dans ses aspirations qu'il ne saura comprendre;
ce sera la nuit unie au jour, une impossibilité! La
pauvre blonde passera sa vie à chercher son idéal;
elle s'éprendra de quelque blond poète ou d'un
Liszt en herbe. Le blond qui épousera une brune
éprouvera les mêmes souffrances; il cherchera son
idéal, pendant que sa brune moitié, mécontente
de lui, demandera des consolations à un officier
très brun. »

Nous recherchions dans tous les ménages connus
la preuve de ces théories, et... nous la trouvions.

Théo avait coutume d'affirmer que la brune
n'aimait que l'homme qui la battait, que celui qui
la domptait par une main de fer : « Car, disait-il,
la femme brune est un homme manqué; si elle a le
sexe de la femme, elle a le caractère de l'homme, et
celui-ci aime à sentir le joug pesant et lourd, sans
quoi il le brise. Mais la blonde, ajoutait-il, est la
sensitive, il faut la servir à genoux; c'est en parlant
d'elle que le poète persan a dit : « Qu'on ne
doit pas la battre, même avec une feuille de rose. »

Méry soutenait que l'amour n'était qu'une agréable invention des poètes, ou plutôt une sorte de
mirage, se montrant, mais ne se laissant jamais
saisir.

Charles Coligny affirmait que, pour être aimé d'une femme, il fallait se faire tuer pour elle : « Car, disait-il, on règne seulement alors sans rival sur son cœur. »

Charles Coligny était un grand garçon très brun, avec de longs cheveux ; il avait un grand air sous les loques que la misère lui imposait. Il avait dû porter, dans une autre existence, le luxueux costume des seigneurs de la cour du grand roi. Une destinée fatale l'avait rejeté pauvre, très pauvre, dans notre terne dix-neuvième siècle, et lui, aimant la soie, la dentelle et le luxe, était condamné aux souliers éculés, aux paletots râpés. Son imagination vive et coloriste aimait à quitter ce vilain milieu; il écrivait avec verve et talent sur les belles marquises des temps jadis. Dans le *Papillon*, il écrivait des articles modes avec une verve et une science de grand seigneur, et lui, le bohème complet, il savait donner à ce sujet un tour des plus littéraires. Voyez plutôt, voici quelques lignes d'un de ses articles :

« Le *Poème de la tenue*. — J'ai pris à tâche de définir le costume particulier aux gens de bonne compagnie. Cette série d'articles pourrait s'appeler le *Poème de la tenue*.

» La tenue et les manières sont des sujets d'une valeur si profondément sociale et si éminemment aristocratique, qu'il y a matière à dire des choses charmantes, — si j'avais l'esprit des anciens auteurs. — Les anciens auteurs avaient l'amour de la pure dissertation philosophique; ils étendaient à toutes les choses la philosophie et la dialectique. Ils allaient même jusqu'à mettre en vers les effets et les causes, les monades et les tourbillons. Il se

8

présentait toujours un docteur Subtilis pour transformer toute métaphysique en pratique et toute
pratique en métaphysique. Aujourd'hui, nous pla-
çons tous les thèmes nominaux ou réalistes dans
la chronique parisienne; nous faisons des nouvelles
à la main avec les cinq universaux d'Aristote.

» A chacun sa manière de parler de son siècle.
Empédocle a exposé d'une façon allégorique et
mystérieuse la formation de l'univers. Je prétends
discourir sans allégorie et sans mystère sur la formation de la mode, sur ses gloires, sur ses retours,
sur ses abandons — à toutes les dates modernes —
et j'ai la prétention de vouloir indiquer à l'homme
de la bonne société la tenue et la mise de la
journée, de la matinée, de la soirée, à toute heure
quotidienne, en tout lieu, en tout séjour, en toute
rencontre, en toute visite, en toute réception, en
tout cercle, en tout salon, en toute excursion, en
toute ambassade et en tout théâtre. »

Et son article, écrit avec esprit, était en effet un
guide sûr pour l'homme du monde; et pourtant ce
pauvre Coligny n'allait pas dans le monde; il écrivait sans doute son article dans une pauvre et
froide mansarde. Sa famille devait être pauvre et
il devait avoir de lourdes charges. Je voyais venir
parfois aux bureaux une pauvre vieille femme
suant la misère, portant un cabas, sa mère, sans
doute; elle venait toucher le prix des articles de
Coligny.

Forcé d'écrire pour manger, ayant de durs
combats à livrer au sort, cet écrivain a éparpillé
des articles de valeur dans divers journaux; il a
été un moment le secrétaire d'Arsène Houssaye,
et il n'a pas laissé d'œuvre après lui, il n'a pas

trouvé d'éditeur, si bien qu'il est presque oublié
aujourd'hui, et pourtant il avait un très réel talent.
Il était instruit, il avait de l'*humour*, c'était un
brillant coloriste, et il avait le sentiment artistique
et l'amour du beau; il avait dû, dans une de ses
existences antérieures, être un peintre italien,
avant, sans doute, de vivre à la cour de Louis XIV,
et il lui restait, de ces deux étapes sur la terre,
une foule de ressouvenances. Il a écrit dans le *Papillon 1* un article de vrai connaisseur en arts, sur
les merveilles artistiques contenues dans l'hôtel du
baron James de Rothschild. Si la fortune avait
bien voulu lui sourire, Charles Coligny aurait laissé
après lui des livres charmants. Hélas! la misère
s'est acharnée à lui; il est mort à l'hôpital, et
vingt personnes à peine suivaient son convoi. Mais
il aura retrouvé dans les sphères bleues ses amis
des siècles passés, et, à sa fantaisie, sans bourse
délier, il peut se vêtir là-haut du bleu azur et des
pourpres de l'aurore.

Auber était mon voisin, il venait souvent passer
une heure dans mon bureau. Sa conversation était
aussi agréable à entendre que sa musique. Il avait
alors près de quatre-vingts ans, il en paraissait à
peine soixante. C'était un petit homme, aux yeux
pétillants de malice, aux lèvres sensuelles, et d'une
gaieté intarissable, il aurait fait le plus amusant
et le plus spirituel des chroniqueurs, car sa conversation, nourrie de bons mots, était une chronique mondaine parlée. Un jour il me pria d'aller
déjeuner chez lui. Son hôtel, situé rue Saint-
Georges, contenait une collection de momies vivantes et revêches. On entrait : une concierge marchant sur ses quatre-vingts ans, vous disait d'un

air sec et avec une voix de casse-noisette : « Montez au premier, le valet de chambre vous introduira. »

Arrivé au premier, vous sonniez ; un valet de chambre de soixante-quinze ans, à la figure parcheminée, vous répondait, lorsque vous le priiez de vous annoncer :

« Entrez, monsieur est là, vous vous annoncerez vous-même. »

Et cela était dit d'un air maussade. Mais, pour effacer cette impression, vous trouviez Auber, souriant, aimable. Il avait cinq domestiques, en comptant sa concierge ; tous avaient dépassé ou allaient vers leurs quatre-vingts ans. Son cocher, celui qu'il appelait le bébé de la maison, n'avait que soixante-dix ans. « Celui-là, disait-il, est nouveau venu, il n'y a que trente ans qu'il est à mon service. » Ses deux chevaux étaient deux vieilles haridelles tremblant sur leurs vieilles jambes. Sa voiture était un vieux carrosse démodé. L'hôtel d'Auber ressemblait à un musée de vieilleries ; seul, le caractère du grand musicien avait vingt ans.

Il m'a fait visiter un jour une singulière collection, qui était rangée dans une grande chambre située au deuxième étage de son hôtel. Un portemanteau faisait le tour de cette chambre, et là étaient accrochés tous les vêtements qu'avait portés Auber. Le costume complet était séparé de ses voisins, le chapeau dominait les pantalons, le gilet, le veston, la redingote ou l'habit. Une note écrite en gros caractère sur chaque série disait à quelle époque de sa vie il avait porté ce costume, et à quels événements ces effets avaient assisté. Il y avait en tout cent vingt costumes. Il m'expliqua qu'il quittait tout le costume dès qu'une des pièces qui le composaient était défraîchie. Le premier avait un écriteau collé dessus qui portait la date de 1813 et où étaient écrits ces mots : « Ce costume a assisté à ma veste au théâtre Feydeau. » L'écriteau, sur le costume suivant, disait : « Mes deux dernières romances m'ont ouvert le cœur de la tendre... », suivaient le nom de la dame et quelques lignes humoristiques, mais trop grivoises pour que j'ose les reproduire.

Sur le troisième costume, une deuxième bonne fortune était notée, avec des détails... shocking!

Sur le quatrième, l'écriteau portait : 1820, *Bergère châtelaine*, succès de bon augure. Sur le cinquième, des réflexions philosophiques, et sur le sixième, avec la date de 1823, le nom de son opéra *Leicester*, et le nom de Scribe, suivi de ces mots : « J'ai enfin trouvé mon homme : verve, esprit inventif, talent souple, caractère aimable. » Ensuite venaient les habits qui avaient assisté à de joyeux dîners, à des bonnes fortunes, et après, ceux qu'il avait portés, en 1825, le jour de la première du *Maçon*, puis celui porté en 1828, le jour de son triomphe, le jour de la première de la *Muette de Portici*, et enfin tous les costumes portés par lui depuis. Il y avait même celui qu'il avait le jour de la première de la *Fiancée du roi de Garbe*, et il préparait celui qu'il porterait le jour de celle de son opéra le *Premier jour de bonheur*.

Cette collection était des plus curieuses par les annotations faites par cet illustre musicien et par la différence des coupes d'habits et formes des chapeaux. Elle était un spécimen original des caprices de la mode, de 1808 à 1864. Qu'est-elle devenue? Un de ses serviteurs, sans doute, s'en sera emparée et l'aura vendue à un brocanteur, et c'est vraiment dommage.

On le sait, il n'avait plus de parents, et il a laissé sa fortune à Mlle D..., un de ses plus persistants caprices.

Au moment de la guerre, en 1870, Auber, malgré ses quatre-vingt-huit ans, était encore robuste, très gai ; il songeait à composer son dernier opéra. Mais les tristesses du siège et les privations de toutes sortes qui nou furent imposées eurent raison de sa verte vieillesse. Je le rencontrai un jour tout brisé, les larmes aux yeux : « Ah ! ma pauvre enfant, me dit-il, pourvu qu'il ne me soit pas donné la douleur de voir les armées étrangères fouler une fois encore nos rues et nos boulevards !

Hélas ! cette amertume lui fut réservée par le sort contraire à nos armées, et il mourut en 1871, en pleine Commune. Son convoi se fit au son du canon français tirant sur les Français !

Les domestiques d'Auber, ces cinq vieilles momies, lui faisaient passer la vie assez dure ; on pouvait affirmer qu'il n'était pas le maître chez lui. Souvent, le matin, il causait gaiement dans son cabinet de travail avec de nombreux visiteurs. Soudain, son valet de chambre entrait et lui disait, d'un petit air de commandement : « Monsieur, il faut venir vous faire raser. »

Une autre fois, il invitait à déjeuner pour le lendemain, mais voilà que ledit valet de chambre, occupé à ranger dans un coin du salon, s'approchait et, sans façon, disait : « Invitez pour après-demain, si vous voulez, mais pas pour demain, car nous n'avons pas le temps de recevoir demain. »

Auber trouvait cela tout naturel : « Bien, disait-il, puisqu'ils ne peuvent recevoir demain, venez, je vous prie, après-demain. »

Il y aurait un livre curieux à faire avec les types des domestiques des grands hommes. Celui de Rossini, un vieil Italien du nom de Gennaro, s'était tellement identifié avec son maître, qu'il disait : « Lorsque nous avons fait *Guillaume Tell*, nous étions à Florence. C'est à Bologne que nous avons commencé *Sémiramis*, et quant au *Barbier*, nous l'avons composé un peu partout. »

Un jour, devant lui, on reprochait à Rossini son long silence, qui privait le monde musical de tant d'admirables mélodies. Gennaro prit la parole et répondit : « Nous avons travaillé vingt ans, que chacun en fasse autant, et on aura le droit de réclamer ! »

Rossini riait de bon cœur : « Ce bon Gennaro, disait-il, il se croit mon collaborateur, et cela le rend si heureux, qu'il ne faut pas le dissuader. »

Le cygne de Pesaro était simple, cordial, d'un abord facile, il avait une aménité charmante. Gennaro, lui, était raide, fier, pensant sans doute que son génie lui donnait ce droit.

Galoppe d'Onquaire avait écrit un article intitulé *Nos domestiques*, et débutant ainsi :

« Si vous demandez à tous les dictionnaires la signification du mot *domestique*, ils vous répondront, avec une fraternelle unanimité : « Individu » qui, moyennant salaire, s'engage à servir son » maître. » Si vous consultez la réalité, vous verrez bien vite que c'est le contraire qu'il fallait dire; le mot *maître* est une vieille locution dont chacun

se sert par tradition ; c'est pure paléographie, et il
y a beaux jours que les Spartacus à aiguillettes ont
proclamé leur charte d'indépendance. On ferait
un gros volume des preuves à l'appui de cette asser-
tion ; nous nous contenterons d'en citer quelques-
unes. »

Et Galoppe d'Onquaire parlait de François, le
valet de chambre de Marmontel, un vrai type ; il
parlait de Baptiste, le maître d'hôtel de Mme O...,
un mélomane enragé. On se souvient peut-être
encore des soirées littéraires et musicales qui se
donnaient dans l'hôtel O..., qui était le rendez-
vous des célébrités parisiennes et européennes ; les
soirs où l'on faisait de la musique avec le concours
des plus grands artistes, Baptiste était collé derrière la porte, il était recueilli, les yeux fermés et
comme dans une béate extase. Malheur au visiteur
qui aurait tenté de pénétrer dans le salon avant
que le morceau commencé fût fini ; d'un regard
impérieux il le clouait à sa place.

Sa maîtresse, bonne et charmante, lui avait permis de suivre les cours du Conservatoire, il était
dans celui de Lecouppey. Un jour Baptiste, grave
comme un chanoine, entra chez Mme d'O... et
lui dit avec solennité : « Voilà quinze ans que je
suis au service de madame ; madame a-t-elle à se
plaindre de moi ?

— Non, vous êtes un bon et loyal serviteur ; son-
geriez-vous à me quitter ?

— Je ne quitterai madame qu'à la mort ; mais
en récompense du passé, j'ai une faveur à demander à madame.

— Parlez, c'est accordé.

— Je me suis permis, sans prévenir madame, de

prendre, à mes moments de loisirs et à mes jours de congé, des leçons d'orgue ; je suis devenu d'une assez jolie force.

— Bien, Baptiste, voilà un délassement qui vous honore ; je vais vous louer un orgue, qu'on placera dans votre chambre, et le soir vous pourrez étudier à votre aise.

— Madame est bien bonne, je la remercie ; elle mettrait le comble à sa bienveillance en écrivant sa volonté formelle que ce soit moi qui tiendrai l'orgue le jour de son enterrement. »

Mme d'O... promit, et à partir de ce jour, de la chambre de Baptiste descendaient sans cesse vers elle les accords du *Requiem* de Mozart, du *Dies iræ* de Marcello et du *De profundis* de Fessy ; elle pouvait ainsi entendre par avance l'exécution de sa messe mortuaire ! « Me voyez-vous, nous disait-elle gaiement, m'endormir tous les soirs aux chants de mon *Libera* et de mon *Miserere* ! Mais, ajoutait-elle, ce pauvre Baptiste m'est si attaché, que je ne saurais lui refuser de s'improviser organiste pour moi. »

Galoppe d'Onquaire, après avoir fait un article plein d'*humour* avec ces excentricités de domestiques dont nous connaissions tous les maîtres, vint me l'apporter au bureau ; son valet de chambre l'accompagnait, il devait porter la copie à l'imprimeur Jouaust, si elle était agréée par moi. Il laisse cet homme dans l'antichambre, entre me lire son article, qui est reçu avec empressement, il appelle son domestique et lui donne la copie avec l'ordre de la porter de suite à M. Jouaust. Nous restons à causer ; un quart d'heure après, son valet de chambre revient, l'air

sévère et maussade; il avait la fameuse copie en
main, et la rendant à son maître, il lui dit tex-
tuellement ceci : « Monsieur, en allant à l'impri-
merie, pour me distraire, je me suis permis de
parcourir la copie de l'article; monsieur blague les
domestiques, et il n'est pas de ma dignité de porter moi-même cela à l'impression... Que monsieur
le fasse porter par qui il voudra. »

On peut penser par quel éclat de rire nous
accueillîmes la tirade de ce serviteur si peu discret
mais si rempli de haute dignité. Mais, après avoir
ri, Galoppe d'Onquaire, qui en sa qualité d'ancien
officier ne comprenait que l'obéissance passive,
allait donner son congé à son valet de chambre.
Je lui dis tout bas qu'il y aurait ingratitude à lui à
renvoyer cet homme qui venait de lui fournir un
type à ajouter à celui des domestiques excen-
triques. Il fut de mon avis, et il se contenta de
dire à son valet de chambre qu'il pouvait aller
cirer ses bottes et frotter le parquet de sa bibliothèque, si sa dignité ne s'y opposait pas, et qu'il
porterait lui-même sa copie à l'imprimeur.

Mon avis a toujours été que, pour faire vivre un
journal littéraire, il faut mettre tout le luxe dans
la valeur des articles, et ne pas dépenser en frais
d'installation et de bureau ; il est assez indifférent
à l'abonné que vous habitiez un palais ou un modeste rez-de-chaussée. J'étais dans une belle
maison, mais je n'avais que deux pièces ; je tenais
mon bureau moi-même, je tenais ma comptabilité,
je faisais mes bandes, je n'étais aidée que par mon
concierge, un brave homme très intelligent qui
me servait de garçon de bureau.

Un jour je trouve, en entrant dans mon bureau,

David, cedit concierge, installé devant une grande table, avec un homme énorme ; ils étaient assis tous les deux et buvaient des bocks de bière, en causant très fraternellement. A ce spectacle, je restai suffoquée d'étonnement et de colère.

David se leva, rouge comme une pivoine, et murmura : « Monsieur a voulu vous attendre, et il a exigé que je lui tienne compagnie et que je boive avec lui. »

Le monsieur, se levant, me dit en souriant : « Vous avez, madame, un serviteur qui vous est très dévoué, ce qui est rare ; je vous ai attendue agréablement en écoutant ce brave homme dire du bien de vous. » Il mit la main à sa poche, donna cent francs à David, en lui disant : « Vous offrirez des bonbons à votre fillette de ma part. »

David s'éloigna confus et charmé. Mais je restais de plus en plus étonnée. — Voulez-vous me dire à qui j'ai l'honneur de parler? dis-je.

Il se mit à rire, de ce rire bruyant et vulgaire, de ce rire apanage des hommes pas élevés du tout: Comment, vous ne me reconnaissez pas, moi, l'homme le plus laid du monde?

— J'avoue, dis-je, qu'on ne saurait vous prendre pour le sosie de défunt Adonis, mai. Ceci ne me dit pas votre nom !

— Saïd Pacha.

Je lui tendis la main, en le remerciant de l'honneur qu'il me faisait, je lui fis apporter d'autres bocks, je lui offris des cigarettes et nous nous mîmes à causer.

— Je suis votre débiteur, me dit-il.

—En effet, Altesse, vous avez eu la bienveillance

il y a trois mois de faire prendre dix abonnements au *Papillon*.

— Pourquoi n'avez-vous pas fait traite sur moi, vous êtes donc bien riche?

— Très pauvre, le *Papillon* débute, mais la somme n'était point assez importante pour faire une traite, j'attendais une occasion pour charger un banquier de toucher cette petite somme pour moi.

— Petite, pourquoi petite?

— Mais dix fois trente ne font que trois cents francs.

Il rit encore de son gros rire bruyant : —Vous ne savez pas faire vos affaires, ma chère madame. Lorsqu'on a pour abonné le vice-roi d'Egypte, un bon mouton toujours prêt à se laisser tondre, ce n'est pas une traite de trois cents francs qu'on tire sur lui, c'est une traite de trente mille francs.

— Vous oubliez, Altesse, que je ne suis pas Egyptienne et par conséquent point du tout votre sujette. Du reste, serais-je Egyptienne, comme je suis républicaine, que je n'accepterais aucun don de vous.

Il eut un air si ahuri qu'à mon tour je fus prise d'un fou rire... Mais, me dit-il, d'un air tout consterné et en sortant trente billets de mille francs de son portefeuille, j'espère bien que vous n'allez pas me refuser le plaisir de payer cette petite subvention annuelle au *Papillon*.

Je pris un billet de mille francs, je pris sept cents francs dans ma caisse, je les ajoutai aux vingt-neuf mille francs, et rendant le tout à Saïd, je lui dis :

— Altesse, je n'accepte de subvention de personne, vous payerez votre abonnement la somme que paye le marchand de vin du coin de la rue lorsqu'il veut bien s'abonner. Je n'accepte de subvention de personne, je désire d'autant plus ne rien vous devoir que j'ai envie d'aller visiter l'Egypte, et je veux être entièrement libre de dire ce que ma conscience me dictera sur la façon dont vous gouvernez ce pays.

Saïd-Pacha remit son argent en poche, puis me tendant la main, me dit : — Voulez-vous au moins m'accorder votre amitié? J'y tiens, car vous êtes la seule personne qui non seulement ne me demandiez pas de l'argent, mais qui refuse celui que je lui offre avec plaisir.

Je lui tendis la main, en lui disant que mon amitié était faite d'une franchise un peu brutale, et que s'il voulait être mon ami, il devait se résigner à entendre parfois des dures vérités.

— Oh! me dit-il d'un air mélancolique, cela me changera d'une façon bien agréable; si vous saviez combien me coûtent les flatteries de mes courtisans!

Et il me conta l'exploitation en coupe réglée dont il était l'objet de la part de la horde cosmopolite qui formait sa cour; il y aurait un volume à faire sur toutes les ingéniosités et l'effronterie dépensées par ces maîtres chanteurs. La plus jolie de ces histoires est celle-ci : Un consul, sujet italien, consul de... un autre pays que le sien, protégé français, tint un jour ce discours étonnant à Saïd-Pacha :

« — Altesse, Méhémet-Ali m'avait promis de me donner le grand terrain qui se trouve derrière la douane; la mort l'a empêché de tenir sa parole.

» — As-tu la prétention que je la tienne pour lui? Tu sais bien qu'il a été acheté par un faiseur qui l'a revendu avec un fort beau bénéfice.

» — Je le sais, Altesse, il en a retiré deux millions :
donc si Méhémet-Ali me l'avait donné, je l'aurais,
moi aussi, revendu en détail et j'aurais empoché
les deux millions ; c'est donc deux millions que
Votre Altesse me doit. »

Je crus, me dit Saïd, à une plaisanterie et j'en
ris de bon cœur, mais ce personnage insista, finit
par me menacer de son gouvernement si je ne
lui donnais pas cette somme. Pour éviter des ennuis, j'ai dû lui donner les deux millions.

— Mais cet homme était un voleur survivant à
ceux de la forêt de Bondy, dis-je.

— Oh ! ajouta Saïd, je me suis payé le plaisir de
le traiter de filou, de bandit et d'escroc. Comme
il avait son argent en poche, il a écouté cela en riant
et en baisant ma main, et pour ces aménités-là il
ne m'a point menacé des foudres de son gouvernement.

Saïd parlait purement le français mais il parlait aussi crûment que Zola écrit crûment. Je me
permis de lui faire observer qu'il se servait de
mots que je n'étais point habituée à ouïr.

— Mais, me dit-il, ils sont dans le dictionnaire.

— C'est vrai, lui répondis-je, mais le bon goût qui
fait loi, pour les gens bien élevés, les a bannis de la
conversation.

— Alors le dictionnaire devrait charitablement
prévenir qu'il écrit le mot propre de toutes
choses, mais dans le seul but qu'on ne s'en serve
pas. Au moins, ajouta-t-il, les étrangers apprenant
votre langue dans la grammaire et dans les dictionnaires seraient prévenus. Du reste, me dit-il,
j'ai été à la cour hier au soir, et j'ai entendu une
conversation passablement grivoise : une très

grande dame m'a même fortement interloqué en me demandant comment nous nous en tirions avec nos nombreuses femmes.

Méry étant entré au bureau, je le présentai à Saïd, et mon spirituel compatriote avec. une verve intarissable se mit à parler en détails et en savant connaisseur des monuments égyptiens; il parla des fellahs, des coptes, fit un tableau coloré du pittoresque de cette contrée sortie des eaux du Nil.

Le vice-roi lui dit : « Je vois, monsieur, que vous connaissez bien ma patrie, mais vous me voyez au désespoir de n'avoir point été informé de votre arrivée en Egypte, j'aurais été heureux de vous recevoir. » Méry avoua qu'il n'avait jamais mis le pied sur le sol égyptien, et il soutint avec un esprit d'enfer ce paradoxe étonnant que, pour bien connaître un pays, il fallait se garder d'y aller; il trouvait. pour soutenir son opinion, les paradoxes les plus étonnants comme celui-ci, par exemple, qu'il n'avait jamais aimé qu'une femme dont il ignorait même le nom et le passé, et qu'il n'avait pu aimer celles qu'il avait connues, par la raison qu'il les connaissait trop. Pourtant Saïd lui fit promettre d'aller passer un hiver en Egypte. Je vous enverrai, nous dit-il, un de mes bateaux pour vous prendre à Marseille, et vous verrez que, quoique je ne sois qu'un roi à demi sauvage, je recevrai comme ils le méritent les beaux esprits venant chez moi.

Ce voyage en Egypte fut convenu; date fut même prise à un dîner que j'offris chez moi, à Saïd et à son neveu Mustapha-Pacha. Théo devait en être., Galoppe d'Onquaire et Dumas père

avaient aussi demandé de se joindre à nous. Seul
J. Janin avait hautement déclaré qu'il aimerait
mieux mourir que de s'éloigner tant que cela de
son cher Paris.

Peu de temps après son retour en Egypte, Saïd-
Pacha mourut. Notre voyage resta à l'état de rêve
caressé, mais non réalisé. J'y fus, moi, mais seule,
et privée de la société de mes illustres confrères.
Ismaïl régnait, lorsque je me rendis en Egypte, et
comme il s'était assez mal conduit envers Saïd-
Pacha, et que ce que je voyais de sa façon de gou-
verner ne m'inspirait pas la moindre sympathie
pour lui, je ne voulus pas lui être présentée.

Le nom d'Ismaïl me remet en mémoire un amusant quiproquo. Il régnait alors en Egypte, il vint
prendre les eaux de Vichy; il paraît qu'il s'ennuyait dans cette station thermale, car un beau
matin il télégraphie à un de ses ministres qui se
trouvait à Paris de faire partir tout de suite
Schneider pour Vichy. Ce bon vice-roi voulait
se distraire un brin en écoutant en tête à tête, la
belle actrice chanter le fameux couplet de la *Belle
Hélène* : *Dis-moi, Vénus, quel plaisir trouves-tu*, etc.

Ledit ministre, préoccupé de la question des chemins de fer égyptiens, pense que son maître désire
faire une importante commande de machines au
directeur du Creuzot; il va chez M. Schneider, lui
communique la dépêche et le prie de se rendre
au désir du vice-roi.

Pour être président de la Chambre, M. Schneider n'en était pas moins usinier, et comme tel, ravi
de recevoir une forte commande, il part pour
Vichy.

Deux jours après, comme le vice-roi se promenait autour de la source, un de ses serviteurs vient lui dire tout bas que Schneider est arrivé.

— Bien, dit le vice-roi, qu'on lui prépare un bain ; c'est excellent pour se délasser des fatigues du voyage.

Une heure après, il rentre dans son chalet, il demande où était Schneider.

— Au bain, lui fut-il répondu.

Il s'y rend, fait toc toc à la porte...

Une voix criarde, peu harmonieuse, lui répond: «Entrez.»—Comme elle s'est enrouée en route, cette pauvre femme ! se dit-il. Il ouvre la porte, et il reste saisi d'horreur en apercevant la figure d'albinos de Schneider émerger de l'eau de son.

Le président s'excuse de recevoir ainsi Son Altesse. Son Altesse s'excuse de déranger ainsi son hôte, et Ismaïl sort en hâte, court au télégraphe et envoie à son ministre un télégramme ainsi conçu : « Animal, votre bévue va me coûter un million : » c'est l'actrice Schneider que je vous demandais, » expédiez-la-moi au plus vite. »

Cette méprise lui coûta en effet un bon petit million ; ne voulant pas avouer le quiproquo, il fit une forte commande au directeur du Creuzot, qui quitta Vichy fort enchanté et sans se douter qu'il devait cette aubaine à la diva de l'opérette.

Mustapha Pazil-Pacha, que tout le Paris viveur a connu, était fils d'Ibrahim-Pacha, fils aîné de Méhémet-Ali. Il avait trente-deux jours de moins que son frère Ismaïl, et ces trente-deux jours, qu'il nommait sa jeunesse néfaste, l'avaient privé du trône. Mais il devait succéder à son frère, qui, se méfiant de lui à cause de cela, l'avait exilé.

Ce prince était très intelligent, il avait une

grande droiture de cœur; mais, tout comme le
langage de Saïd-Pacha, son langage était très *zo-laesque*. Pourtant il savait cesser d'être .. naturel
quand il le fallait et oublier les vilains gros mots;
mais il riait bruyamment, se mouchait avec un
bruit de locomotive essoufflée. Il était énorme.
Xavier Branicki, qui était son ami, avait dit de lui
à l'ex-cercle impérial « qu'il n'était qu'une.... bête
de saint Antoine dont la civilisation avait fait un
sanglier. » Un des courtisans du prince lui répéta
ce propos, croyant le brouiller avec Branicki. Loin
de s'en formaliser, il en rit aux larmes, et en en-trant au cercle impérial le soir, allant vers Bra-nicki et lui tendant la main, il lui dit : « Voici le
sanglier qui vient gagner votre argent. »

Mustapha avait la passion du jeu, il jouait au
cercle, il jouait chez lui; l'été on le voyait à Bade
ou à Hambourg, assis quatre et cinq heures con-sécutives autour de la table de trente et quarante;
il jouait un jeu d'enfer, perdait des cent mille
francs dans sa journée. Il transpirait de telle fa-çon, que Jean, son valet de chambre, se tenait
constamment derrière lui muni de deux sacs: dans
l'un il mettait les mouchoirs mouillés, et dans
l'autre il y avait des mouchoirs secs; de dix
minutes en dix minutes Mustapha passait son
mouchoir mouillé à Jean, qui lui en offrait un sec.
Il mouillait ainsi quelques douzaines de mouchoirs
chaque jour, ce qui faisait dire au comte de C...,
vieil harpagon : « Est-il possible de suer ainsi sang
et eau pour perdre son argent, lorsqu'il est si fa-cile de le conserver ! »

A cette époque, Bade pendant l'été devenait le
rendez-vous du tout Paris; la cité allemande per-

daît sa raideur revêche, les toilettes les plus
fraîches, les plus idéalement jolies s'y étalaient;
les cocodettes, celles qu'on nomme aujourd'hui
les mondaines, affectaient de s'habiller comme les
belles petites, si bien que le coureur d'aventures
confondait parfois la grande dame et la cocotte,
témoin la mésaventure arrivée à la blonde et ravissante Cubaine la comtesse de F... Elle se promenait
avec une toilette de dix-huit cents francs sur le
corps, et, en s'appuyant sur une haute canne, le
petit baron de B... la lorgne impertinemment des
pieds à la tête, puis lui dit : « Ma petite, il n'y a
pas encore de Crésus à Bade ; tu ne feras pas tes
frais, garde cette robe miroir à alouettes pour le
moment des courses. »

La comtesse sourit, et, prenant une carte dans
son carnet or fin orné d'émeraudes, elle la tendit
au jeune homme, qui, voyant quelle avait été sa
méprise, allait se confondre en excuses, mais la
comtesse, l'arrêtant, lui dit : « Cela ne me fâche
nullement d'avoir été prise pour une cocotte ; il
paraît qu'elles sont plus charmantes que nous,
puisque nos maris nous délaissent pour elles. »

Et la belle comtesse, riant comme une folle,
contait à tout venant qu'elle avait eu l'honneur
d'être prise pour une impure !

Rochefort, qui était alors un gentil garçon, spirituel en diable, pas poseur du tout, était un assidu
de Bade ; il était joueur, et prenait gaiement son
parti des vilains tours que lui jouait la noire,
ne sortant jamais lorsqu'il lui confiait un louis.

La politique a beaucoup changé Henri de Rochefort, et pas du tout à son avantage ; il était né
pour faire de joyeux vaudevilles, pour écrire des

chroniques mordantes, mais fines et spirituelles,
et non pour se lancer dans cette hargneuse politique. Dans sa carrière politique, il a donné en un
jour la mesure de son tempérament. C'était sous
l'empire : il venait d'être nommé député; son
entrée dans la Chambre fut saluée par les rires
railleurs de la droite. Alors Rochefort, se campant
fièrement devant les bonapartistes, leur dit : « Je
ne sais pas pourquoi vous riez, messieurs, je n'ai
pourtant rien de si ridicule, je n'ai pas un morceau
de lard caché dans mon chapeau pour retenir
l'aigle posé sur mon couvre-chef. »

La gauche et les tribunes rirent aux éclats; la
droite elle-même ne put conserver son sérieux
devant cette allusion à l'aigle que le prince Louis
avait attaché sur son chapeau au moment de son
échauffourée de Boulogne.

Rochefort est un faiseur de mots, son esprit d'à-
propos est merveilleux. S'il avait continué le
théâtre, il aurait eu un talent frère de celui de
Dumas fils; il est bilieux, donc il est né sceptique,
mécontent et mordant. En politique, il n'aidera
pas à fonder, sa nature le portant à démolir.
Rien de plus. Comme écrivain, il aurait été un
Juvénal, et un Dumas fils au théâtre; cela eût été
préférable pour lui et surtout pour nous.

A Bade, je l'ai connu, je le répète, un bon et
charmant garçon, fort sympathique à tous.

Qui le croirait? Albert Wolff était alors un grand
jeune homme presque timide! Et cette timidité lui
allait fort bien; il avait l'esprit primesautier et
déjà très parisien; il s'efforçait d'être agréable à
tout le monde, même à Mᵐᵉ de Noé (Cham), dont

il caressait le petit chien-bijou, un moyen excellent
pour se faire aimer de Cham et de sa femme.

Méry, joueur comme les cartes, passait chaque
été plusieurs semaines à Bade; le retrouver là était
pour moi une réelle attraction. Nous causions ensemble dans cette belle langue d'oc si riche et si
douce à l'oreille, et nous pouvions ainsi, sans être
compris par le public, échanger nos remarques
sur les joueurs et joueuses.

Méry était superstitieux.

Avez-vous remarqué que tous les grands hommes
et tous les hommes d'esprit ont été superstitieux?

Avez-vous parfois essayé ceci dans un salon:
vous parlez d'une superstition, s'il se trouve là une
femme bien sotte, un homme d'un esprit plus que
médiocre, alors que les autres content en souriant
les superstitions qu'ils possèdent ou qui les possèdent, la sotte fait chorus avec le sot pour s'écrier:
« Moi, je n'ai, grâce au ciel, aucune superstition! » Essayez et, je vous l'affirme, cette phrase
sera faite par les deux plus pauvres esprits de la
société, si toutefois un heureux hasard fait qu'il
n'y en ait que deux dans ce salon.

J'ai connu Rossini qui, tout en étant un grand
musicien, était un homme d'infiniment d'esprit;
alors que l'on peut être excellent musicien sans
être spirituel au contraire. Rossini avait toutes les
superstitions. Il me contait avec une conviction
profonde les mésaventures qui lui étaient arrivées
un jour que, chez l'ex-roi de Naples, il avait eu
l'imprud nce d'offrir le bras à une très belle jeune
fille affligée du mauvais œil.

Olympe, son épouse, Olympe de peu agréable
mémoire, Olympe Rossini en écoutant parler son

mari haussait dédaigneusement les épaules, elle avait l'air de dire : « Quel petit esprit! » Et, elle aussi disait, avec un orgueil bien peu justifié : « Moi, je n'ai aucune superstition! »

Méry les avait si bien toutes, qu'un jour que nous nous promenions dans la Forêt Noire, Cham, voyant qu'il allait mettre le pied au milieu... d'un dîner digéré, le retint vivement par le bras, et voilà Méry s'écriant avec mauvaise humeur : « Comment, Cham, vous qui vous dites mon ami, vous rompez ainsi ma chance de fortune? Si j'avais marché là-dedans, j'aurais, ce soir, fait sauter la banque. »

Il était réellement fâché contre Cham, et le soir, assis autour de la table, s'entêtant à jouer à la noire, alors que la série rouge était interminable, il maugréait tout le temps entre ses dents : « Cet animal de Cham a changé ma veine en déveine, que le diable l'emporte! »

Méry était spirite. A cette époque, j'étais fort jeune, je ne savais rien du spiritisme, et j'avais l'étourderie d'en rire comme une petite sotte, sans savoir et sans chercher à savoir ce que c'était, et Dieu sait si je riais de bon cœur lorsque Méry me tenait le discours suivant : « Remarquez que les Français, ici, perdent toujours, alors que les Russes, les Anglais et les Allemands gagnent; et voilà la raison de cette bizarrerie : les esprits des soldats tués dans les batailles heureuses de Napoléon Ier viennent satisfaire leur haine sur nous. La rouge va-t-elle sortir, vite, ils nous inspirent la pensée de jouer à la noire. Moi, je sens toujours près de moi un de ces esprits méchants;

il chuchote sans cesse à mon oreille des conseils
perfides. »

— Mais, lui disais-je, il y aurait un moyen de
déjouer sa perfidie : ce serait de faire le contraire
de ce qu'il vous dit.

— Il lit dans ma pensée, et lorsqu'il voit que je
vais faire cela, il se moque de moi, il me murmure
à l'oreille : « Rouge; » je joue à noire, et la rouge
sort.

Nous avions remarqué forcément, car il nous
suivait pas à pas, une sorte de grand squelette, un
homme ayant des vêtements si mal ajustés sur son
corps, qu'ils avaient l'air de vouloir le quitter à
chaque mouvement qu'il faisait tout comme la peau
jaune qui recouvrait ses os semblait vouloir se
détacher d'eux. Il avait des cheveux d'un blond
fade, une barbe de même couleur; son teint était
de la couleur de ses cheveux, et ses yeux, d'un
bleu passé, avaient ce regard vague du fou.

Nous l'appelions l'homme fantôme. Méry assurait que c'était un esprit mal incarné qui revenait
à Bade pour porter la guigne aux joueurs français,
et, le hasard aidant, chaque fois qu'il s'approchait
de la table de jeu, nous perdions des sommes
folles. Nous l'avions pris en grippe, et nous le
fuyions comme la peste. Mais un jour, j'étais assise
sur la promenade avec la princesse Alexandrine
Ourousoff, il surgit devant nous, comme un diable
qui sort d'une boîte à surprise, et le voilà tendant
la main à la princesse et la priant de le présenter
à moi. Fuir était impossible!

— Ma chère, me dit mon amie, je vous présente
un de mes compatriotes, le baron Krudener.

— Le petit-fils, s'empressa-t-il d'ajouter, de la

célèbre baronne Krudener qui a inspiré la Sainte-Alliance à l'empereur Alexandre Ier.

— Avouez, dis-je d'un air railleur, que ce souvenir ne saurait constituer un titre à ma sympathie!

Il comprit qu'il venait de faire un impair, et il s'empressa de me parler du roman *Valérie* qu'avait écrit sa grand'mère; roman, assurait-il, qui avait contrebalancé un instant le grand succès de *Corinne*, de Mme de Staël.

A partir de cet instant, le baron Krudener se mit à me suivre comme mon ombre. Si je m'approchais de la table du trente et quarante, il restait debout derrière moi, et je perdais, je perdais d'une façon persistante. Si je me promenais, sans cesse, et quelques détours que je fisse pour le fuir, il surgissait devant moi et ne me quittait plus. J'en étais réduite à ne me promener qu'à cheval ou en voiture pour échapper à ce terrible Krudener.

Méry, dès qu'il me voyait en sa compagnie, venait me dire qu'il avait quelque chose de très particulier à me confier; il me sauvait ainsi de lui pour quelques heures, mais je ne tardais pas à être harponnée par ce fâcheux de la pire espèce qui me contait gravement qu'il avait refait la carte du monde; que, grâce à lui, la guerre serait supprimée de la terre. Il voulait reconstituer les nations à sa guise, et il comptait arriver à ce résultat en faisant jouer une comédie de sa composition. « Elle sera, me disait-il, jouée à Paris; elle convertira les Français à mes idées. Ensuite elle sera jouée à Vienne, Berlin, Londres, Pétersbourg et à la cour italienne Ceci fait, les hommes éclairés par moi referont la carte d'Europe, et la paix sera assurée pour l'éternité terrestre. »

Il voulait absolument me lire cette comédie en
cinq actes, il avait constamment le manuscrit sous
son bras. Quitter Paris et les travaux littéraires
pour aller respirer l'air vivifiant des noirs sapins
de la Forêt Noire et devoir subir la lecture de
l'œuvre d'un toqué était au-dessus de mes forces.
Aussi, dès qu'il commençait sa lecture, je trouvais
un prétexte pour m'esquiver, si bien que j'ai entendu dix-huit fois la lecture de la première page.
Un soir, il pleuvait, j'étais au salon de conversation, il vient s'asseoir à côté de moi et s'empresse
de dérouler son manuscrit. En vain je jetais un
regard effaré de droite et de gauche, je ne voyais
personne de connaissance pour me délivrer; je
dus entendre six pages.

C'était l'œuvre d'un fou : les idées s'enchevê-
traient les unes dans les autres comme les fils de
soie floche s'entremêlent. C'était une cacophonie
d'idées baroques brouillées ensemble, hurlant d'horreur de se voir accouplées : politique, géographie,
philosophie, amour, tout était mal mêlé.

N'y tenant plus, je me levai en lui disant : « Je
sens que la rouge va sortir, je vais gagner quelques
louis; demain, à deux heures, et à tête reposée,
j'écouterai la fin de votre comédie. »

Je devais partir à onze heures pour Paris, et
c'est pourquoi je lui fixais ce rendez-vous.

J'allai flâner au-dessus du trente et quarante,
et la Providence, pour me punir sans doute de
mon manque de charité, me fit perdre cinq cents
francs.

Je rentrai à mon hôtel maudissant ce diable de
baron Krudener, et je fis mes malles.

Le lendemain, je me rendais à la gare à pied;

j'aperçus Krudener et son manuscrit; il vint à moi triomphant : « Nous allons lire, me dit-il. » J'eus un mauvais sourire en lui répondant : « Hélas ! je ne puis avoir ce plaisir, une dépêche me rappelle à Paris, je vais prendre le train d'onze heures. »

Il eut un air navré qui aurait dû m'attendrir; mais, je le confesse à ma honte, je ne fus pas attendrie du tout.

Il me suivit. Tout en marchant, il se mit à me lire la fin du premier acte; il continua pendant que je prenais mon billet, pendant que je faisais enregistrer mes bagages. Mes nerfs étaient à l'état de cordes de violon trop tendues. Soudain, il me quitte, se précipite au guichet, et je le vois prendre un billet. Il revient triomphant vers moi. « Je vous accompagne, me dit-il, jusqu'à la première station; de cette façon, je pourrai vous lire à loisir toute ma comédie. »

On criait: « En voitures! » Je montai en voiture suivie par mon persécuteur, qui s'assit à côté de moi, se mit à dérouler son manuscrit et commença sa lecture, que je subis en pensant à autre chose. Mais on arriva à la première station, et la lecture n'était pas achevée. Alors, malgré mes protestations, voilà ce fâcheux qui court prendre un billet pour la station suivante, et qui remonte s'asseoir à mes côtés et recommence à lire. Sa comédie était interminable, d'autant qu'il s'arrêtait à chaque passage pour m'expliquer son remaniement de la carte d'Europe. Nous étions à la frontière qu'il n'avait point fini le quatrième acte. Alors il me déclare qu'il vient jusqu'à Paris; qu'il lira sa pièce chez l'ambassadeur d'Autriche; que je le présenterai à des journalistes, à des directeurs de théâtres,

et que sa comédie enthousiasmerait si bien tous
ces hommes qu'elle serait jouée, et que, plus fort
que Napoléon Ier, ce n'est point à coups de canon
qu'il referait le monde comme il l'entendait, mais
par une simple comédie.

Le malheureux était convaincu; ses yeux ternes
avaient des lueurs, le sang colorait un instant sa
face blême.

En ce temps-là, la question de passeport était
une grosse affaire: on ne pouvait entrer en France
sans en posséder un en bonne règle.

Je lui fis remarquer qu'il était sans bagages et
sans passeport et que la police française l'empêcherait de franchir la frontière.

— Mais, vous avez le vôtre, me dit-il, vous allez
répondre de moi, dire qui je suis.

Sans le vouloir, il me tendait une perche pour
me débarrasser de son importunité qui m'exaspé-
rait. Je m'approchai d'un homme de police et lui
tins le discours suivant : « Monsieur, je n'ai point
envie d'être compromise, ce grand squelette jaune
que vous apercevez là-bas veut que je me fasse sa
caution auprès de vous pour que vous le laissiez
passer sans passeport ; je vous déclare que je le
connais fort peu et que j'ai même une foule d'excellentes raisons pour qu'il n'aille pas à Paris. »

Le policier me remercia, se figurant que c'était
un membre de l'Internationale que je lui signalais.
Il pria le baron Krudener de retourner à Bade, et
moi je n'eus pas à écouter son cinquième acte.

Plus tard, il est venu à Paris, et ce petit-fils de
la célèbre baronne Krudener est mort de misère
dans un hôtel borgne.

Il était banni de la Russie ; j'ai demandé un jour

le pourquoi de ce bannissement à un Russe haut
placé; il m a répondu que ce malheureux,qui était
alors officier de marine, s'était permis de trouver
belle et de le lui prouver, une actrice qui était au
mieux avec le grand-duc Constantin ; il avait osé
même se montrer au théâtre dans la loge de cette
femme. Ce crime de haute inconvenance lui avait
valu d'être cassé de son grade, renvoyé de la marine et banni de la Russie.

Un jour, à Bade, c'était à mon premier voyage
et j'étais arrivée du matin, je venais de faire une
longue course en voiture; je ne sais pas un mot
d'allemand, mon cocher avait reçu de mon maître
d'hôtel l'itinéraire de ma promenade et l'ordre de
me déposer à cinq heures devant l'entrée de la
Conversation. Il avait exécuté ponctuellement la
consigne : à cinq heures sonnantes, il s'arrêtait
devant l'allée conduisant à la salle de jeu. Fort
embarrassée pour le payer, ne pouvant ni le comprendre ni me faire comprendre de lui, je mis de
l'argent dans ma main et je lui fis signe de se payer.

Sans toucher à mon argent, il se mit à gesticuler
et à parler.

Lui tendant toujours l'argent, j'essayais de lui
faire comprendre qu'il pouvait prendre ce qu'il
voudrait; mais il refusait énergiquement, et j'étais
fort en peine. De l'autre côté de la rue, faisant face
à l'établissement, se trouvait la maison Mesmer;
un vieux monsieur, à l'air rude, à la moustache
épaisse et blanche en sortait; il vint à moi amica-
lement et me dit : « Je vois, madame, que vous ne
connaissez pas notre belle langue. »

— Belle! fis-je en riant, c'est possible, mais fort désagréable à l'oreille.

— Savoir parler la langue de ses voisins est une force, me dit-il; enfin je viens à votre aide : depuis combien de temps avez-vous ce cocher?

Je lui dis à quelle heure je l'avais pris, où il m'avait menée; il lui fit son compte. Je remarquai que le cocher était tout tremblant et tortillait son chapeau dans ses mains. Comme celui qui venait si gracieusement à mon aide me demandait ce que je voulais donner de pourboire et que je lui répondais de donner deux francs, il me dit d'un air sévère : « C'est trop, trop, mon enfant; il faut ne pas gâcher l'argent. »

— Seriez-vous avare? lui dis-je en riant, et avare même de l'argent des autres ?

— Avare, non, mais économe; et l'on me sait gré de mon économie.

Nous échangeâmes quelques paroles, je lui offris mes remerciements, et je m'en fus mettre un louis à la noire. Le soir, il y avait concert dans le grand salon de l'établissement. Le roi de Prusse, le roi et la reine de Hanovre, le prince de Galles étaient là. Le roi de Prusse s'avançant soudain vers moi me dit : « Eh bien! croyez-vous, madame, que je n'ai pas raison d'être économe, puisque c'est l'argent de mes sujets que je dépense? »

C'était lui qui avait bien voulu payer mon cocher!

Il se mit à me parler avec bienveillance de mon *Papillon* premier, des deux livres que je venais de publier, me conseilla fortement de me méfier du trente et quarante et aussi de la roulette Le concert allait commencer; Mme Viardot devait chanter,

et voilà le roi de Prusse m'offrant sans façon le
bras et me disant : « Venez vous asseoir à côté de
moi, la musique m'ennuie, nous causerons. »

En vain je le priai de me laisser dans la foule,
l'assurant que je serais très intimidée d'être assise
sur un fauteuil doré, au premier rang et au milieu
de têtes couronnées; il ne voulut rien entendre, et
je dus me résigner à cet honneur, dont je me serais
bien passée.

On chuchotait, on me lorgnait, le public avait
l'air de se demander ce que faisait ce modeste
petit littérateur au milieu de ces souverains. Ce
que j'étais malheureuse, on ne saurait se le figu-
gurer !

Je me souviens de ce pauvre roi de Hanovre :
Bismarck, alors, ne l'avait point encore dépossédé
et ne nous avait pas encore battus; nous étions en
paix avec l'Allemagne, et Rouher, le porte-voix
de Napoléon III, disait à la Chambre que nous
avions tout intérêt à une Prusse puissante et forte.
Le roi de Hanovre régnait donc encore. Il était
assis à la droite du roi de Prusse tandis que j'étais
à la gauche de Guillaume; il me parlait, il fixait
ses grands yeux noirs et doux sur moi, il lorgnait
les chanteuses, faisait des réflexions sur elles:
j'étais bien loin de me douter qu'il fût aveugle.
On m'expliqua depuis qu'il se servait souvent de
la lorgnette pour dissimuler au public sa cécité.
La figure de ce roi aveugle est restée fixée dans
ma mémoire; il avait l'air si doux et si bon! Selon
moi, cet homme privé de la vue, montant à cheval
et se mettant à la tête de son armée, est le plus
grand des héros. Il doit falloir un courage énorme,
surhumain, pour braver un danger qu'on ne voit

pas et pour marcher au feu alors que la nuit
opaque vous environne sans cesse !

Quel beau roman on ferait avec la vie de ce
pauvre roi de Hanovre, et quel héros sympathique
on aurait en lui !

La reine était la femme la plus charmante du
monde : très simple, très avenante, grande, forte
et belle ; sa carnation était d'une éblouissante blan-
cheur. Je fis sa connaissance d'une façon originale
et qui prouve combien cette grande dame avait
peu de morgue : je brodais, assise sur un banc ;
elle vint s'asseoir avec moi, caressa mon bébé, me
causa de son fils ; je causai familièrement avec elle
étant loin de soupçonner qui elle était. Mais voilà
qu'elle me dit, je ne sais plus à propos de quoi,
que l'an dernier, son fils, fort turbulent, avait failli
se tuer.

— Est-ce votre fils unique ? lui dis-je.

— Oui, me dit-elle, et s'il venait à mourir, la couronne retournerait à...

— La couronne, fis-je étonnée ; mais veuillez
me dire, madame, à qui j'ai l'honneur de parler ?

— Je suis la reine de Hanovre, me dit-elle simplement.

Je m'excusai de mon mieux du sans-façon avec
lequel je lui avais parlé, et, avec une exquise bienveillance, elle me répondit ceci : « De grâce, oubliez
qui je suis, ne voyez en moi qu'une mère heureuse
de causer avec une mère, si mon rang doit vous
donner la préoccupation des lois de l'étiquette. »

Pauvre reine ! elle avait toutes les vertus ; elle
possédait un charme inné, et elle a été bien malheureuse ; pour elle, la couronne s'est changée en
couronne d'épines.

Rendre justice à tout le monde, même à ses ennemis, je dirais même surtout à ses ennemis, m'a toujours semblé chose toute naturelle. Aussi je constaterai que le roi et la reine de Prusse menaient à Bade une vie simple et bourgeoise.

Très accessible à tous, le roi causait avec tout le monde ; la reine, vêtue fort simplement était aussi très bienveillante ; elle faisait de longues promenades, suivie d'un simple valet de chambre. Elle paraissait aimer à jouir en plein air du spectacle que donne le déchaînement des éléments. Lorsque le tonnerre faisait entendre son sinistre roulement, la reine Augusta, enveloppée dans un waterproof, un parapluie à la main, s'enfonçait dans les sentiers de la Forêt Noire. Elle s'y promenait des heures entières, et rentrait crottée et mouillée des pieds à la tête, mais l'air calme et heureux.

J'étais à Bade lorsqu'une sorte de fou tira un coup de revolver sur le roi ; une demi-heure après, Guillaume se promenait les deux mains dans les poches au milieu de la foule, avec une placidité qui prouvait d'un courage à toute épreuve.

La dernière année où j'ai été à Bade (avant la guerre), je logeais dans un pavillon se trouvant dans le jardin de la maison Mesmer où habitaient le roi et la reine de Prusse, et je dois déclarer qu'ils étaient pour moi les voisins les plus aimables du monde.

Mais laissons Bade et les souvenirs de ces temps passés où cette ville était le rendez-vous des célébrités du monde entier ; et revenons au Paris de l'empire et parlons un peu de Napoléon III et de sa cour.

CHAPITRE VI

La cour de Napoléon III. — Le monde de l'empire. —
Les cocodès et les cocodettes.

La cour de Napoléon III était composée en grande
majorité de belles étrangères. Si la France payait
l'orchestre et le champagne, c'était l'Europe et le
nouveau monde qui dansaient aux Tuileries et qui
ingurgitaient notre champagne.

C'était bien moins une cour française qu'une
cour cosmopolite. Toutes les femmes, Russes, Au-
trichiennes, Prussiennes, Italiennes, Polonaises et
Américaines qui éprouvaient le désir de faire tant
soit peu cascader leur vertu, n'osant le faire dans
leur patrie, étaient accourues à Paris. Leur première soirée avait été consacrée à aller entendre
Schneider dans la *Belle Hélène*; elles étaient sorties du théâtre en fredonnant le fameux couplet :
« Dis-moi, Vénus! »

Et bien vite, avec une désinvolture qui voulait
être Régence, mais qui rappelait bien plus les
exploits de Rigolboche que les aventures galantes
de nos arrière-grand'mères, ces beautés de natio-
nalités diverses lançaient leur bonnet par-dessus
la tour Saint-Jacques.

La Russe imitait la Polonaise, l'Américaine co-
piait l'Italienne, et toutes ces femmes disaient
avec aplomb :

« Nous prenons les mœurs françaises! »

Et à l'étranger, avec un aplomb non moins
grand, on disait :

« Oh ! ces Françaises ! sont-elles assez légères ! »

Moi qui ai beaucoup voyagé, il m'est arrivé souvent ceci : Dans un salon russe, par exemple, on critiquait les mœurs françaises, s'appuyant sur les excentricités commises précisément par des femmes russes, et lorsque je faisais observer que les légèretés incriminées avaient été commises non par des Françaises, mais par des Russes, on me répondait d'un air pincé :

« C'est possible ; mais elles ne se conduisent ainsi que parce qu'elles ont pris les mœurs françaises ! »

J'étais en Amérique, en 1868 ; on venait de lire dans un salon le compte rendu d'un bal travesti aux Tuileries, et l'on y parlait de deux jeunes filles qui s'étaient montrées déshabillées en Diane, avec une tunique fort écourtée et faite d'un tissu très léger.

Et voilà toutes les prudes Américaines de crier au scandale, et de dire que les Françaises devenaient les femmes les plus dévergondées de la terre, et que bientôt il serait impossible qu'une honnête femme s'aventurât en France.

Je sortis de ma poche une lettre que m'avait apportée le même bateau qui avait apporté le journal français contenant le récit de ladite fête ; celui qui me l'avait écrite donnait des détails sur ce fameux bal, et cet ami, qui était aide de camp de l'empereur, me contait que les deux jeunes Américaines B... avaient produit un grand scandale avec leur costume écourté et transparent, et qu'on s'était demandé un instant si on ne les mettrait pas à la porte en leur disant qu'elles avaient été invitées à un bal paré et non à un bal dévêtu.

L'impératrice, dans sa bonté, avait voulu les

sauver de cet affront, on les avait tolérées ; mais, ajoutait le général, on avait surnommé ces jeunes impudiques les demoiselles « belles-cuisses, » surnom qui leur resterait sans doute.

— Vous voyez, dis-je à ces Américains, ce sont deux de vos compatriotes, les filles d'un homme haut placé ici et que vous connaissez tous, qui ont fourni texte à vos âpres critiques des Françaises.

— Oui, mais si ces jeunes filles étaient restées chez nous, jamais elles n'auraient osé commettre cette impudeur, me répondirent en chœur tous les Américains présents.

— Avouez cependant, leur dis-je, que si, après quinze jours de séjour à Paris, elles choisissent pour le premier bal où elles vont ce costume peu convenable, il faut qu'elles n'aient point puisé en Amérique une somme bien forte de pudeur!

Ceci était logique, mais la logique n'a pas de prise sur des esprits intéressés à croire le contraire de la vérité, et toujours, à l'étranger, on a critiqué les Françaises à cause des légèretés commises par la société cosmopolite, hétéroclite, hétérogène, qui était venue voltiger, sauter et grouiller dans la cour de Napoléon III, devenu moins l'empereur des Français que le demi-dieu des affolés de luxe et de plaisir du monde entier.

Les semblables s'attirent !

Un aimant violent, puissant, avait attiré aux Tuileries toutes ces femmes et tous les hommes dignes de ces femmes !

Dans la cour de Napoléon III, on parlait toutes les langues vivantes, et l'on ne parlait le français qu'avec un accent étranger. L'empereur avait con-

servé un fort accent germanique, l'impératrice
Eugénie n'avait pu se débarrasser complètement
de l'accent espagnol, Mme de Morny avait l'accent
russe, doux et charmant à l'oreille, mais toujours
étranger. Pour faire un accompagnement bizarre
aux accents allemand et espagnol de nos souverains, les intimes des Tuileries faisaient entendre
l'accent italien, anglais, autrichien, et l'on ne
pouvait s'empêcher de se dire :

« Voilà une cour aussi étrange qu'étrangère ! »

L'impératrice Eugénie était belle ; elle avait la
plus jolie attache du cou et les plus belles épaules
qui se puissent voir, mais elle n'était ni très intelligente, ni très spirituelle. Peu instruite, elle était
indifférente aux choses du grand art ; c'était la
femme futile, d'un caractère inégal, tantôt trop
familière avec ses dames d'honneur, et tantôt trop
hautaine et cassante. La femme d'un ambassadeur
d'une puissance du Nord lui donna un jour une
rude leçon. L'impératrice s'était mise avec elle sur
le pied de la plus grande intimité. Un jour, la cour
était à Fontainebleau, et, parmi la première série
d'invités, se trouvait cette ambassadrice, et aussi
la belle Mme de P... La soirée était monotone, il
n'y avait ni tableaux vivants, ni divertissements
épicés ; l'ambassadrice, se penchant à l'oreille de
Mme de P..., lui dit :

« On s'ennuie ici plus qu'au sermon ; je vais
prétexter une violente migraine et remonter dans
mon appartement. Donnez le mot à telles et tels et
venez chez moi, nous tâcherons de finir la soirée
plus gaiement. »

En effet, elle parle d'une horrible migraine,
quitte le salon qui, après son départ, devient en-

core plus morose, si bien que l'impératrice, une
demi-heure après, donnait le signal de la retraite.
Mme de P..., ainsi que cinq ou six autres personnes,
se rendent dans l'appartement de l'ambassadrice,
où commence une soirée fort joyeuse : ce n'est
qu'éclats de rire perlés, que bons mots et gais
propos. L'impératrice, rentrée chez elle sans sommeil, jette pour se distraire un regard sur ses toilettes du lendemain, puis, soudain, elle songe que
sa chère amie souffre de ce mal affreux nommé
migraine, alors qu'on devrait le nommer mi-enfer,
et, comme elle était bonne, mettant toute étiquette
de côté, elle va pour s'informer de la santé de la
spirituelle ambassadrice, et elle la trouve en bonne
et folle humeur, et en société. Alors, oubliant que
la vraie grande dame, tout comme la femme que
le hasard a faite grande dame, doit se maîtriser
toujours et ne jamais s'abandonner à la colère
ni même à l'impatience, elle fait une scène à l'ambassadrice, l'accusant d'avoir manqué de tact et
de convenance, et lui reprochant d'avoir oublié ce
qu'on doit à une souveraine.

La femme de l'ambassadeur, se redressant fière
et hautaine, lui dit : « Et vous, madame, vous vous
oubliez bien plus ; rappelez-vous que, par ma naissance et non par le hasard, je suis une très grande
dame, ne recevant de leçon de personne. »

Le lendemain, l'ambassadrice quittait Fontainebleau et s'en allait passer un mois dans sa patrie.
Ceci mit un peu de froid entre la France et .. la
patrie de cette haute et fière dame... et cette froi-
deur eut une influence néfaste. On laissa, avec un
rancuneux plaisir, le pays en question être battu
par la Prusse.

Comme souvent, pourtant, une petite chose amène un grand effet !

Si l'impératrice avait conservé un peu, sur le trône, le caractère qu'elle avait alors que, jeune fille gâtée par sa mère et adulée par tous, elle promenait sa beauté dans les villes d'eaux et dans les capitales d'Europe, il faut reconnaître qu'elle a conservé sa réputation d'honnête femme au milieu d'une cour très dépravée.

Jamais même un soupçon n'a effleuré sa réputation. Jamais les plus malveillants n'ont pu citer un fait qui fît douter de sa vertu ; elle est restée loyalement fidèle à celui qui l'avait élevée à cette haute situation, et Dieu, les courtisans et les policiers savent combien Napoléon III a donné de nombreux coups de canif dans son impérial contrat.

Elle avait d'autant plus de mérite, que son cœur connaissait l'âpre douleur de la jalousie et aussi ses emportements. Ainsi, son voyage en Ecosse fut le résultat d'une violente scène conjugale.

On avait rapporté l'empereur à moitié mort de chez Marguerite B...; l'impératrice, indignée, blessée, d'avoir pour rivale cette ex-écuyère, fit à son mari, dès qu'il fut rétabli, une forte scène dans laquelle carafes et verres jouèrent un rôle actif. N'ayant pu obtenir une promesse formelle de rupture, elle partit subitement pour l'Ecosse. Les journaux furent embarrassés pour expliquer ce voyage. Ils parlèrent de son désir de revoir le berceau de sa famille maternelle.

Une autre scène conjugale amusa fort les courtisans, car le chambellan B... en fut victime. L'empereur était enfermé dans sa chambre avec la belle duchesse C..., celle qu'on nommait la « belle et la bête. » Le souverain avait, paraît-il, une foule de choses importantes à confier à cette Italienne, et il avait mis le chambellan B... en faction à sa porte, avec ordre de veiller à ce que nul ne le dérangeât. L'impératrice, prévenue par une de ses femmes, veut surprendre son époux et faire affront sanglant à sa rivale, mais elle se heurte à B... qui, se mettant entre elle et la porte, lui dit :

— Madame, Sa Majesté n'est pas visible.

— L'empereur est toujours visible pour moi, monsieur, répond-elle avec hauteur, en essayant de repousser B... Mais celui-ci résiste, fait à la porte un rempart avec son corps et dit : « Sa Majesté m'a donné la consigne de ne laisser entre personne, et elle n'a point fait exception même pour l'impératrice. »

Alors, folle de colère, l'impératrice le frappant au visage lui dit : « Vous n'êtes, monsieur, qu'un vil m... » Et elle rentra chez elle, furieuse, et contant à tous le vilain métier que faisait ce chambellan qui, à partir de ce jour, a reçu le déplaisant sobriquet de m...

L'impératrice Eugénie était bonne ; elle s'est occupée peu de politique et beaucoup de charité. En allant, en pleine épidémie de choléra, visiter les hôpitaux d'Amiens, elle a fait preuve d'un certain courage.

Le 4 septembre, elle aurait pu empêcher la révolution de se faire sans effusion de sang : on lui conseillait de résister, de donner des ordres, pour que les soldats tirassent sur le peuple. « Appelez auprès de vous, lui disait-on, des hommes énergiques qui mettront les Parisiens à la raison. »

Elle répondit, et j'affirme l'authenticité de cette réponse :

« Le sang français a déjà trop coulé ; il n'en sera pas versé une goutte de plus de par ma volonté. Si l'empereur s'était fait tuer au lieu de se rendre, j'aurais tenté de conserver la couronne à mon fils ; mais sa lâcheté a privé son fils du sceptre. Que la volonté de Dieu s'accomplisse ! »

Et cela dit, elle sortit la tête haute des Tuileries, alla se réfugier chez le dentiste St..., et gagna l'Angleterre le lendemain.

Je suis persuadée que, si elle se fût trouvée, elle, à la tête de l'armée de Sedan, elle aurait eu le courage de se faire tuer ; son amour maternel lui aurait inspiré cet héroïsme.

Pauvre femme ! le sort ne l'a élevée d'une façon surprenante que pour l'abreuver ensuite de toutes les amertumes et de toutes les douleurs ! Plaignons-la, honorons-la, nous souvenant qu'elle a été vertueuse, bonne, et qu en septembre 1870 elle a aimé assez la France pour oublier son intérêt personnel.

Elle était venue au pouvoir d'une façon bizarre, imprévue, elle a quitté le pouvoir avec dignité.

Notre sens moral, en France, est si bien oblitéré, que, dominés par la fièvre chaude des opinions, on en arrive à calomnier sans vergogne ceux qui ont une opinion différente de la sienne.

Un jour, des républicains contaient des choses absolument absurdes et fausses sur l'impératrice, je rétablis la vérité, et, tout étonnés, ils me dirent :

— Vous n'êtes donc plus républicaine ?

— Oui, je suis républicaine, mais je suis honnête

aussi, et je trouve qu'on ne doit pas plus calomnier ses ennemis que ses amis ; mon avis est que la calomnie est une chose odieuse, et que ceux qui s'en servent comme d'une arme pour combattre leurs ennemis ne sont que des drôles de la pire espèce.

Aussi, c'est encore avec la plus entière impartialité que je vais vous parler de Napoléon III.

L'empereur Alexandre II, le jour même où la nouvelle du coup d'Etat du 2 décembre fut connue à Pétersbourg, fit appeler le comte de J..., et lui tint le petit discours suivant :

— Vous êtes, mon cher comte, un mondain et un viveur endiablé...

— Oh!... sire, on m'a calomnié..., voulut dire le courtisan.

Mais l'empereur de Russie lui dit : « Ne vous en défendez pas; c'est à cause de ces deux défauts, de ces deux vices, ou, si vous le préférez, de ces deux qualités, que je vais vous confier une mission délicate. Allez à Paris, emportez votre argent et aussi celui que je vous donnerai, menez grand train, donnez à souper à toutes les filles de Paris et soyez charmant pour toutes les femmes qui vont aux Tuileries, couvrez d'or ou de fleurs celles qui, au grand jour ou dans l'ombre et le mystère, approchent de Napoléon III. S'il a des maîtresses, tâchez d'être au mieux avec elles; n'épargnez ni or ni diamants; mais il me faut des renseignements précis, intimes, réels, sur celui qui vient de s'emparer si prestement du trône en France. Je veux savoir ce qu'est en réalité cet homme, et ce que nous devons craindre de lui; mais je ne veux pas un jugement banal, je veux la photographie mo-

rale de Napoléon III...· et tenez, vous devriez bien
rechercher un de ses portraits, pour lequel l'homme
a posé et non l'empereur. »

Ainsi parla Alexandre II. Le comte de J... s'in-
clina en disant : « Votre Majesté sera obéie. »

Cette mission l'enchantait, car mon vieil ami J...
était bien réellement, à cette époque, le plus enragé
viveur de Pétersbourg et de Paris. Il arriva ici les
mains pleines d'or et il se mit à mener une telle
vie de plaisirs à outrance, que nul ne soupçonna
un instant que ce boyard avait une mission à
remplir.

La police impériale, si fine et si soupçonneuse,
n'y vit que du feu.

Un détail vous donnera la preuve de la façon
dont il remplit pourtant ce qu'Alexandre avait
nommé une mission délicate.

Au moyen de sommes folles il acheta la com-
plaisance des valets de confiance de Napoléon; il
leur conta qu'une belle princesse, fille d'un souverain, était amoureuse du nouvel empereur des
Français, mais qu'un doute troublait son amour :
on lui avait dit l'empereur difforme. « C'est faux,
répondirent les valets, pour qui le corps impérial
n'avait pas de mystères. »

— Il faut donner la preuve à cette princesse que
cette insinuation est calomnieuse. Arrangez-vous
pour que je puisse le photographier au saut du lit;
j'ai un petit appareil et j'ai appris l'art de la photographie.

Les domestiques lui promirent une réponse pour
le lendemain.

Le comte de J... croit que l'appât de la récompense promise les décida.

Moi je suppose qu'ils contèrent à l'empereur ce que le comte leur avait dit, que Napoléon crut à l'amour de la princesse et qu'il se prêta volontairement à poser en chemise.

Son grand désir, à cette époque, était d'épouser une fille de souverain.

Quoi qu'il en soit, le lendemain matin le comte de J... fut introduit mystérieusement dans un cabinet donnant dans la chambre impériale : il prépara une plaque, prépara son instrument; ceci fait, le premier valet de chambre entra chez son maître, ouvrit grandement les rideaux. Napoléon sauta du lit, resta deux minutes debout, et il fut ainsi photographié dans le simple appareil d'une laideur qu'on arrache au sommeil.

Le comte de J... porta ce portrait, avec tout un carnet de notes des plus intimes, à l'empereur Alexandre II. En 1866, j'étais en Russie, le comte de J... me conta la chose et me montra une épreuve, qu'il conservait précieusement, de ce portrait. Ce bout de chiffon de forme si singulière qu'on nomme chemise est d'une coupe ridicule, et ce vêtement est loin de donner à l'homme de la grâce et de la dignité. Napoléon III en chemise, montrant des pieds plats, des jambes grêles et légèrement cagneuses, était d'un laid et d'un burlesque inénarrable. Ses cheveux plats, sa barbiche et ses longues moustaches dominant ce corps peu vêtu et nullement drapé faisaient un effet singulier. La vue de ce portrait me causa un moment de douce gaieté. Cette image comique se fixa dans ma mémoire, et, revenue à Paris, je ne pouvais apercevoir l'empereur sans être prise d'un fou rire. Mon imagination déchirait le prestige dont il était

entouré et me le montrait debout devant son lit
défait, mal couvert par une chemise chiffonnée.

J'ai eu trois fois l'occasion de parler à ce souverain, j'ai connu beaucoup de ses courtisans, et j'ai
pu me faire, sur son caractère, une opinion que je
crois juste.

Il était laid; ses yeux étaient ternes, on aurait
dit que le regard était tourné en dedans; mais
alors qu'il regardait une femme, ses yeux devenaient soudain fort expressifs, ils disaient une
foule de choses tendres et folichonnes. C'était un
de ces hommes aimant la femme et se servant
volontiers de la femme pour arriver : un Alphonse
de haute volée. En Italie, avant d'être empereur,
deux femmes ont été pour lui ces anges jetant aux
Hébreux dans le désert la manne céleste. En Angleterre, miss Nos... a joué le même rôle En Amérique,
une vieille lady a été une fée bienfaisante pour lui.
Dans toutes ses conspirations ou échauffourées, il a
demandé appui aux femmes. Il a usé largement de
la femme pour accomplir son odieux coup d'Etat.
Une fois empereur, sa police secrète a été faite
surtout par des femmes, et il a envoyé à l'étranger
des femmes comme agentes de police secrète Il a
attiré les femmes aux Tuileries; l'impérialisme s'est
infiltré dans le cœur de certains Français grâce à
l'influence de la femme.

C'était la femme qui intriguait, qui faisait obtenir
places, concessions, sinécures. C'est par la femme
que beaucoup d'hommes se sont enrichis dans des
spéculations de terrains. Le pacha Haussmann était
assiégé par de jolies femmes dont il payait les sourires en leur disant quels seraient les prochains
quartiers démolis.

Dans les ministères, on ne voyait que sollici-
teuses. Les maris, perdant toute vergogne, se
laissaient pousser, lancer, placer, enrichir par leurs
femmes.

La femme était le grand moteur de la cour de
Napoléon III. Des femmes ont même fait la néfaste
guerre du Mexique. Jecker avait plusieurs femmes
dans ses intérêts; Napoléon a, lui, je crois, été de
bonne foi; il a fait cette guerre croyant faire une
chose grande : la gloire de Napoléon Ier troublait
son sommeil; il voulait faire grand, très grand, se
hausser jusqu'au coude du colosse napoléonien.
Comme la grenouille de la fable, il a tellement
voulu se grossir ou se grandir, qu'il s'est crevé.
N'est pas grand qui veut !

Il n'avait point cette intelligence géniale qui
embrasse les horizons immenses, et il voyait faux;
s'il avait vu juste, il n'aurait pas laissé se faire une
Prusse grande, il n'aurait pas versé le sang français
pour faire une Italie libre et grande, il n'aurait
pas battu nos amis les Russes pour le plaisir du
grand Turc !

Les admirateurs de Napoléon III sont bien forcés
de convenir que, comme politique extérieure, il a
fait toutes les sottises possibles !

A l'intérieur, il a fait l'Internationale; il a attiré
cent mille ouvriers à Paris, sans se dire qu'on ne
pourrait pas éternellement bouleverser Paris et
que, lorsque les travaux seraient finis et les coffres
épuisés, ces ouvriers sans travail, et ne voulant
plus quitter Paris, feraient des révolutions.

Mais si Napoléon III n'avait pas cette intelligence
énorme qu'il faut à celui qui prend charge de
vingt-huit millions d'âmes, il avait de l'esprit;

esprit peut-être un peu alourdi par ses séjours prolongés en Allemagne et en Angleterre. Son accent germanique contribuait à le faire paraître lourd, mais il avait parfois le mot à l'emporte-pièce, exemple le suivant : Le prince Napoléon arrivant un jour, bon dixième de la famille, pour faire un appel à sa caisse, essuya un refus ; alors, dans un moment d'humeur, il s'ecria :

— Sire, vous n'avez rien de Napoléon !

— Pardon, monsieur, riposta l'empereur, j'ai sa famille, et je trouve que c'est beaucoup.

Il était resté très bon garçon et avait eu l'esprit de ne pas se laisser griser par le prestige qui l'entourait. Parvenu comme souverain, il avait une aimable simplicité qui le faisait aimer par tous ceux qui l'approchaient. Cette absence de morgue et l'amabilité de son caractère avaient attiré à lui des hommes qui auraient protesté énergiquement contre l'empire s'ils n'avaient pas subi l'attraction de sa bienveillance et de sa façon d'être. On disait de lui : « C'est un charmeur ! » Et c'était vrai. Ceci me rappelle le mot d'un républicain : on voulait le présenter à l'empereur ; on lui faisait remarquer que son opinion n'empêcherait point le souverain d'être charmant pour lui. « Non, s'écria-t-il, je ne veux pas le voir, il me charmerait comme il a charmé les autres ; je sais que c'est un enjôleur ; le serpent attirant les oiseaux dans sa gueule. Je veux rester ce que je suis, et je ne veux pas le voir. »

Le petit fait suivant prouvera qu'il prenait en homme d'esprit les réparties pour vives qu'elles fussent. Un soir de bal aux Tuileries, Napoléon III s'approche d'une femme quelque peu journaliste

et écrivain et connue pour ses opinions républicaines, il lui dit avec un sourire un peu railleur:

— Je vois avec plaisir, chère madame, que vos
opinions ne vous empêchent pas de venir danser
chez moi.

La dame lui répondit, avec son plus joli sourire :

— Sire, comme quelle que soit notre opinion
nous payons les violons, nous aurions bien tort de
ne pas venir valser dans notre palais des Tuileries
lorsque l'envie nous en prend.

Le général Toulongeon, qui s'était fait ce soir-là
cavalier servant de la dame, et qui était auprès
d'elle, en entendant cette riposte devint blême.

— Voyez, poursuivit la dame en riant, comme
on a bien raison de dire que mieux vaut un ennemi
intelligent qu'un ami maladroit. Moi, tout en dé-
plorant que vous soyez notre souverain, je vous
traite en homme d'esprit. Votre courtisan vous
prend pour le contraire, et s'il ne vous reconnaît
pas cette qualité, laquelle donc peut-il vous attri-
buer ?

Napoléon rit beaucoup, fut charmant pour cette
dame et lui dit :

— Je vous prends au mot; vous me croyez un
homme d'esprit, eh bien! donnez-moi votre parole
que tout en détestant l'empereur, et c'est votre
droit, lorsque vous aurez besoin de quelque chose,
vous vous adresserez à moi; le général Toulongeon
viendra me porter vos demandes, et je vous promets de bien les accueillir.

— J'espère, dit-elle, que cette promesse n'est
point un serment?

Il sourit, en tortillant sa longue moustache.

— Vous êtes méchante, horriblement méchante ; mais essayez, et vous verrez que je sais tenir ma promesse.

— J'essaierai, fit-elle, et comme la vengeance est douce à mon cœur, absolument comme si j'étais née en Corse, je ne vous demanderai qu'une chose : me venger. Vous avez quelques hauts fonction- naires et quelques autres hommes, plats courti- sans qui, pour vous faire leur cour, m'ennuient parce que je suis républicaine, vous me vengerez d'eux.

— C'est convenu ; citez-m'en un et je vous donne la preuve de ce que vaut ma parole.

Elle cita un fonctionnaire qui avait été fort impoli pour elle, et qui était du reste une franche canaille ; huit jours après, elle était vengée.

Elle joua un jour un vilain tour à Mocquart, le secrétaire de Napoléon III, et pour cela Mocquart lui voua une haine éternelle, ce qui, du reste, la laissa fort calme. Un vieil officier très pauvre, chargé de famille, sollicitait en vain depuis deux ans un bureau de tabac. La dame en question mit sur un bout de papier les titres de cet homme, expliqua sa triste situation, fit remarquer que le bonhomme ayant servi sous Napoléon Ier, ayant passé six ans sur les pontons anglais, s'était mon- tré toujours dévoué à la cause impériale ; elle constata qu'en signalant sa position, elle n'était absolument guidée que par la charité. Le général Toulongeon donna le papier. Napoléon III fit re- mercier cette dame, et il intima l'ordre à Mocquart de donner de suite un bureau de tabac à cet homme. Il y en avait un vacant ; mais M. Mocquart avait fortement flirté avec une grande et belle jeune fille ;

voulant, d'après le procédé de beaucoup des serviteurs de l'empire, faire payer les faveurs reçues
par l'Etat, il fit accorder le bureau de tabac à la
mère de cette très peu sage jeune fille, et le vieil
officier fut averti qu'il n'y avait point de bureau
vacant ; on lui faisait la vague promesse de songer
à lui.

La dame en question fit de ce fait un petit conte,
donnant les détails, contant d'une façon comique
le flirtage de Mocquart avec la donzelle et se ter-
minant par ces mots, mis dans la bouche du secrétaire : « Ma bichette, point ne serai ingrat. Ta
mère, en récompense des bons principes qu'elle
t'a inculqués, aura un bureau de tabac. »

« Et voilà comme, concluait la dame, le pauvre
vieil officier ayant servi loyalement la France
continue à mourir de faim. »

Elle envoya, par Toulongeon, toujours, ledit
conte à l'empereur qui le lut, s'informa, eut la
preuve que tout s'était passé comme le conte l'affirmait. Il fit appeler son secrétaire et lui reprocha
durement sa conduite, ou, pour dire plus exactement, son inconduite.

Le bureau de tabac était donné, le reprendre
était impossible, mais Napoléon envoya un fort
secours à cet officier.

On peut dire, sans insulte à la vérité, au contraire, que Napoléon était encore le moins gredin
de tous ces plats gredins qu l'entouraient.

J'ai toujours pensé, et tout ce que j'ai vu et entendu m'a affermi dans cette opinion, que si Napoléon III n'avait pas été criblé de dettes, et s'il
n'avait point été entouré d'une horde d'affamés, il
fût resté président de la république sans songer à

faire son odieux coup d'Etat. Le coup d'Etat a été pour lui le faux que fait le fils de famille après avoir usé son crédit et lorsqu'il se trouve à la merci d'une bande d'usuriers.

L'homme que le dérèglement de sa vie a mis en cette horrible situation, s'il est fort, fait faillite à ses créanciers en se brûlant la cervelle, et conserve son honneur. S'il est faible, les fautes passées le conduisent au crime : Louis-Napoléon a été faible. Mais si une fée bienfaisante lui eût offert quelques millions, il aurait joué, je crois, et volontiers, le rôle d'honnête homme; il aurait fondé la république démocratique, n'ambitionnant que la présidence à vie, présidence que le peuple français aurait laissée à son fils. Le nom de Napoléon aurait conservé son prestige; le prince Louis-Napoléon aurait eu une belle page dans l'histoire; il serait mort à l'Elysée, honoré et regretté. Nous n'aurions eu ni une Prusse grande, ni une Italie ingrate, ni la guerre pour les Turcs, ni celle du Mexique, ni la néfaste guerre de 1870.

Mais la fée ne donna pas les millions, les Fialin, Maupas et triste compagnie étaient aux abois. Le coup d'Etat en fut la conséquence, Sedan en fut la punition.

Ceux qui croient au diable n'ont peut-être pas tout à fait tort. Cette dangereuse divinité du mal est représentée sur la terre par ce métal diabolique appelé or. Pour lui, on vole, on tue, on se damne, on vend sa patrie et sa conscience.

Le prince Louis-Napoléon Bonaparte a conservé sur le trône le caractère de l'aventurier vivant d'expédients, au jour le jour.

Il s'est montré reconnaissant des services rendus

jadis, mais, hélas! c'est nous qui avons payé intérêt et capital. Il n'a point oublié les amis des mauvais jours; il les a accueillis, s'en est entouré, en a
formé sa cour, en a fait de hauts fonctionnaires,
ce qui nous a valu une cour d'intrigants et certains
fonctionnaires de sac et de corde.

Cette gratitude du cœur impérial nous a coûté
cher! Comme quoi toute bonne chose a parfois
son terrible revers!

On peut dire que, comme mœurs, la cour de
Napoléon III a été une parodie burlesque des
mœurs de la Régence. La même immoralité s'y
étalait impudiquement, mais le *comme il faut*, ce
quelque chose insaisissable, inexplicable qu'on
nomme *bon ton* y faisait défaut. On aurait dit une
orgie de valets voulant copier les orgies de leurs
maîtres.

Les amours de Napoléon n'ont jamais été en-
tourées du moindre mystère; ses courtisans les
contaient et en riaient; les femmes ayant inspiré
un caprice au souverain s'en vantaient. Leur honte
devenait pour elle leur gloire!

Ces amours avaient quelque chose de vulgaire
et de banal rappelant celles de l'officier changeant
de garnison et de maîtresse avec la même désinvolture.

Une seule femme a su inspirer une sorte de tendre et respectueuse affection à l'empereur, c'est la
comtesse de V..., dont le mari occupa une haute
situation.

Celles qui lui ont inspiré des fantaisies se comp-
tent à la douzaine. La beauté sculpturale et classique de la duchesse de X..., surnommée la Belle et
la Bête, le captiva un instant, puis il dit : « Dieu!

qu'elle est belle à voir, mais ennuyeuse à aimer ! »
Et il s'en lassa au point de ne pouvoir même plus
entendre prononcer son nom.

C'était du reste le sort de cette superbe étrangère
de faire succéder à l'amour qu'elle avait inspiré
une sorte de haine. Victor-Emmanuel, bien vite
désenamouré, avait consenti à lui faire une pension, à la condition qu'elle quitterait l'Italie ; il ne
pouvait même plus supporter sa vue !

Elle vint à Paris dans le seul but de plaire à
l'empereur : elle y réussit ; mais son charme opéra
deux mois à peine. Cette femme semblait taillée
par un Phidias dans du marbre de Paros. Il était
impossible d'être plus belle qu'elle, mais sa beauté,
faite de régularités, était dénuée de charme, et,
Adonis femelle, l'adoration qu'elle avait pour sa
beauté la rendait insupportable. Elle ne savait rien,
si ce n'est qu'elle était belle ; une seule chose la
préoccupait : sa beauté. Elle possédait un album
contenant cinquante-deux fois son image. Elle
s'était fait photographier par Pierson, dans toutes
les poses et avec différents costumes : en Diane, en
Vénus, en Salambo, artistiquement dévêtue, artistiquement nue. Cet album était sur une table, dans
son boudoir, et elle passait de longues heures à
s'admirer.

On lui avait dit qu'elle était reine de beauté, et
elle posait en souveraine. Lorsqu'on allait dîner
chez elle, on ne la trouvait point au salon, elle
n'apparaissait qu'au dernier moment. Son prince-
époux allait la chercher dans son temple, il ouvrait
devant elle la porte à deux battants, en criant :
Madame la duchesse !

A table, ses invités et invitées étaient assis sur

des chaises, mais elle avait, elle, un haut fauteuil
moyen âge, une sorte de trône. Dans son salon,
un fauteuil spécial lui était réservé. Que bien
nommée elle était : la Belle et la Bête !

Tous ceux qui ont connu son époux se sont toujours demandé s'il n'était qu'un vulgaire Alphonse
acceptant cyniquement son rôle, ou s'il n'était
qu'un pauvre idiot, aveuglé au point de ne pas voir
qu'il avait, avec feu Vulcain, la plus fâcheuse des
ressemblances, celle de la coiffure.

Ainsi, un jour, dans un salon, comme on lui
vantait la beauté de sa femme, il répondit avec un
sérieux et un aplomb incroyables : « Elle n'est pas
seulement belle, la duchesse (jamais il ne disait
ma femme), c'est une femme bien forte et qui a
une telle intelligence pour conduire sa maison, et
un tel ordre que, comme vous le voyez, nous me-
nons grand train, et nous n'avons pourtant que
vingt-cinq mille francs de rentes ! »

Et comme le malicieux marquis de P... lui répondait qu'en effet sa femme devait être très forte
pour avoir un loyer de quinze mille francs, six
domestiques, des toilettes de quinze cents francs
chacune et une paire de chevaux de douze mille
francs avec ce modeste revenu, le duc répondit
que ses chevaux n'avaient coûté que trois mille
francs. Et comme chacun, en riant, lui demandait
le nom de ce marchand donnant à ce prix des chevaux pareils, il répondit sans se troubler que sa
femme les avait achetés à l'empereur.

On se mordait les lèvres pour ne pas rire, et l'on
se disait tout bas : « Est-ce un cynique qui nous
fait poser ou un imbécile? »

Une des fantaisies amoureuses de Napoléon III
se termina ou plutôt avorta dans un réalisme natu-
raliste tel, que les courtisans en rirent longtemps.
Voici le récit gazé de la chose, récit que seul Sil-
vestre aurait le talent de savoir bien faire :

Une famille de comédiens qui connaissait surtout
de notre histoire la chronique de l'*Œil de bœuf* et
les détails sur le Parc aux cerfs, avaient une belle
fillette, ils l'élevèrent en vue de lui infliger le
déshonneur d'être une des favorites de Napoléon III,
ce qui était pour eux, dans leur absence de sens
moral, un honneur et un bonheur.

Ils la gardèrent sage et vertueuse jusqu'à seize
ans. La jeune M... était belle, fort en chair et
très appétissante.

Un beau jour la mère fut rendre visite au chambellan des amours impériales, et elle lui parla de
son ambition de voir sa fille devenir favorite.

Le chambellan demanda à la voir, on la lui
amena, il la trouva belle, il en fit l'éloge à son
maître, qui exprima le désir de causer une heure
avec elle.

Un soir, la mère conduisit sa fille aux Tuileries,
elle l'avait parée de la plus séduisante des façons,
elle lui avait fait la leçon, elle devait se montrer
respectueuse, émue, obéissante et surtout charmante avec son souverain. Ainsi prévenue, elle la
laissa seule dans le boudoir impérial.

La pauvre innocente et ingénue tremblait très
fort, son cœur faisait tic-tac. « De cette première
entrevue dépend ton avenir, lui avait dit sa mère. »
Or, elle voulait un avenir brillant, et elle éprouvait
l'émotion du soldat qui va pour la première fois
se trouver en face du feu. Elle avait peur.. , la peur

produit des effets bien divers, chez la fillette elle
produisit cet effet hygiénique mais fort prosaïque,
cet effet que produit un grand verre d'eau de Ber-
minsloff .. Ses entrailles se mirent à faire une musique horrible, elle souffrait Que faire? que devenir? où trouver l'asile nécessaire? Elle était si
troublée qu'elle n'osait se lever et se livrer à la
moindre recherche, elle restait assise, effarée, affolée. Voilà que soudain... Il fut trop tard..., et n'o-
sant remuer, toujours elle restait assise. Quelle
ridicule situation! C'était cet avenir si vanté par
sa mère qui s'écroulait dans ce qui passe pour un
porte-bonheur? La pauvrette se mit à sangloter.
L'empereur, l'œil allumé, un aimable sourire sur
les lèvres, entre dans son boudoir... elle ne sanglote
que plus fort... Que faire? que devenir? Elle ne peut
fuir car alors ce serait bien pis! Il s'approche,
voit ses larmes, il pense que c'est l'émotion que
lui cause sa vue auguste, il veut lui prendre la
main. « Sire, sire, laissez-moi, de grâce éloignez-
vous, la peur, votre prestige, le bonheur m'ont
rendue malade...,je...,je... » Elle ne savait que dire,
mais l'odeur fut éloquente... elle apprit à Sa Majesté
la mésaventure arrivée à la fillette. — Vexé de se
heurter à cette prose par trop réaliste il s'éloigna
en lui disant : Consolez-vous, mon enfant, je vais
vous envoyer une femme de chambre... » Et il s'en
alla conter la chose au chambellan introducteur
des belles, celui-ci la conta à toute la cour qui
s'ébaudit très fort et conta la chose à tout Paris,
qui en plaisanta tout une semaine. La femme de
chambre donna de l'eau et du linge à la jeune
actrice puis la ramena à sa mère. Jamais l'empereur ne voulut la revoir.

On a connu une vingtaine de liaisons à Napoléon III,
toutes n'ont été que des vulgaires caprices, amour
sans grandeur, sans idéal et sans poésie et dans
lequel l'amour vrai n'était pour rien. La fille d'un
haut fonctionnaire ambitionnait de jouer le rôle
de la tendre Mlle de La Vallière, elle allait à la cour
avec ses parents, elle faisait des avances à l'empereur et l'on s'amusait trè- fort de son manège : elle
regardait le souverain avec des yeux langoureux,
elle déployait une adresse inouïe pour se trouver
sans cesse sur son passage. Napoléon souriait de
ce manège, il était flatté d'inspirer de l'amour à
cette jeune fille et il daignait lui sourire tendrement,
mais c'était tout. La belle enfant trouvait que ce
n'était point assez. Aussi prit-elle une résolution
énergique, la montagne se dérobait, carrément elle
alla à la montagne, elle écrivit sur un mignon
bout de papier ces quelques mots : « Sire, comme
Louis XIV vous êtes beau, comme Louis XIV vous
êtes grand, comme la tendre La Vallière je vous
aime. Hélas ! que ne suis-je boiteuse. peut-être alors
daigneriez-vous prendre mon amour en pitié ! »
Elle mit ce papier dans son gant, un jour de bal
aux Tuileries ; l'empereur ayant passé près d'elle,
elle laissa glisser le papier à terre, puis le ramassant prestement elle le tendit à l'empereur : « Sire,
lui dit-elle. Sa Majesté vient de laisser tomber ce
papier, qui est une supplique sans doute. »

L'empereur comprit, il prit le papier, le mit
dans la poche en disant à la jeune osée : « Merci,
et croyez, mademoiselle, qu'on fera droit à la supplique. »

Nul ne fut dupe du manège, mais la jeune fille

ainsi que ses parents n'en eurent que plus de courtisans.

Songez donc, quelle puissance une fille qui
donne des billets doux au souverain !

Napoléon III, après le bal, causait dans sa
chambre avec un de ses chambellans; soudain, il
se souvint du billet : Voyons donc ce que me veut
la petite X..., fit-il; et il prit le billet, le lut à haute
voix.

Il était debout devant la cheminée, et, tout en
lisant, il se regardait complaisamment devant la
glace. — Je compris, nous dit le chambellan qui
nous conta cette historiette, qu'il lui était infiniment agréable d'être comparé au grand roi et
qu'il était tout disposé à se trouver en réalité
aussi beau que Louis XIV.

— Certainement, je ne veux pas me montrer
cruel envers cette belle enfant, dit l'empereur,
mais comment l'avoir sans trop faire de scandale?

— La faire venir ici, c'est bien simple.

— Mais ses parents?

— Oh! fit le chambellan, ils seront très
honorés.

— Je crois, en effet, que tant le père que la
mère seraient de force à me conduire eux-mêmes
leur fille, mais ce moyen me répugne. Le père serait capable de trouver qu'étant mon beau père de la
main gauche, il doit être au moins ministre. Mettez
tout simplement le nom de la mère et de la fille
sur la liste des premiers invités de Compiègne.
Une fois qu'elle sera au château, je m'arrangerai.

Ainsi fut fait. La mère, dans le secret sans doute,
avait fait faire des toilettes éblouissantes pour sa
fille.

11.

Napoléon s'arrangea fort bien, car, dès le lendemain de son installation à Compiègne, la jeune X... se donnait des airs d'impératrice.

L'empereur proposa de jouer à l'Olympe, il distribua lui-même les rôles, la jeune favorite reçut celui de Vénus et il conserva pour lui celui de Jupiter.

Un beau soir, devant de nombreux invités l'Olympe fut jouée, les costumes était d'un léger... Mlle X... n'avait pour voiler son corps qu'une écharpe fort transparente, et Napoléon en Jupiter flirtait avec elle d'une façon qui voulait être royale et qui n'était que lourdement gauche. Ses beaux-parents rayonnaient, l'impératrice était d'une humeur massacrante, elle jouait au naturel le rôle de Proserpine, et les invités s'amusaient énormément. Le lendemain, tout Paris apprit les détails de cette soirée, qui fut appelée par le très caustique prince de M... la soirée de la proclamation du déshonneur de la petite X...

C'est l'écuyère Marguerite B... qui a su captiver le plus longtemps les bonnes grâces de cet homme qui fut Napoléon III, et le vice bien plus que l'amour liait le souverain à l'écuyère. Un jour, une rumeur étrange circula dans le cercle des gens bien informés. On apprit que la police avait dû aller chercher l'empereur dans le petit hôtel que possédait cette demoiselle. Elle avait rapporté le souverain à moitié mort aux Tuileries. Pendant toute la nuit on essaya en vain de lui faire reprendre connaissance, on était consterné ; mais ces hommes sataniques que leurs courtisans appellent les hommes providentiels ont la vie dure!

Mais patience, les enfants de la marquise de Ca...
et du prince N... grandiront et il y aura là toute
une nichée de petits bâtards aventureux et prêts à
accepter le trône de France.

A peine remis, Napoléon, quittant furtivement
les Tuileries, s'en alla retrouver son écuyère.

Les papiers secrets publiés en 1871 nous ont
appris que la donzelle, espérant, sans doute, jouer
à la Montespan, voulut persuader à l'empereur qu'il
était le père d'un joli petit moutard, et, après tout,
cela pouvait être vrai.

Elle espérait probablement que, toujours désireux de singer le grand roi, Napoléon légitimerait
un jour ce fils. Mais lui n'entendit pas accepter
cette paternité, et un haut magistrat, on le sait,
fut chargé d'aller reprendre les lettres de l'impérial
amoureux, et chargé, par un système d'intimida-
tion, de forcer l'ex-écuyère de déclarer par écrit
que son fils n'était point fils de Napoléon... Et
voilà comment les conservateurs ont un prétendant
de moins à opposer à cette abominable République.

En parlant de bâtard je ne saurais point ne pas
donner un souvenir au défunt habitant de la niche
à Azor !

Quelle singulière cour que la cour impériale,
et de quels singuliers types elle était formée !

Le séduisant M... a été un Alphonse de haute
volée et un homme dénué de tous préjugés, vivant
publiquement avec une femme mariée, dont le
mari se dissimule discrètement, acceptant un petit hôtel qu'on relie sans façon par un pont couvert
à l'hôtel de la grande dame, acceptant encore
d'elle deux bons petits millions. Lorsqu'on n'a plus

rien à lui offrir, il fait comme la cocotte qui ayant
plumé le pigeon le laisse et s'en va à la recherche
d'un nouveau pigeon bien en plume. Le séduisant
M... s'en va à l'étranger en mission et bientôt la
grande dame apprend qu'il va se marier avec une
forte dot.. Elle ne peut croire à cette perfidie, elle
lui écrit et, avec une désinvolture charmante, il lui
écrit ceci (authentique) : « Oui, ma chère, c'est
vrai, je me marie; nos amours ont lassé l'Europe
entière, il est temps de rompre. »

Il se marie en effet, mais il oublie de restituer
les deux millions; la grande dame se dit que, si
elle perd son amant, il n'est que juste qu'elle rentre en possession de son argent. Elle va trouver
l'empereur et lui conte la situation de M... vis-à-
vis d'elle, et elle menace de faire du scandale si
on ne lui rend pas ses deux millions.

L'empereur appelle le coupable, lui fait faire
des billets de cinquante mille francs payables de
trois en trois mois, et il les donne à la créancière.
A chaque échéance elle attendait anxieuse, souhaitant qu'il ne fût point en mesure afin de pouvoir
poursuivre l'infidèle. Mais ce plaisir ne lui fut point
donné... les coffres de l'Etat étaient bien garnis!

Un soir, à une grande fête des Tuileries, M...
passait devant son ancienne amante, il avait sa
femme au bras, il frôla la délaissée sans s'incliner
devant elle, et alors tout haut elle dit : « Et dire
que j'ai entretenu ce monsieur-là ! »

Ah! quelle cour étrange que celle de Napoléon III,
et que je comprends bien que les rastaquouères et
les déclassées regrettent ce temps disparu!

Notre chère France était devenue un pays de
cocagne pour tout ce triste monde.

Ce M.... occupait une haute situation, son influence a été funeste, elle a mis l'alphonsisme à la
mode, car ces tristes messieurs ne portent pas tous
la casquette à pont, il en est qui portent l'habit,
noir, le gilet échancré en cœur, et l'on salue ceux-
là et on les reçoit!

Un des favoris de Napoléon III, un de ses anciens
complices occupait une haute, très haute situation,
il avait une femme plus cascadeuse que la belle
Hélène. Quel amusant et immoral volume l'on ferait
avec toutes ses folles équipées!

Un beau soir elle s'en va danser à la Closerie
des Lilas avec le duc de Cad... et celui ci avait eu
la délicatesse de dire à ses amis du club : — Venez ce
soir à la Closerie des Lilas vous verrez une chose
plaisante! — Ils y allèrent en foule, et ils virent
la femme de ce haut fonctionnaire lever la jambe
et danser le cancan. Un autre jour, la dame s'en
va en Suisse avec le même duc, sans prévenir son
mari, qui mettait toute la police sur pied pour la
retrouver. En Suisse le couple amoureux voyageait
incognito, mais voilà qu'un voyageur reconnaît
la dame, il se figure que le mari est avec elle à
l'hôtel et il annonce partout la présence du haut
et puissant personnage... Les autorités du pays
accourent pour le haranguer, et ce fut l'amant qui
reçut le discours destiné au mari.

Après chaque fugue elle n'en était pas moins fort
bien reçue aux Tuileries, et elle continuait à recevoir chez elle avec une aimable hauteur les honnêtes femmes qui s'aventuraient à ses bals officiels.

Elle faillit être cause de la suppression draconienne
de mon journal. Un jour, on apprit qu'elle s'était
sauvée une fois encore avec un jeune Anglais, et

que son mari perdant patience venait de déposer une demande en séparation motivée sur vingt-deux adultères dûment constatés. La demande était au parquet... (l'empereur l'obligea à la retirer), les gendarmes étaient à la recherche des fugitifs, ceux des frontières avaient reçu leur signalement avec l'ordre de les arrêter, c'était donc le secret du sieur Polichinelle. On ne parlait que de ce scandale, les grands journaux avaient conté la chose dissimulant à peine les noms, j'en parle moi aussi, sans nommer personne. Mon journal paraît. Le lendemain je reçois du ministère de l'intérieur une lettre conçue dans les termes *polis* suivants : « Mme Olympe Audouard aura à se présenter demain à deux heures au bureau tel (j'ai oublié le numéro) du ministère de l'intérieur. »

Je me rends à cette *courtoise* invitation. On me laisse faire antichambre pendant une demi-heure, puis on m'introduit dans un bureau. Un monsieur, un chef, me regarde d'un air sévère, il restait couvert de son chapeau et il oubliait de m'offrir un siège. — Où est le chef de bureau qui m'a fait prier de venir, dis-je? — C'est moi, me répondit-il.

— Allons donc, fis-je, c'est tout au plus si vous êtes son valet, car un employé du ministère ne serait point assez manant pour recevoir une femme avec son chapeau sur la tête, et pour rester assis alors qu'elle est debout.

Il se leva, quitta son chapeau, puis il me dit d'un air de bouledogue auquel on a arraché un os:

— J'accepte la leçon que vous venez de me donner, mais à votre tour vous voudrez bien prendre bonne note de ceci: si vous vous permettez de par-

ler encore de Mme de ?... (il la nomma), votre journal sera supprimé. Vous voilà avertie.

— Moi, dis-je, je n'ai point parlé de cette dame !

Alors prenant mon journal il me montra l'article que j'avais écrit mais dans lequel ladite
dame était désignée par trois étoiles. — Voyez, me
dit-il, vous vous êtes permis de raconter tout au
long une histoire vraie, mais dont il est défendu de
parler.

Je pris un air sévère et je dis : Ce que vous faites
là, monsieur, est indigne d'un galant homme. Je
connais Mme de ... qui est la vertu même et tout
à fait incapable de fuir le domicile conjugal en
compagnie d'un amoureux... Si je connaissais
moins bien cette honnête dame, l'insinuation mal-
veillante et calomnieuse que vous venez de faire
serait de nature à me faire douter de sa vertu... Si
réellement vous êtes employé au ministère, vous
méritez que le ministre vous destitue.

Impossible de vous exprimer l'air ébaudi et furieux de ce personnage !

Je sortis de son cabinet sans le saluer, et il ne
me rappela pas.

Mais, à partir de ce jour, que de tracasseries j'eus
à subir de la part de ce ministère !   Le monsieur
avait des amis dans la place, il les ameuta tous
contre moi, et les fameux avertissements *courtois*
pleuvaient au *Papillon*. Chose singulière mais logique, puisque, si les ministres changent, les employés restent, en pleine république, j'ai eu encore à
payer la verte leçon donnée à ce vilain monsieur.
Ainsi sous le ministère de M. de Goulard, alors que
nous étions réduits à demander au ministre une autorisation pour pouvoir faire une causerie à la

salle des Capucines, je fis cette demande et voici
le joli tour que me joua mon ennemi ou un de ses
vengeurs, il fit la lettre suivante adressée au préfet de police :

« La dame Olympe Audouard nous demande à
faire des conférences à la salle des Capucines. Cette
dame ayant des opinions subversives, dangereuses
et immorales, et ladite salle étant le rendez-vous
de femmes légères et d'hommes turbulents ne venant là que pour faire du tapage, il n'y a pas lieu
d'autoriser ladite dame. »

Il soumit cette lettre à la signature du ministre,
qui tout naturellement signa sans lire.

Ladite lettre me fut montrée, j'écrivis au ministre le menaçant de publier sa lettre s'il ne la reti-
rait pas en me faisant des excuses et en m'autorisant de suite à conférencer Ma lettre fut prise
par le même vilain petit monsieur et resta donc
sans réponse. Je publiai bien vite une brochure,
intitulée : *Lettre à M. de Goulard, la morale offi-
cielle S. V. P.* Dans cette brochure je reproduisais
la lettre de M. de Goulard, et le désir de la vengeance donnant de l'esprit au moins intelligent, je
lui fis une réponse piquante, je la lui envoyai au
Corps législatif, la même poste portant ma brochure à plusieurs ministres et à bon nombre de
députés Ces messieurs prennent leur courrier en
arrivant et ils entrent dans la salle avec leurs lettres à la main. J'avais fait le voyage de Versailles,
je les vis ma brochure à la main; le titre piqua
leur curiosité, ils la parcoururent, et se mirent à
regarder de Goulard d'un air narquois. Un de ses
collègues lui dit un mot, et il se mit à lire lui
aussi ma brochure. Munie d'une bonne lorgnette

je suivais sur son visage l'effet produit, et je dois constater que l'étonnement et non la colère y était peint, et je me dis que décidément il n'y comprenait rien et qu'il avait dû signer sa fameuse lettre sans savoir ce qu'il signait.

Le lendemain il était en soirée chez le baron de S... C... J'ai des amis dans le faubourg. Ce soir-là le duc de V... B... était là, il dit vertement à M. de Goulard qu'il ne comprenait pas comment il avait osé écrire une lettre pareille. lettre qui prouvait qu'il me connaissait fort mal, car quoique républicaine j'étais femme du monde, et que je n'avais nullement des théories immorales et subversives. Plusieurs personnes présentes affirmèrent la même chose. Alors M. de Goulard répondit ceci :

« La brochure de Mme Audouard m'a la première appris ce qui s'est passé, je confesse que j'ai eu le tort de signer une lettre sans la lire. Rentré au ministère j'ai appelé mon secrétaire pour lui demander une explication, il m'a dit que la réponse avait été faite par M. H. F. (qui aujourd'hui se dit bon républicain), j'ai fait venir ce monsieur qui m'a appris que Mme Olympe Audouard n'était autre que... ici le nom d'une communarde, avec qui nous faisons deux et non certes une même personne. En apprenant cela, ajouta M. de Goulard, j'ai beaucoup moins regretté cette fameuse lettre; et cette dame ayant fait pendant la Commune des conférences dans les églises de Paris ayant poussé au pillage et à l'incendie, je suis fort décidé à lui refuser l'autorisation qu'elle demande, et du reste, paraît-il, la salle des Capucines est fort mal famée. »

Un immense éclat de rire accueillit ce petit discours ministériel. Le caustique marquis de C...

s'écria : « Pour un ministre bien informé, vous
êtes un ministre bien informé... et cela nous pro-
met de beaux jours! »

Le duc de V... B... lui assura que ladite dame et
moi étions deux personnes fort distinctes. Il lui
dit qui j'étais, lui apprit ce qu'était la salle des
conférences, dix personnes présentes confirmèrent
la chose.

M. de Goulard était un gentleman quoique étant
un ministre dupé par ses employés, il se montra
fort désolé de m'avoir calomniée, il pria le duc de
V... B... de m'expliquer ce qui s'était passé, de
m'offrir ses regrets, il m'autorisa à conférencer
tant que je voudrais et il me fit promettre de faire
détruire la fameuse lettre... S'il a oublié cette promesse, cette *gracieuse* épître doit être encore dans
les cartons de la préfecture de police!

Les employés du ministère voulaient faire saisir
ma brochure comme étant insultante pour le ministre. M. de Goulard donna l'ordre formel de
n'en rien faire, et moi je ne fis pas une seconde
édition.

En cette circonstance comme en plusieurs autres
du reste, j'ai vu des hommes d'opinion contraire à
la mienne, des légitimistes comme le duc de V...
B..., ne pas hésiter à se faire mes défenseurs alors
que ceux qui se disaient républicains pour venger
un ancien serviteur de l'empire n'hésitaient pas à
me calomnier. Aussi, j'aime la République comme
forme gouvernementale, mais j'apprécie à leur
juste valeur certains républicains.

Je n'aime pas la royauté comme forme gouvernementale, mais j'apprécie la gentilhommerie et les

sentiments chevaleresques du plus grand nombre
de légitimistes.

Voilà bien longtemps que le ministère de l'intérieur ne m'a fait aucune chicane, ce qui me donne
le doux espoir que mes ennemis ont été balayés
par la mort, ou par les derniers ministres. Que
messire Lucifer les accueille !

Après la chute de la légitimité, les grandes familles de France allant peu à la cour et n'occupant plus les emplois, comme on veut toujours
en France qu'il y ait des classes prépondérantes,
il s'est formé sous Louis-Philippe, une espèce de
noblesse bourgeoise ; le roi a accordé des *de*, et
ceux à qui a été octroyé ce fameux *de*, de bonne
foi, se sont crus de très hauts et puissants seigneurs.
Mais ces nobles au premier quartier se contentaient
d'un train modeste.

Le troisième empire a surgi d'un guet-apens.
Les vrais nobles n'ont point frayé avec ce qu'ils
nommaient la basse-cour. Les enrichis de la particule ont pensé qu'on les prendrait pour les des-
cendants des croisés s'ils imitaient le noble faubourg Saint-Germain. Eux aussi ont bondé les
Tuileries, si bien que Napoléon III s'est trouvé
assez embarrassé pour former sa cour. Il a créé
quelques ducs, il a fait quelques avances à des
nobles ruinés et à des gentilshommes presque
autant chevaliers de vilaines aventures, disons le
mot, plus chevaliers d'industrie que chevaliers de
Malte, et sa cour s'est composée de ces hommes,
des complices du coup d'Etat, des affamés de l'argent du budget et des étrangers. Tout cela a fourni
le plus singulier des amalgames. Ces hommes
n'ayant rien de bien éclatant par eux-mêmes,

beaucoup d'entre eux sentant leur roture à plein nez ils ont voulu essayer de se donner du prestige en jetant l'or à pleines mains. Les dignes épouses de tous ces hommes ont voulu faire parler d'elles, éblouir le peuple par leurs toilettes de quinze cents francs l'une, la *somme* que gagne un employé en rémunération d'une année de travail! Elles ont donné des fêtes extravagantes; un homme a voulu exploiter la rage de paraître de ces femmes : il a fondé une maison de mode; il s'est fait l'habilleur des cocodettes de l'empire; il prenait la mesure lui-même de la taille de ces dames; il louait la rondeur de leur gorge, la forme divine de leurs épaules, et il leur persuadait qu'à des corps si beaux, il fallait une merveilleuse enveloppe. Ces femmes écoutaient ses compliments, riaient à ses propos souvent grivois, et ce faiseur, habilleur en titre des cocodettes impériales, faisait des pelures si fastueuses, que le mari de l'une d'elles se vit réclamer pour cent mille francs de robes pour une seule année.

Le revenu au cinq de deux millions!

Et dire que la grande dame en question avait promené au Bois, dans son huit-ressorts aux roues orange, la femme de ce couturier! Il est vrai que les mauvaises langues disent qu'il avait ajouté à sa facture l'amitié que sa jolie moitié avait témoignée à la cliente de son mari!

Ce faiseur était non seulement l'ami de ces grandes dames de ruolz, mais il était encore le complaisant des maris. Le boudoir somptueux qui servait de chambre d'essayage avait une petite ouverture dissimulée par les riches tentures, et, de la pièce à côté, on pouvait voir se déshabiller les

riches clientes de cet homme. Un jour, le comte de
X..., mari d'une des femmes les plus jolies de la
cour de Napoléon III, d'une femme rangée aujour-
d'hui parmi celles qu'on nomme les adorables
grand'mères, le comte de X...et le prince de X...
convinrent de ceci : chacun se procurerait le plaisir de voir déshabiller la femme de l'autre. Ils accompagnèrent ces dames chez le couturier qui, sur
leur demande, les introduisit dans la pièce indiscrète, le comte de X... vit que la princesse n'était
point une fausse maigre mais un gracieux squelette, et le prince en question constata *de visu* que
la jolie comtesse était encore plus ravissante en
simple jupon qu'en déshabillé de bal. Cet essayage
rendit une forte somme à l'habile couturier de
ces dames.

Ces maris, émules du roi Candaule, de plaisante
mémoire, ne furent point discrets, et tout le monde
connut l'existence de l'indiscrète ouverture donnant dans le boudoir.

Nul ne se scandalisa. On avait eu tant et tant à
se scandaliser qu'on avait fini par ne se scandaliser de rien : on riait de tout, même du dessin représentant un certain duc en crapaud. Ce duc
avait figuré dans la collection des *petites duchesses*,
portraiturées par Aurélien Scholl, et un autre gros
scandale de l'empire; puis, un beau jour, voulant
prouver que ces racontars n'étaient que calomnie,
il épousa une fille de grande noblesse impériale.
La chronique, toujours méchante, lui donna pour
aide de camp un marin bien en cour et naviguant
peu sur les océans mais beaucoup dans les bou-
doirs, ce qui, du reste, ne l'empêchait pas de faire
on chemin et de monter en grade. Nous avons

eu quelques marins et plusieurs militaires ayant
toujours fait campagne aux Tuileries, et là comme
en Algérie, elles comptaient double. Le duc, ennuyé de voir que les amours de sa femme et de ce
marin défrayaient les salons de Paris, alla faire
une scène à sa belle-mère. « Madame, lui dit-il,
moi je n'ai aucune influence sur ma femme, mais
vous devez en avoir sur votre fille, veuillez donc
la prier de se compromettre un peu moins, car je
deviens la fable de tout Paris. »

La belle-mère, quoique princesse, n'avait point
une éducation soignée, son langage était coloré.
« Mon gendre, dit-elle, lorsqu'un crapaud comme
vous a épousé une fille comme la mienne et appa-
rentée comme elle l'est, il se tait et ne s'avise pas
d'être ridiculement jaloux. »

Elle conta à plusieurs ce qu'elle nommait la
scène absurde de monsieur son gendre, la réponse
qu'elle lui avait faite. Un rieur malin et bon dessi-
nateur fit un dessin représentant la duchesse
assise dans un fauteuil, l'officier de marine age-
nouillé devant elle, et en dessous du fauteuil, le
mari était portraituré en crapaud, et comme légende ceci : « On a beau n'être qu'un crapaud,
c'est très désagréable ! »

Ce dessin circula de main en main : je l'ai vu,
deux cents personnes l'ont vu; on le trouvait très
drôle; il eut surtout un grand succès aux Tuileries.

Mais revenons à l'origine de ce luxe dont nous
souffrons encore aujourd'hui.

Les complices de Napoléon n'étaient point des
millionnaires mais ils le devenaient; ils avaient
grande hâte de jouir de leur fortune; n'ayant

aucun prestige, ils voulurent se donner celui du luxe.

Les filles et les femmes des parvenus dans les grandes sinécures étaient, elles aussi, dévorées du désir de briller.

Les étrangères, vraies grandes dames ou grandes dames d'aventure, les rastaquouères voulaient éblouir ces badauds de Parisiens... et l'or coulait à flots, les fêtes se succédaient; le caractère de ces fêtes comme de cette société était le cosmopolitisme. Les fêtes étaient russes, italiennes, espagnoles.

Dans le superbe hôtel des Err... il y avait un jardin d'hiver éclairé *à giorno* par des lustres de verres de couleur; il y avait des cascades, des jets d'eau au milieu des arbustes les plus rares et des fleurs originaires de toutes les régions de l'univers. Les galeries de cet hôtel étaient remplies d'objets d'art, de bibelots exquis; on dansait dans trois salons et il y avait deux salles de conversation... Une idée charmante que ces salons abandonnés à l'aimable causerie! je la recommande aux maîtres de maison.

Une noble étrangère, Mme de M...., avait mis les tableaux vivants à la mode, cela permettait aux femmes de se montrer en Diane et même en Vénus.

Mme de M..., une charmante Russe, mit à la mode les fêtes de patinage : dès que l'hiver était rigoureux, on donnait des fêtes de nuit en l'honneur du sport nouveau, celui du patin. La cour et les sommités de l'aristocratie impériale se donnaient rendez-vous à l'hippodrome de Longchamps. Derrière les tribunes, un petit débordement de la

Seine formait un lac grand mais peu profond, et c'est sur le lac que l'on patinait. J'ai assisté à plusieurs de ces fêtes qui étaient féeriques. De neuf heures à minuit, un spectacle étrange et magnifique éblouissait les spectateurs : à tous les arbres étaient suspendues des lanternes vénitiennes, mille torches jetaient leur flamme rouge sur les arbres de cristal et sur le sol couvert d'un épais tapis de glace, des feux de bengale jetaient de temps en temps leur lumière multicolore sur les groupes des patineurs. Des brazeros remplis de charbons ardents entouraient le lac. Les traîneaux arrivaient au trot des chevaux de race; tout comme les gondoles de Venise, les traîneaux étaient ornés de verres de couleur. Les patineurs, pareils aux cyclopes antiques, portaient un flambeau sur la tête. Tous ces météores vivants, glissant sur la glace, se poursuivant, se croisant, s'évitant, décrivant des figures gracieuses, dont tous ces feux faisaient ressortir les détails étincelants, formaient un spectacle magique !

Les musiques de la garde impériale jetaient leurs joyeuses fanfares dans le silence de ces âpres nuits, *nuits enflammées* comme celles que Louis XIV donnait parfois à Versailles aux belles dames de sa cour. Mais, de ces nouvelles *nuits enflammées*, le Louis XIV n'était que Napoléon III. L'empereur, passable à cheval, était ridicule à voir sur ses petites et courtes jambes grêles. Il patinait assez habilement du reste; il était fort entouré des femmes ou jeunes filles désireuses de devenir ses favorites; il souriait de son sourire de faune; ses yeux qui, à l'état normal, ressemblaient aux yeux des merlans qu'on retire de la poêle, avaient des lueurs lubriques ; il jouait gauchement au Don Juan, poussant le traîneau de l'une, ramassant le mouchoir de l'autre.

Mme de Morny, cette pâle fleur née dans les glaces de la Russie, chaussée du patin de fer, faisait des prodiges de grâce et d'audace. L'animalier Stewens patinait avec une rare élégance. Des grands seigneurs polonais se distinguaient par leur habileté dans l'art du patin.

Un buffet improvisé servait du punch et du vin chaud.

Il se nouait sur la glace des liaisons aussi éphémères qu'elle. Il se disait sur ce sol glissant des grivoiseries régence ; on s'amusait fort. Et le fameux couturier inventait pour ces soirées-là des costumes de trois ou quatre mille francs.

Les bals costumés, parés, travestis et masqués ont été remis plus qu'en honneur, en fureur sous l'empire.

Le bal le plus excentrique auquel j'aie assisté fut celui de Mme de N..., noblesse de particule datant de Louis-Philippe. Elle portait le costume de Louis XV jeune homme. . Sa fille était en chatte blanche, chatte mignarde, caressante ; Mme Er... était en feu ; Mlle H... en Diane ; M. de B... en superbe dindon, et chacun de dire : « Tiens, les plumes lui ont enfin poussé ! » Mme de H... était en pôle nord, Mlle de X... en équateur, et, pour être dans son rôle, elle tenait des discours incendiaires à tous les beaux jeunes hommes.

Un singulier quadrille fut dansé ; il était composé d'un Amour, d'un oiseau-mouche, d'un insecte et d'un coquillage marin.

L'amour était une belle jeune fille, aujourd'hui

mariée et revêche; l'insecte était une princesse
maigre mais spirituelle; l'oiseau-mouche était la
petite marquise de S..., alors vive et alerte; le coquillage était la fille d'un haut fonctionnaire.

Dans un autre bal costumé, des femmes du
monde... impérial dansèrent la danse de l'abeille,
danse des almées égyptiennes qui consiste à simu-
ler qu'une abeille vous a piqué, à la rechercher
gracieusement, et à se déshabiller non moins gracieusement. Les almées finissent par se montrer
dans le costume d'Ève avant la pomme...Ces dames
firent cette légère concession à la pudeur de ne se
montrer qu'en maillot rose!

Toilette du jour, toilette de bal, toilette de pati-
neuses, toilette travestie, les plus modérées de ces
femmes dépensaient cinquante mille francs par
an pour couvrir de chiffons divers leurs corps plus
ou moins beaux, plus ou moins jeunes.

Les maris, voulant imiter les mœurs régence,
avaient leur petite maison; tous avaient une courtisane en titre. Pour mener ce train-là, il fallait
être des Crésus. La plupart de ces hommes étaient
peu fortunés; quelques-uns étaient pauvres d'écus
mais riches en ingéniosité et en audace; ils se
livrèrent à une spéculation effrénée. Le monde de
l'agiot se forma : les uns vendirent leur nom, les
autres leur influence à des banques, à des crédits,
à des industries. L'épargne du malheureux fut
prise d'assaut; elle servit à faire sauter, patiner,
caracoler tous ces noceurs et noceuses de haute
volée. On mit en actions les mines de la lune, les
chemins de fer de la planète Saturne, et les gogos
s'arrachaient les actions. Le jeu à la Bourse devint
une rage. La femme d'un ministre faisait venir un

agent de change au ministère, lui livrait la primeur
des nouvelles, et jouait par son entremise. Un beau
jour, il s'est trouvé qu'elle devait dix-huit cent
mille francs audit agent de change; il réclama,
elle refusa de payer; il s'adressa au mari, qui répondit que les dettes de sa femme ne le regardaient
pas. La femme avait encaissé les bénéfices, l'agent
de change perdit les dix-huit cent mille francs de
différence !

Dans tous ces tripotages, il se fit des fortunes
énormes, des hôtels splendides se construisirent
dans les quartiers nouveaux, on fit des spéculations sur les terrains. La démolition des vieux
quartiers a donné lieu à des intrigues incroyables :
le pacha Haussmann était assiégé par des femmes
venant lui faire *risette* pour obtenir des renseignements de lui sur le prochain quartier à démolir.
Une fois le secret connu, on louait ou on achetait
dans ce quartier et l'on obtenait de fortes indem-
nités.

Il s'est formé tout une classe de faiseurs, de tri-
poteurs et d'intrigants gagnant beaucoup d'argent sans faire autre chose que ces déshonnêtes
tripotages. A présent, ces hommes-là emplissent
l'air de leurs lamentations : les affaires ne vont
plus ! la République, c'est la ruine ! disent-ils sur
tous les tons.

Tout une catégorie de femmes, dignes émules de
ces peu dignes chevaliers du tripot et de l'agiot,
faisaient aussi des affaires sous l'empire; les unes
basaient leurs opérations sur leurs charmes, les
autres sur leur influence. Celles-là aussi versent
des larmes amères sur le défunt empire.

Les personnes enrichies de cette façon ont créé,

sous Napoléon III, ce luxe insensé ; l'habitude une fois prise, on revient difficilement à la simplicité. Elles ont perdu la facilité de s'enrichir par ces moyens aisés, mais elles ont conservé le luxe, ce qui amène des histoires scandaleuses qui, souvent, se dénouent sur les bancs de la correctionnelle.

La finance a eu son krach.

Le luxe aura son krach.

Il y aura aussi le krach des propriétaires. Ceux-là, sous l'empire, ont bâti des hôtels puis encore des hôtels, ces immeubles trouvant acquéreurs ou locataires grâce à ces fortunes rapides faites dans l'agio. Mais à présent, les beaux jours sont finis pour ces hommes; il faut travailler pour gagner de l'argent. Ces hôtels resteront inhabités ainsi que ces milliers de maisons qui s'élèvent chaque année, absolument comme si la population de Paris s'augmentait dans des proportions énormes. Les loyers ont augmenté sous l'empire. Les denrées alimentaires ont triplé de prix. Ce bien-être n'était basé uniquement que sur une chose éphémère ne pouvant durer. Les loyers sont restés chers, les vivres aussi, et les ressources factices se sont évanouies. Voilà ce qui fait la gêne et le malaise actuels!

Il durera tant qu'on n'aura pas la sagesse de ne plus compter sur l'imprévu, mais de vivre selon ses simples rentes.

Sous l'empire, presque tout le monde avait un train au-dessus de ses moyens... l'exemple de la cour avait entraîné tout le monde.

Luxe à outrance!

Vie à outrance!

Etouffement du sens moral!

Voilà, selon moi, les trois plus vilaines choses qu'ait faites l'empire troisième.

Briller, s'amuser, gagner de l'argent par n'importe quels moyens, telle a été la devise des courtisans.

Et tellement il est vrai que le mal est éminemment contagieux, que ce manque de sens moral, cette absence de tous préjugés s'est communiquée à ceux qui ne frayaient pas avec la cour. Le noble faubourg Saint-Germain lui-même a vu nombre de ses membres atteints par cette sorte de lèpre.

Certains nobles, humiliés du grand train que menaient de simples roturiers, ont voulu, eux aussi, augmenter leur fortune. Les uns ont vendu leur nom à des monteurs d'affaires véreuses, les autres ont cherché dans le mariage un moyen de fortune, et l'on a vu des ducs, des comtes et des marquis se faire de vulgaires coureurs de dot. Filles de théâtres, filles de plaisir, filles de roture, tout leur a été bon. Et, chose plaisante, après avoir compromis ou sali ainsi leurs quartiers, il se montrent naïvement surpris que la noblesse ait perdu son prestige !

L'histoire dira qu'au dix-neuvième siècle la noblesse s'est suicidée elle-même !

Napoléon III respectait le noble faubourg, il lui faisait des avances et lorsqu'il parvenait à attirer à lui un marquis bien authentique, il le comblait de prévenances.

Rien n'était curieux à voir comme la toquade de Napoléon de poser en grand admirateur de César, sans doute pour faire croire qu'il serait, lui, le César du dix-neuvième siècle.

Se souvient-on de la trirème de Jules César qu'il

avait fait copier et qui fut mise à flot dans les eaux de Saint-Cloud?

Il occupait les loisirs que lui laissait la conduite du char de l'Etat à écrire une vie de ce grand homme, aidé par de nombreux collaborateurs. Jules César n'était point simplement un conquérant, un orateur, un fondateur d'empire, c'était aussi, qu'on me pardonne l'anachronisme du mot, le sportsman le plus distingué de son temps. Ses merveilleuses aptitudes le faisaient réussir dans tout ce qu'il entreprenait. Il était le premier dans les luttes pacifiques du gymnase aussi bien que dans les luttes sanglantes de la guerre. Le célèbre dictateur avait sa trirème comme un lord de nos jours a son yacht. La description de cette trirème fut retrouvée par le comte J..., un des collaborateurs de la fameuse *Vie de César*. Il la montra à l'empereur, qui s'écria : « Moi aussi, j'aurai ma trirème! »

Pour lui, vouloir c'était pouvoir. Ce navire, d'une très belle forme et d'un caractère étrange, fut construit dans les chantiers de MM. Goin et Cavé, situés sur la rive droite de la Seine à quelques centaines de mètres au-dessus des ponts d'Asnières.

La trirème du pâle César du dix-neuvième siècle avait trente-cinq mètres de proue en poupe, elle avait cinq mètres environ de largeur et son bord s'élevait de plus de trois mètres au-dessus de la ligne de flottaison, son tirant d'eau était peu considérable.

Au centre de la proue, on voyait l'aigle impériale, les aigles déployées.

Au niveau de la ligne de flottaison était placé

le terrible rostre à trois branches, en bronze, destiné à percer les navires ennemis.

La poupe s'élevait au-dessus du pont en énorme queue de coq palmée. Au centre de cette poupe, reluisant d'or, l'N impérial.

Cette trirème était doublée en bronze.

Sur les deux bords, peints en couleur amarante, serpentaient des guirlandes, des aigles, des baguettes, une corniche. La balustrade était en bronze.

Ses côtés étaient percés de trois rangées de trous ayant la forme de gueules de four ; il y avait soixante-six trous sur les flancs du navire, ils étaient destinés à recevoir les rames de trois rangées de rameurs.

Au-dessus du pont s'élevait un mât avec voile latine.

Cent vingt matelots furent appelés de Cherbourg pour venir ramer sur la trirème impériale qui fut lancée en grande pompe sur les eaux calmes et boueuses de la Seine. Ce jour-là, Napoléon, ne pouvant parvenir à se faire la tête de César, s'essayait à se faire celle du fameux sphinx égyptien.

Qu'est devenue cette trirème?

Les mouchards, sous l'empire, étaient légion. Une réponse faite à M. de Morny par le préfet de police prouve que ces espions appartenaient à toutes les classes de la société. Le duc de Morny donnait une grande soirée. Il fit appeler le préfet de police et lui fit le petit discours suivant : « Vous le savez, j'ai la réputation d'être un libéral ; chez moi, on cause librement. Il me déplairait que les hommes qui se croient à l'abri, chez moi, de toute oreille moucharde aient des désagréments, je vous prie donc de ne pas m'envoyer de vos espions. »

— Voulez-vous, cher duc, me donner la liste de vos invités ? répondit ledit préfet.

Le duc de Morny, tout en cherchant dans son secrétaire, disait au préfet :

— Je n'ai invité que la plus haute société; je n'aurai que des personnages officiels et des gens du meilleur monde; les mouchards deviennent donc inutiles.

Le préfet prit la liste, la parcourut des yeux, puis, souriant, il dit au duc : « En effet, je n'ai point besoin de vous en envoyer, car il y a déjà trois de mes mouchards les plus habiles parmi vos invités. »

Le duc de Morny était navré... Trois mouchards parmi ces gens qu'il croyait des gentlemen !

Le préfet refusa du reste de les lui nommer.

Quelques grandes dames ruinées recevaient sept ou huit mille francs de rentes de la police pour faire cet indigne métier. Une de ces femmes, portant un titre et un nom historique, s'était introduite chez moi, elle venait lorsque j'étais absente, disait que je l'avais priée d'attendre mon retour. Elle furetait mes papiers; sans façon me prenait ceux qu'elle pensait pouvoir me compromettre. Lorsque je rentrais, elle me disait de sa voix la plus doucereuse qu'elle avait un si grand désir de me voir, car elle avait une vive sympathie pour moi, qu'elle avait menti à ma femme de chambre en l'assurant que j'avais rendez-vous avec elle.

Je me méfie des gens mielleux, et lorsqu'on me fait de trop grandes protestations d'amitié, involontairement je me dis : « Quelle petite infamie

veut-on me faire? » L'amitié se prouve autrement
que par phrases banales et des compliments
outrés.

Pourtant j'étais loin de supposer cette « haulte
dame » de la police, je la croyais simplement curieuse. Plusieurs fois, l'ayant trouvée occupée à
fureter parmi mes papiers, je lui avais dit franchement que je ne pouvais supporter qu'on dérangeât n'importe quoi sur mon bureau. Mais elle
continuait. Lorsqu'elle venait en soirée chez moi,
elle parlait politique, elle poussait les anti-impé-
rialistes à dire leur façon de penser. Un jour qu'elle
me savait occupée. à recevoir les arrivants, vite
elle va dans mon cabinet de travail, ouvre les ti-
roirs, lit mes lettres. Un ami vient m'avertir : il
appartenait au monde officiel, et charitablement
il me prévient qu'elle est affiliée à la police secrète.
Je ne lui dis rien, mais le vendredi suivant je mets
dans mon tiroir une lettre ouverte contenant ces
mots : « Madame la comtesse... (j'écrivis son nom
en toutes lettres) est prévenue que je sais qu'elle
touche six mille francs par an à la police; elle
peut aller dire à ses chefs d'envoyer chez moi une
moucharde plus habile qu'elle, qui n'est qu'une
maladroite que je ne recevrai plus. »

Je la laissai libre de circuler chez moi. Lorsqu'elle
me vit bien entourée dans le salon, elle se dirigea
vers mon cabinet de travail. Bientôt. elle en revint
fort pâle mais plus mielleuse que jamais ; mais
elle s'en alla de bonne heure et j'eus le plaisir de
ne plus revoir cette vieille intrigante qui, aujour-
d'hui, peut-être, sert la République de la même
façon.

J'en connais plusieurs autres, de ces viles mou-

chardes qui, à présent, se disent ardentes républicaines, occupent des situations et me regardent
du haut de leur fortune ainsi acquise!

La presse avait aussi ses mouchards. Un certain
journaliste, d'origine plus ou moins moldave, et
un sien ami, Allemand, faisant du journalisme en
France, recevaient de forts émoluments de la
préfecture. Ceux-là ont failli me faire envoyer en
prison, et, on le sait, même pour délit de presse,
ce n'est pas à Sainte-Pélagie que l'on met les
femmes, mais bien à Saint-Lazare, les assimilant
ainsi aux prostituées... Encore une chose qu'il
faudra réformer!

Voici comment la chose faillit m'arriver : Le bureau du *Papillon* était 76, rue de la Victoire, au
rez-de-chaussée; beaucoup de mes amis venaient
m'y voir. Un jour, en entrant dans mon bureau,
je trouve, m'attendant, le marquis Alexis de Pomereu, G..., ledit journaliste moldave, et B..., le
journaliste allemand.

Je salue froidement ces deux hommes que d'instinct je détestais, et tendant la main au marquis
qui était mon collaborateur et mon camarade, je
me mets à causer avec lui.

— Savez-vous, me dit-il, ce qui s'est passé ce
matin à Saint-Cloud? On chuchote au Jockey, on
parle d'attentat.

J'étais informée de la chose, qui était celle-ci, et
je la lui contai.

« L'empereur sortait du palais, appuyé sur le
bras d'un de ses aides de camp. Soudain le fac-
tionnaire, pris d'un accès de folie, sans doute,
mais en tout cas ayant eu le soin de bien charger
son fusil, fit feu sur lui et le manqua.

» L'empereur saisit vivement un revolver qu'il avait dans sa poche et brûla la cervelle à cet homme. Il donna l'ordre qu'on l'enveloppât dans une couverture de laine et qu'on le portât à la caserne où il devait être mis en bière sans que nul ne s'aperçût de quelle façon il était mort. On devait dire qu'il était tombé foudroyé par une insolation. L'empereur ajouta qu'il fallait garder le plus grand secret sur cette aventure. »

G... et B... écoutèrent attentivement mon récit puis G... me dit :

— Vous savez, madame, qu'on a donné les ordres les plus formels pour flanquer à Mazas ceux qui se permettront de parler de cela?

— Oui, je le sais, fis-je.

— De qui tenez-vous ce récit? me dit encore G...

Voulant lui faire comprendre combien je trouvais sa demande indiscrète, sans lui répondre, je me mis à causer avec le marquis Alexis de Pomereu. Mais lui, insistant, répéta :

— De qui tenez-vous ce récit?

— Je crois, monsieur, lui dis-je, que vous vous permettez de m'interroger?

— Mais, fit-il, deux personnes seules assistaient à ce petit drame, il faut que ce soit une des deux qui vous l'ait conté.

— Vous voyez bien que la chose est connue, puisque vous la savez, dis-je.

Sans se décourager, il voulut continuer à m'interroger; mais lui ayant dit, moitié riant moitié sérieusement : « Seriez-vous de la police, par hasard?... » il parla d'autres choses. —

Le lendemain, je fus appelée à la police. Le préfet, avec courtoisie, du reste, me fit remarquer que je m'exposais à aller à Saint-Lazare, cette prison étant la seule pour les femmes, il fallait bien y envoyer les journalistes et les écrivains mal pensants aussi bien que les filles.

Ceci, je l'avoue, me rendit circonspecte; mais je fis une contre-police, et j'appris que G.. et B... qui se disaient des journalistes de l'opposition n'étaient que des mouchards et des allumeurs.

Je parvins même à savoir leur numéro d'ordre. Je donnai la consigne à mon concierge de leur dire de ma part que je leur interdisais de franchir le seuil de ma porte. Ils eurent l'aplomb de m'écrire pour me demander l'explication de cette façon de les jeter à la porte. Je leur répondis que je n'avais pas à leur fournir d'explication, mais que je leur défendais de se présenter chez moi.

Dans la presse, on ignorait le joli métier qu'ils faisaient et on les accueillait, eux et leur copie. Ils firent une série d'articles insultants contre moi et les firent paraître. Je dédaignai leurs calomnies Pourtant, comme la vengeance est un plaisir très féminin et que je suis femme, je me vengeai un jour d'eux d'une façon qui dut leur être bien sensible. Je dînais à Vienne chez un ami, riche banquier de cette ville; au dessert, il me dit soudain : « Pouvez-vous me donner des renseignements sur G... et sur B...? »

— Un seul, dis-je, ils m'ont calomniée et insultée dans plusieurs journaux.

— Alors, fit-il, je vais les envoyer promener.

— Que vous demandent-ils?

— Cent mille francs pour fonder le journal de...

(je tais le titre, car plus tard des hommes honorables l'ont fondé, et je ne veux pas qu'il y ait
confusion).

— Etes-vous bien décidé à refuser, dis-je?

— Certes, me répondit-il, d'abord je suis votre
ami et je ne saurais faire une gracieuseté à ceux
qui se sont permis de vous insulter, et enfin j'ai
la calomnie en horreur. Je souffletterais volontiers
celui qui aurait calomnié mon ennemi mortel;
jugez du sentiment dont je suis animé contre ceux
qui calomnient mes amis!

— Eh bien! m'écriai-je, laissez-moi répondre
pour vous à ces hommes, vous me fournirez ainsi
le moyen de me venger.

Il m'apporta tout ce qu'il faut pour écrire,
et je traçai de ma grosse écriture bien connue de
ces mouchards les lignes suivantes :

« Messieurs, je ne sais pourquoi vous vous
adressez à moi pour faire les fonds de cette feuille
internationale. Comme elle sera probablement,
ainsi que vos personnes, au service de la police
impériale, il me paraît plus logique que ce soit la
préfecture de police de Paris qui en fasse les frais. »

Je signai de mon nom, en ajoutant la qualité de
secrétaire momentané de monsieur un tel, banquier,
à Vienne (Autriche).

Ils ne demandèrent plus rien à ce banquier
mais, quelques jours après, ils écrivirent des injures sur moi dans le journal de Francfort. Je me
contentai de leur écrire que, s'ils se permettaient
de s'occuper encore de moi, en mal ou en bien, je
publierais leurs numéros d'ordre comme mou-

chards, et je leur prouvais que je connaissais ces numéros. Ils se le tinrent pour dit.

Je ne sais pas si aujourd'hui le mouchard du grand monde existe encore, mais ce que je sais, c'est que je ne me suis jamais gênée pour dire ce que je pense de certains hommes véreux qui se sont faufilés dans notre parti. Lorsqu'un des puissants du jour fait une bêtise je le dis hautement, et jamais je n'ai eu aucun ennui pour ces excès de franchise.

J'ai dit impartialement et loyalement mes impressions et mes souvenirs sur la cour de Napoléon III. Je suis pour le principe républicain, mais ceci ne m'aveugle nullement sur la non-valeur, sur les défauts et même sur les vices de certains républicains, et avec la même franchise, je dirai ce que je pense de quelques-uns des hommes du quatre septembre, des hommes de la Commune, de ceux qu'on nommait les Versaillais, et enfin de ceux qui nous ont gouvernés depuis.

Certains hommes à vue courte disent que la femme ne comprend rien à la politique. Je ne sais pas comment elle s'en tirerait si elle y prenait une part active, peut-être ferait-elle autant de sottises que l'homme, mais dans l'état actuel, la politique est une comédie qui, parfois, se change en drame. Les hommes sont les acteurs, les femmes sont les spectateurs et vous m'avouerez bien que les acteurs sont moins aptes à juger du mérite de la pièce que les spectateurs!

L'homme, en France, a généralement une ambition, son opinion n'est guère qu'un moyen de satisfaire son ambition.

Ceux qui veulent que le comte de Chambord cesse d'être ce qu'il est, l'image de la fidélité au passé, une figure si grande qu'on ne peut, quelque préférence que l'on ait comme régime gouvernemental, ne pas s'incliner respectueusement devant elle; ceux qui veulent le faire rentrer dans cette France qui ne saurait plus se mettre au diapason de la royauté ne sont pour la plupart que des ambitieux rêvant ministère, sinécure et bonnes places.

Ceux qui souhaitent un empire quatrième sont animés de la même ambition.

Trop généralement pour les hommes, l'arrivée du régime qu'ils désirent n'est pour eux que le moyen assuré d'émarger au budget.

La femme ne peut avoir une ambition. Il ne viendra jamais en France un gouvernement qui lui permettra d'aspirer à n'importe quelle sinécure. Elle aura toujours à payer l'impôt formant le budget croqué par les dents aiguës des hommes, et pour vivre, elle devra travailler dur et ferme, travailler dix fois plus que l'homme pour arriver à gagner dix fois moins. Dans ses rêves les plus fous, elle n'aspirera jamais à aucune fonction, elle sait que les places rémunérées ne sont point pour elle. N'ayant, ne pouvant avoir aucune ambition, elle n'a pas d'opinion mais simplement une conviction.

Désintéressée, elle peut juger plus sainement hommes et choses et rester impartiale dans toutes les questions.

C'est pourquoi je demande pour la femme: droit au travail, droit à l'instruction, droit de gérer sa fortune personnelle, et le pouvoir d'empêcher son mari de la ruiner. Mais je ne demande nullement pour elle le droit de vote et je souhaite encore moins la voir député.

La politique fait trop sombrer de consciences, et il faut que la femme soit la conscience de la patrie.

CHAPITRE VI

Quelques souvenirs sur Abd-el-Kader. — Sur M. Ferdinand de Lesseps dans l'isthme de Suez. — Emile de Girardin. — Félicien David. — Alexis Azévedo. — Rossini. — Davoud-Pacha. — Xavier Branicki. — Alexis de Pomereu. — Henri Delaage. — Adèle Castelar.

En 1864, j'étais en Egypte. M. Ferdinand de Lesseps, ce grand citoyen, était en train de planter le drapeau du génie français en plein désert africain. J'avais une envie folle de visiter le canal. M. de Lesseps n'est point seulement une intelligence hors pair, une activité surprenante, il est encore une bienveillance inépuisable : s'il devait opposer un refus à une demande, je crois qu'il serait l'homme le plus malheureux du monde. Il connut mon désir, et ce désir fut exaucé.

M. le comte Salla, MM. Siamas et Guichard, ingénieurs du canal de Suez, me donnèrent rendezvous, à jour et heure dits, dans la gare du Caire.

J'eus là une agréable surprise, l'émir Abd-el-Kader, un de ses neveux, un interprète et trois hommes de suite étaient avec ces messieurs. L'émir était invité, lui aussi, à venir visiter les travaux du canal.

Je lui fus présentée par l'entremise de son interprète ; il me dit quelques phrases très gracieuses, s'empressa de me dire combien il aimait cette France devenue sa seconde patrie.

Je lui demandai s'il ne comprenait pas un peu le français ; il eut cet air étonné du Parisien à qui l'on parle chinois : l'interprète lui traduisit ma demande, puis il me traduisit la réponse de l'émir, qui était celle-ci : il ne comprenait pas un mot de français.

Nous reçûmes la nouvelle que le vice-roi Ismaïl mettait un train spécial à notre disposition. Bientôt après, un jeune bey vint nous apprendre que tout était prêt et que nous pouvions monter en voiture.

Nous prîmes tous place dans un élégant salon. L'émir continuait à se servir de son interprète pour nous adresser la parole.

Nous filions à toute vapeur, et je me mis à dire en riant aux ingénieurs du canal que nous avions été fort imprudents d'accepter ce train express, que l'amabilité du vice-roi devait cacher un piège. « Il a peur du prestige que l'émir exerce sur le peuple arabe, il déteste tout ce qui est français, il sait que je viens pour écrire, il a acquis la conviction que je dirai la vérité, et il va se donner le plaisir de nous faire tous sauter. » Tout en parlant, je fixais l'émir qui était calme, impassible ; pas le plus petit sourire ne crispait ses lèvres. Et je me dis que, décidément, il ne comprenait pas un traître mot de français.

Nous arrivâmes à la station de Tell-el-Kébir sans accident. Les Bédouins attendaient Adb-el-Kader, ils se prosternèrent devant lui; me voyant à sa droite et remarquant qu'il avait des égards pour moi, ils baisèrent le bas de ma robe, puis ils nous donnèrent une grande fantasia et nous accompagnèrent en grande pompe jusqu'au château de Tell.

Le dîner fut très gai, mais l'Émir ne parlait toujours pas français.

Le lendemain, nous montâmes dans une grande barque qui devait nous conduire à Ismaïlia. L'interprète dormait et moi je causais, je faisais remarquer que l'Émir paraissait avoir une grande aménité de caractère, que sa démarche était noble et fière, que sa figure était belle et que son regard tour à tour profond et souriant avait un grand charme. Nous parlions de son passé, de ses femmes, de son jeune neveu aux yeux ardents, à la bouche sensuelle, nous disions des folies. L'Émir, grave comme un bonze sur son autel, nous regardait calme, impassible.

La traversée dura huit heures. Au moment de quitter la barque et de mettre pied à terre, Abd-el-Kader sauta prestement à terre, me tendit la main, puis m'offrit le bras pour aller vers l'endroit où les dromadaires nous attendaient... et tout en cheminant, il me dit en excellent français : « Eh bien, madame, cette traversée ne vous a-t-elle point trop fatiguée? »

La foudre tombant à mes pieds m'aurait moins saisie... il avait entendu out ce que j'avais dit de lui !

— C'est une trahison, balbutiai-je...; et c'est très indiscret.

— Vous le voyez, me dit-il, je parle mal, et je suis d'avis qu'il ne faut jamais faire que ce qu'on fait très bien; c'est pourquoi je ne veux pas parler français, et déclare ne rien comprendre à cette belle langue.

Il me pria de lui garder le secret. Et, me dit-il, donnant, donnant, en retour je vous avertis que mon jeune neveu comprend aussi bien que moi e français. Il a entendu que vous disiez qu'il était beau, qu'il avait l'air ardent, ne vous égarez pas dans le désert avec lui; c'est un sauvage, il serait dans le cas de vous prouver que vous avez raison.

Lorsque l'Émir est venu à Paris et qu'il a été reçu par l'empereur Napoléon, il a joué la même comédie : l'on parlait devant lui, on faisait toute sortes de réflexions; il restait calme et impassible. C'était un homme très fort!

Je prévins le général Toulongeon qui, le lendemain, vint me dire que je m'étais trompée, que très réellement l'Émir ne comprenait pas un seul mot français.

Je fis, en la compagnie d'Abd-el-Kader, toute la tournée de l'isthme. On se figure à tort, en Europe, que l'Arabe n'est point susceptible d'être galant pour la femme; je déclare que l'Émir se montra envers moi d'une politesse exquise et d'une galanterie toute chevaleresque. Lorsqu'un Arabe lui offrait une tasse de café avant de me servir, il s'empressait de me passer la tasse et il faisait remarquer qu'on devait me servir la première, ce qui, je dois le dire, étonnait les Arabes!

Sa conversation avait un tour poétique, mais

son esprit était juste, sérieux ; il m'a parlé de l'Algérie, et toujours sans la moindre nuance d'amertume. Un jour, il me dit cette phrase, qui prouvait bien que son intelligence était ouverte aux idées du progrès : « Je représentais le courage, la force et le passé, la France représentait le courage, le présent et la civilisation ; le passé est le vieillard, la civilisation est la jeunesse alerte, devant qui la vieillesse ayant fini son temps doit s'incliner... Ce qui est arrivé devait arriver. Allah est grand ! »

Je lui parlai d'Abd-el-Kader ben Assen, un de ses neveux que j'avais connu à Alger... « Vous a-t-il parlé de moi?... que vous a-t-il dit? s'écria-t-il. »

Il fut heureux lorsque je lui appris que son neveu, fort dévoué à la France, lui aussi, avait pour lui une profonde vénération.

Abd-el-Kader avait un prestige immense sur tous les musulmans. Dans les diverses stations de l'isthme, son passage avait été partout signalé, et Bédouins et Arabes venaient baiser son burnous et faire de superbes fantasias en son honneur. Ce voyage fut pour lui une marche triomphale.

Il se rendait à cette époque en pèlerinage à La Mecque. En passant à Alexandrie, il s'était fait recevoir franc-maçon. Voici ce qui l'avait décidé à entrer dans la franc-maçonnerie : Lors de sa si belle conduite au moment des massacres de Syrie, la loge du Grand-Orient de Paris lui avait envoyé une médaille d'honneur. Etonné, il s'était enquis de ce qu'étaient les maçons. On le lui avait expliqué. Plein d'admiration pour cette association fraternelle, il s'était promis depuis ce moment-là d'en faire partie.

Il se fit donc recevoir en grande pompe par la loge d Alexandrie.

Le vice-roi Ismaïl, qui déjà était irrité des honneurs que les Arabes rendaient à l'Émir, se demanda, lui aussi, ce qu'était cette franc-maçonnerie; il se figura qu'Abd-el-Kader venait pour le détrôner, et, lorsque son pèlerinage accompli, il repassa par l'Egypte, il lui fit donner l'ordre d'avoir à quitter au plus vite cette contrée. L'Émir répondit fièrement qu'il était protégé français et Français de cœur, qu'il n'avait point d'ordre à recevoir du vice-roi et qu'il resterait sous la protection du pavillon français... Notre consul, en effet, soutint énergiquement sa cause... Mais, se voyant en butte à l'espionnage des mouchards du vice-roi, l'Émir repartit pour Damas. « Un Turc comme Ismaïl, dit-il, ne saura jamais comprendre un Arabe comme moi! » C'est pendant la canicule du mois de juillet que je faisais ce voyage dans les stations du canal de Suez, la chaleur était si forte, que le sable brûlant faisait racornir les semelles des souliers; malgré cela, l'air y est si pur de tous miasmes, qu'on y supporte mieux trente-cinq degrés que vingt-cinq à Paris,

Le désert, avec sa complète solitude et sa sombre mélancolie, m'a charmée beaucoup plus que les plus beaux sites de la Suisse. J'ai vu l'Algérie avec ses montagnes où le cactus, le figuier de Barbarie s'entrelacent, où l'on voit des orangers gros comme des chênes et couverts en même temps de fleurs et de fruits. J'ai parcouru l'Allemagne, les immenses forêts de la Russie, les sites enchanteurs de Sorrente la belle, de Naples la jolie; j'ai vu les rives du Bosphore, les montagnes arides de

la Judée; j'ai vu les forêts vierges de l'Amérique;
j'ai escaladé les Montagnes Rocheuses, descendu
le Danube. Eh bien! rien ne m'a frappée, rien ne
m'a émue et charmée en même temps comme le
spectacle de cette mer de sable brûlant, alors qu'au
loin et à perte de vue on se voit entouré par elle!
On se sent seul avec Dieu, car la mort qui doit
vous conduire à lui vous guette: à chaque pas que
vous faites vous pouvez la rencontrer. La vipère
Nadjée, la vipère à corne sont là, cachées sous le
sable. La couleur de leur peau est la même que
celle du sable; si vous marchez sur une d'elles, si
vous êtes mordu, c'est fini! une ou deux heures
après, votre cadavre sera la proie de l'hyène et
du chacal; votre âme dégagée de son enveloppe,
sera remontée vers Dieu... ou vers messire Lucifer.

Le khamsin, lui aussi, peut vous donner la
mort, et quelle horrible mort! Son haleine en-
flammée vous brûle la peau, vous dessèche la
gorge. Un sable fin vous entre dans les yeux, dans
la gorge. Si, aveuglé par ce sable, vous perdez
votre route, vous errez à l'aventure dans ce laby-
rinthe d'un autre genre, vous y mourrez de soif et
de fatigue.

C'est horrible... mais cependant j'adore cet
océan de sable; sa laideur va jusqu'au sublime.

Le sable doré par le soleil a des teintes rosées
ravissantes.

Le khamsin dans ses fureurs amoncelle le sable,
il en fait de petites dunes qui ont mille formes
fantastiques, lisses et unies; on les prendrait de loin
pour du granit taillé par main d'homme.

Le coucher comme le lever du soleil dans le
désert sont d'un effet impossible à décrire! Ce

sable uni reflète le ciel tout comme le reflèterait un miroir.

Le ciel africain a le soir et le matin toutes les couleurs, depuis le pourpre éclatant jusqu'au rose tendre, et si à ce moment-là une longue caravane se présente à l'horizon, si vous voyez s'avancer vers vous ces chameaux marchant à pas lents et majestueux; ces Bédouins, fils du désert, avec leurs grands burnous blancs, éclairés par les derniers reflets du soleil, il vous semble voir s'avancer vers vous une apparition fantastique !

J'ai fait mauvaise connaissance avec le khamsin pendant mon séjour dans l'isthme de Suez. Nous étions dans la petite ville d'Ismaïlia, ville sortie du sable, coquette et gracieuse, nous nous rendions à un autre point du canal, nous avions six heures de marche à faire dans ce sable mouvant. L'Émir Abd-el-Kader, trois personnes de sa suite, son interprète et moi nous étions dans un grand char traîné par huit chameaux. De chaque côté de notre attelage, un chamelier, vêtu d'une longue robe en étoffe tissée d'or, sur laquelle était jeté un burnous blanc, à la ceinture deux poignards, deux pistolets et sur l'épaule un long fusil arabe, debout sur le dos d'un chameau, tirait de temps en temps des coups de fusil pour nous faire honneur.

Le neveu de l'Émir et plusieurs des ingénieurs du canal montés sur de superbes chevaux arabes caracolaient gaiement en faisant faire la fantasia à leurs chevaux, c'est-à-dire en les lançant au grand galop, pour les arrêter tout court debout sur leurs jambes de derrière, ou bien leur faisant décrire toujours au grand galop des zigzags. Les Français portaient, eux aussi, le grand burnous blanc et le

couflé rayé de rouge et d'or sur la tête. En Egypte,
dans le désert ou à l'ombre des grands palmiers
le costume européen paraît complètement ridicule,
les Européens s'en aperçoivent et le sens esthétique
les pousse à se draper dans le burnous et à entou-
rer leur tête du couflé, carré d'étoffe se serrant
sur le front avec une corde de chameau et retom-
bant sur les épaules.

Notre caravane avait un cachet grandiose et
fort original, moi je souriais en pensant à l'effet
pyramidal que nous produirions à Paris si nous
nous promenions ainsi sur les boulevards.

L'Émir était pensif et triste, peut-être se rappe-
lait-il son Algérie aimée, les jours heureux pour
lui où il était un vainqueur redouté, au lieu d'être
un vaincu honoré! Son œil noir velouté semblait
plonger au loin, tout au loin. Je ne lui parlais pas,
afin de ne point interrompre son rêve, afin de ne
pas faire envoler la vision.

La chaleur était accablante, et soudain elle
devint plus intense encore, un vent qui semblait
sortir des entrailles de la terre se mit à soulever
des petits tourbillons d'une poussière fine impal-
pable, nous eûmes un sentiment de brûlure dans
les yeux et de sécheresse dans la bouche. Les
chevaux se mirent à hennir comme s'ils pressen-
taient un danger, les chameaux qui traînaient
notre char se couchèrent. En vain les chameliers
les excitèrent par de douces paroles, ils ne se levè-
rent pas.

Nos brutaux cochers de fiacre seraient de pi-
toyables conducteurs de chameaux, car ces bonnes
bêtes, si on les bat, ne bougent pas, elles n'obéis-
sent qu'à la voix humaine et plus cette voix

se fait douce et affectueuse, plus le chameau se hâte d'obéir.

Le cheik chamelier nous dit que le khamsin terrible arrivait et que nous n'avions qu'une chose à faire, nous coucher à côté des chameaux, nous envelopper dans nos burnous et attendre qu'il fût passé.

Nous fîmes tous une horrible grimace; rester couchés sur ce sable brûlant, avec les yeux brûlés et la gorge en feu, nous souriait peu.

Le ciel était tout à coup devenu d'un gris noir; le soleil, à demi voilé, avait une couleur sanguinolente : on sentait qu'une révolution soudaine s'opérait dans l'air; une sorte d'angoisse nous oppressait. Les chevaux frémissaient d'effroi, les chameaux poussaient des petits cris plaintifs qui avaient quelque chose d'humain.

L'Émir nous dit en souriant : « C'est le siroco ! » Mais les chameliers lui expliquèrent en langue arabe que c'était le khamsin, bien plus terrible que le siroco, et lui aussi devint inquiet. Le plus brave, devant la perspective de la mort par la soif, est pris de frayeur.

Nous délibérâmes sur ce qu'il y avait à faire, car nous ne pouvions nous décider à rester là, couchés sur ce sable brûlant. Nous n'étions pas très éloignés d'Ismalhia, et voici à quoi nous nous arrêtâmes : ceux qui étaient à cheval, conduits par un chamelier qui monterait à cheval, lui aussi, iraient chercher des chevaux à Ismalhia pour ceux qui étaient dans le char et pour ceux qui avaient des chameaux pour monture, et chameaux et char resteraient sous la garde des chameliers.

On m'offrit un cheval afin que je fusse de la

première caravane pouvant fuir le khamsin ; je refusai ne voulant pas priver un des ingénieurs de la bonne chance qu'il avait, mais le neveu de l'Émir ôtant la selle de son cheval me dit : « Monte en croupe derrière moi, je suis excellent cavalier, tu ne démonteras personne et tu pourras fuir cet enfer. »

J'acceptai ; et lui, enserrant les flancs de son cheval avec ses jambes, moi entourant sa taille de mon bras droit, nous partîmes au grand galop. Le cheik chamelier prit la tête de notre cavalcade, nous le suivions : nous étions quatre Européens et trois Arabes ; Abd-el-Kader n'avait pas voulu partir.

Nous étions enveloppés d'un tourbillon de poussière qui n'arrivait ni du nord ni du midi, mais qui sortait du sol comme cet infernal vent nommé khamsin. Le cheik s'orientait, pour la direction à prendre, en regardant le ciel.

Il nous semblait avoir du poivre plein les yeux, seulement les larmes ne venaient pas ; nos yeux, comme notre gorge et notre bouche, étaient secs et brûlants ; les paroles ne pouvaient plus sortir de la gorge. Le khamsin augmentait, le ciel était effrayant à voir, nos chevaux galopaient d'une façon effrénée, ils volaient, brûlaient le sol. Ces nobles et intelligents animaux comprenaient qu'ils fuyaient le danger pour se rapprocher de l'écurie. Le vent faisait voltiger nos burnous et nos coufiés ; nous avions l'air de blancs fantômes nous livrant à une sarabande infernale... J'étais essoufflée ; je perdais l'équilibre à chaque instant ; le neveu de l'Émir me disait : « Tiens-toi bien à moi ; n'aie pas peur ; moi bon cavalier ! »

L'Arabe a de la prévenance pour la femme, qu'il considère comme un être faible comme un enfant.

Soudain le cheik chamelier s'arrêta net; nos chevaux se cabrèrent, ce qui faillit nous faire faire une chute, à mon compagnon de cheval et à moi, il lui fallut des muscles de fer pour se tenir à cheval, ne s'y maintenant que par la force des jarrets.

Le cheik regardait le ciel, se tournait à droite, se tournait à gauche... « J'ai perdu la direction, nous dit-il enfin d'un air navré. »

Nous échangeâmes un regard désolé. Après cinq minutes de contemplation, il nous fit changer de direction. Etait-ce la bonne qu'il prenait cette fois? Nous nous demandions cela avec angoisse... il nous disait bien : *taib* (bonne), mais sans grande conviction, et tout en étant emportés au grand galop affolé de nos chevaux, nous nous disions : « Si la direction est mauvaise, nous mourrons du supplice horrible de la soif; les chacals et les hyènes viendront nous dévorer avant que nous ayons rendu le dernier soupir, et ceux que nous avons laissés là-bas auront la même mort! »

Ces réflexions étaient peu agréables, je vous assure !

Après une heure, qui nous parut un siècle, nous aperçûmes la première maison d'Ismalhia. Jamais naufragé en détresse n'a ressenti plus grande joie en voyant la barque libératrice s'avancer vers lui !

Il nous semblait qu'un feu intérieur nous dévorait, et pourtant, avant de nous jeter sur l'eau, l'eau bénie, nous eûmes le suprême courage de donner des ordres pour renvoyer le cheik avec un autre Bédouin et dix chevaux vers ceux que nous

avions laissés en détresse. Nous remplîmes des gar-
goulettes d'eau, nous les bouchâmes avec soin,
nous les entourâmes avec des linges mouillés, nous
les attachâmes aux selles des chevaux partants, afin
que les malheureux, là-bas, en proie au khamsin
pussent boire.

Ce devoir rempli, nous plongeâmes notre tête
dans l'eau, nous bûmes avidement, nous prîmes
des bains d'yeux.

Un peu soulagés, nous songeâmes encore aux
absents. Nous étions mortellement inquiets, les
minutes nous semblaient aussi longues que des
heures. La nuit venait, une nuit noire de khamsin ;
nous envoyâmes des Arabes avec des torches allu-
mées dans la direction de ceux laissés en détresse.
Enfin ! trois heures après ils arrivèrent ; ils avaient
les yeux brûlés, la face blême. Abd-el-Kader était
brisé de fatigue. Il nous déclara que le siroco al-
gérien n'était qu'une brise agréable comparé au
khamsin d'Egypte Ce fut avec un réel bonheur
que nous nous retrouvâmes tous réunis autour de
la table à l'heure du souper.

Le désert est beau ; mais, comme toutes belles
choses, il a son revers !

Ceux qui n'ont pas vu M. de Lesseps en Egypte
ne le connaissent pas bien ; ils ne peuvent se faire
une idée de la force physique dont il est doué ni
de son activité incroyable et vertigineuse !

C'est une nature exceptionnelle, une de ces natures comme chaque siècle en produit une ou deux
seulement. Chez lui, chose rare, les forces du
corps servent celles de l'intelligence ; ses muscles
d'acier se plient à l'activité dévorante des concep-
tions de l'esprit.

M. de Lesseps, en Egypte, se levait à cinq heures du matin, déjeunait à cinq heures et demie, avec une tasse de café noir et un peu de viande froide. A six heures, il montait à cheval, allait inspecter les diverses stations du canal, toujours calme, ne se départant jamais d'une politesse parfaite vis-à-vis des chefs comme vis-à-vis des simples terrassiers, exerçant sur tous cette sorte d'influence magnétique qui fait de lui un charmeur. Tous lui obéissaient, tous s'efforçaient de lui plaire; il n'était pas craint, mais aimé de tous, il donnait la preuve qu'il est bien préférable de se faire aimer que de se faire craindre. Les Arabes eux-mêmes subissaient l'effet de ce charme : ils avaient pour lui une sorte de vénération.

Il restait ainsi à cheval ou marchant sur les bords du canal, exposé aux rayons d'un soleil brûlant et sans prendre d'autre nourriture jusqu'à six heures du soir. Après un repas frugal, il se mettait à écrire, à faire des chiffres, puis il dormait quelques heures, pour recommencer le lendemain la même journée de fatigue.

J'ai voulu le suivre un jour, j'ai été malade de fatigue tout une semaine. Dans cette expédition, j'ai fait mauvaise connaissance avec les tiraillements de la faim. Naïvement, jugeant l'estomac du comte de Lesseps d'après mon estomac, je m'étais figuré que vers midi il s'arrêterait quelque part pour déjeuner. A midi un quart je mourais littéralement de faim, et je posai cette question : A quelle heure le déjeuner ? Le grand homme eut un air étonné, puis désolé; il crut que je n'avais pas mangé la viande froide et bu le café servi à six heures du matin. Je lui expliquai que, malgré

ce premier déjeuner, j'avais une faim de loup en
vaine recherche d'un mouton depuis huit jours.
Aimablement, il hâta le retour, qui ne fut point
assez prompt cependant pour que je ne ressentisse
pas les tortures de la faim. Lui ne ressentait ni
fatigue, ni faim, c'est un homme de fer! Lorsqu'il
aura terminé le canal de Panama, le second canal
de Suez, qu'il aura aidé à la réalisation de la mer
intérieure en Afrique, vous verrez qu'il entrepren-
dra et mènera encore à bonne fin quelque autre
œuvre gigantesque.

La nature fait des centenaires comme elle fait
des mort-nés.

Se souvient-on de ce peintre, le comte de Wal-
deck qui, à cent sept ans, exposait un grand tableau et qui en commençait un autre? Agile comme
un écureuil, il grimpait sur une échelle et, d'une
main sûre, il maniait son pinceau. Il est mort non
de vieillesse mais de maladie à cent huit ans. Je
gage et j'espère qu'il en sera de même pour
M. Ferdinand de Lesseps, qui a une constitution
exceptionnelle tout comme il a une intelligence
hors pair.

Avoir une grande idée, c'est déjà quelque chose,
mais ce n'est rien comparé à l'énergie, à la persévérance nécessaires pour l'exécuter. C'est cette
énergie et cette persévérance que j'admire surtout
en ce grand homme. Et ce que j'aime en lui, c'est
une bienveillance innée; il est la bonté faite homme;
il est affable même pour l'importun; jamais une
minute de mauvaise humeur. Dérangez-le au moment de son courrier, au moment d'une séance du
conseil, vous le trouverez bienveillant, il aura un
mot charmant à vous dire. Il est simple sans la

moindre morgue. Sa valeur si grande lui paraît
une chose toute naturelle, et l'on ne pourra pas
dire de lui qu'il est orgueilleux. Il a encore la
qualité rare de la mémoire; il voit des milliers de
personnes, et lorsqu'elles reviennent, il leur prouve
qu'il se rappelle d'elles.

J'ai gardé un bien excellent souvenir d'une
après-midi qu'il a bien voulu passer chez moi dans
ma petite campagne de Maisons-Laffite. Nous étions
encore sous l'empire. Je l'avais prié de me faire le
grand plaisir de venir dîner chez moi. Refuser de
faire un plaisir est pour lui une impossibilité absolue; il vint donc. J'avais invité le comte Xavier
Branicki et le comte Léon Ryzeswiski, deux de mes
bons amis qui étaient aussi les siens. Pendant sept
heures il se montra le plus brillant et le plus spirituel des causeurs. Nous tirâmes à la cible, nous
cassâmes des œufs sur une bouteille avec la balle
d'un pistolet. C'est un des tireurs les plus adroits
que je connaisse; je me pique de bien tirer et je fus
battue, et de quelle façon, par lui!

Xavier Branicki, qui était un fort tireur, fut aussi
battu, et pas content du tout... Mais il nous battit
bien mieux encore à un petit jeu de collégien qui
consiste à sauter à pieds joints à plus d'un mètre
de distance. Il sautait ainsi par-dessus les plus
larges plates-bandes, nous ne nous sentîmes même
pas de force à essayer de lutter avec lui. Un jeune
homme de quinze ans, svelte et fort en gymnastique, aurait à peine pu faire ce qu'il faisait.

Dans notre dix-neuvième siècle anémique, nous
avons le spectacle affligeant de tant de vieillards
de vingt ans, qu'il est consolant de voir un vieillard
si jeune de corps et d'esprit, et c'est avec bonheur

qu'on voit autour de lui ses beaux enfants, qui
tous, sains, robustes et charmants, nous promet-
tent une nombreuse génération d'hommes forts de
corps et grands d'esprit.

Je viens de nommer le comte Branicki. Ce Polonais a été pendant bien des années une des personnalités les plus originales et les plus sympathiques de Paris.

Il a été un des membres fondateurs d'une de nos
meilleures institutions de crédit, une des rares qui
resteront debout, étant basées sur des opérations
sérieuses, utiles et honnêtes, et non sur de simples
tripotages : je veux parler du Crédit foncier. Branicki avait été non seulement un des fondateurs,
mais encore quelque peu l'inventeur de ce crédit,
dans lequel il avait mis de très fortes sommes.

Il avait pu sauver des griffes de la Russie la plus
grande partie de sa fortune. Il était très riche ; il
possédait la plus belle collection connue de pierres
précieuses ; elle valait quatre ou cinq millions.

Il s'était fait naturaliser Français, et ce Français
de fraîche date était un ardent patriote ; il adorait
sa patrie adoptive. Au moment de la guerre, il a
donné cinq cent mille francs à la Société de secours
aux blessés. Il avait installé une ambulance, les
malades y avaient tout le confortable possible, il
leur avait même acheté de belles robes de chambre. Mille francs par jour étaient affectés à cette
ambulance ; le siège ayant duré près de cinq mois,
c'est encore cinq cent mille francs qu'il a dépensés
pour nos blessés.

Il voulait lever un bataillon à ses frais et se
mettre à sa tête pour marcher contre les Prussiens ;
son amour de collectionneur l'empêcha de réaliser

son projet. Il voulut d'abord mettre en lieu sûr ses pierres précieuses; il partit avec elles pour Londres, il les déposa à la Banque d'Angleterre.

Mais, hélas! nos désastres se précipitèrent avec une rapidité foudroyante, et, à Londres, il apprit la fatale nouvelle de Sedan; il en fut si affecté que sa raison sombra un instant... il sentit la folie l'envahir, et lui-même alla se faire le pensionnaire d'un médecin aliéniste de Londres.

Nous reçûmes cette triste nouvelle, puis Paris fut assiégé, nous ne sûmes plus rien de lui. Le siège levé, le comte Ryzeswiski écrivit à Londres : il apprit qu'il avait été fort malade, et qu'à peine un léger mieux se manifestait dans son état mental. Deux mois après, et sans avoir reçu d'autres nouvelles de lui, un beau soir ma femme de chambre ouvre vivement la porte de mon cabinet et m'annonce le comte Xavier Branicki. J'étais seule. J'ai une peur bleue des fous; je me figurais qu'il s'était échappé de sa maison de santé, et me voilà fort perplexe.

Il me sauta au cou en s'écriant: « Ah! ma chère amie, dire que nous avons été battus par ces canailles de Prussiens. » Puis il se met à me demander ce que j'ai fait pendant le siège. Selon son habitude, il marchait et gesticulait tout en parlant. J'étais fort inquiète. N'était-il plus fou? Etait-il encore fou? Il m'était difficile d'être fixée, car, dans son état ordinaire, il était si excentrique que, facilement, on l'aurait pris pour un fou.

Soudain, se campant devant moi, il me dit:

— A propos, vous savez que j'ai été fou une fois encore? Je sors d'une maison de santé.

— Je le sais, lui dis-je, et je vous assure que je

ne suis pas très rassurée; je me demande à quel
point vous êtes guéri. Je tremble qu'à un moment
donné vous vous figuriez que je suis Bismarck, et
que vous ne m'étrangliez.

Il se mit à rire aux éclats. « C'est vrai, fit-il, j'ai
été un étourdi, j'aurais dû me faire précéder d'une
dépêche vous disant : « Cet animal de Xavier Branicki est guéri de sa folie accidentelle, il ne lui
reste que sa folie ordinaire. »

— Me voilà rassurée, mon ami, fis-je, causons.

Il se mit à m'expliquer comment la folie s'était
emparée de son cerveau, ce qu'il avait ressenti.
Avec une merveilleuse lucidité, il analysait ce qui
s'était passé en lui. « D'abord, me disait-il, j'ai
ressenti une grande difficulté pour exprimer ma
pensée, le mot ne venait pas; je comprenais vaguement que mon discours était incohérent. C'était
une sorte de pathos; je faisais des efforts inouïs
pour mettre de l'ordre dans mes idées, j'y arrivais
parfois, mais je ne pouvais les exprimer, les mots
semblaient se faire un vilain jeu de se présenter de
travers; ils se pressaient sur mes lèvres confus et
en désordre. Si je voulais dire *blanc*, c'est le mot
noir qui sortait de ma gorge. Alors, une angoisse
horrible me donnait une impression de froid dans
le dos, et je sentais une sueur glacée mouiller la
racine des quelques cheveux qui me restent... Ma
raison éperdue essayait de se maintenir en équilibre, mais à chaque instant elle se remettait à
flotter indécise et affolée. »

Ce pauvre Branicki, à ce souvenir terrible, devenait livide. « Ah! j'ai bien souffert, murmurait-il;
être sain de corps et sentir sa raison se troubler,
c'est le plus épouvantable des supplices... Bientôt,

poursuivit-il, j'eus conscience que je ne pouvais plus du tout arrêter le flot de mots sans suite qui se pressaient sur mes lèvres. Il me venait des idées absurdes et cruelles; j'avais comme un désir de faire du mal. Vite, je montai dans un cab, j'allai chez un aliéniste, et je lui dis: « Je suis fou, soignez-moi bien, je guérirai sans doute, car déjà j'ai eu un moment de folie qui a passé. »

—J'ai dû, ajouta-t-il, être tout à fait fou pendant quelques mois; de cette période aiguë, je ne me souviens pas; lorsqu'elle a été finie, j'ai senti seulement une fatigue morale très grande, j'avais de la peine à ressaisir mes pensées, coordonner les mots me donnait un mal infini. Peu à peu, la lucidité m'est revenue, ma raison s'est trouvée une fois encore dégagée des ombres qui l'avaient entourée. J'ai appris les désastres de notre chère France et j'ai souffert, j'ai pleuré.

Les phrases du comte Branicki se sont gravées dans ma mémoire. La folie est une des choses qui m'ont toujours semblé le plus inexplicables, et c'était la première fois qu'un homme ayant été fou analysait devant moi les sensations qu'il avait éprouvées avec une lucidité parfaite.

La folie me paraît une preuve que nous avons en nous deux natures indépendantes l'une de l'autre, puisque un corps sain peut contenir une âme malade et folle, et qu'un corps chétif, malingre, scrofuleux, peut contenir un esprit sain, vif et fort.

Si l'âme ou ce qu'on nomme ainsi n'était qu'un composé des fluides du corps humain, les corps malades auraient un esprit faible et troublé, et les colosses de robuste santé seraient des génies,

tandis que c'est souvent le contraire qui se produit, et soudain la folie s'empare d'un homme
bien portant; elle passe, la raison revient; donc
nous avons en nous deux natures très distinctes
l'une de l'autre.

Branicki, qui était un spiritualiste, concluait de
ce qu'il avait éprouvé à un être abstrait enfermé
dans le corps et tout à fait distinct de lui.

Comme il me le disait, une fois déjà sa raison
avait été troublée, mais moins fortement. Il avait
fait un voyage en Egypte; je le savais joueur enragé et je lui avais fortement conseillé de ne pas
fréquenter les maisons de jeu d'Alexandrie, l'aver-
tissant que, s'il avait le malheur de gagner l'argent
des grecs qui fréquentaient ces tripots, il serait
assassiné à la sortie.

Mon conseil ne servit qu'à lui donner l'envie de
voir ces coupe-gorges. Un soir, il gagna; on lui
fit boire un café avec du narcotique; lorsqu'il fut
endormi, on le porta dans une autre rue, on le
laissa sur un trottoir. Au matin, il se réveilla la
bouche sèche, la gorge en feu, et avec de violentes
douleurs de tête.

Il revint en France; il me conta sa mésaventure.
Il lui restait une lourdeur dans la tête qui faisait
que parfois ses idées se brouillaient, mais il se
rendait compte que cette sorte de folie, venant
d'une fatigue matérielle du cerveau, n'avait point
le même caractère que l'autre, et il concluait qu'une
maladie du corps pouvait gêner le libre développement de l'être abstrait sans le priver de sa raison
et qu'il y avait une autre folie étant, elle, une
maladie de l'âme exclusivement.

Xavier Branicki possédait une instruction extraordinaire; aucune question ne lui était inconnue; il en faisait si peu parade, que ses intimes seuls pouvaient apprécier l'étendue de ses connaissances. Passer une soirée à causer avec lui était pour moi un vrai bonheur. Si je parlais de mes excursions en Syrie et en Palestine, il se mettait à me conter l'histoire de ces contrées; il la savait mieux que moi qui l'avait étudiée avant d'aller les visiter. Il en était de même pour celles d'Egypte, de Russie et d'Amérique. Il savait tout, et, sur les hommes comme sur les choses, il avait des idées très justes. Fort libéral, le gouvernement républicain lui convenait. Comme moi, il entrevoyait dans l'avenir la liberté s'élancer libre et fière de la Sibérie; il voyait ces centaines de mille déportés secouer le joug, se constituer en république, refaire l'histoire d'Amérique, venir tendre la main aux opprimés de la Russie, les aider à briser l'autocratie. Oui, s'écriait-il, dans un siècle ou un demi-siècle, une grande république fédérative se développera au pôle nord, elle renversera tous les tyrans encore existants, et elle changera la face du monde !

Je crois comme lui à ce beau rêve ! Nos petits-enfants verront si nous avons bien vu !

Xavier Branicki était l'ami intime du prince Napoléon, mais du prince Napoléon tel qu'il était sous l'empire, un libéral, un anti-catholique. Il est mort avant d'avoir pu assister à la métamorphose de ce mangeur de cochonnerie le vendredi saint en défenseur de la religion. Que j'aurais donné pour qu'il vécût encore au moment du fameux manifeste du prince caméléon.

Le comte Branicki avait un fils qu'il avait reconnu célibataire. A soixante ans, il eut tout à coup l'idée bizarre de se marier. Un beau jour, nous reçûmes tous une lettre de faire part nous invitant à aller assister à son mariage en l'église de la Madeleine. Il épousait Mlle Zamoiski, veuve du comte Rebelinski. Là, au moment où le prêtre allait bénir son union, il se rappela soudain qu'il avait passé à l'Eglise réformée, il en fit l'aveu au prêtre catholique et ce fut un joli scandale dans le monde polonais archi-catholique.

Sa femme éloigna de lui tous ses anciens amis. Je ne crois pas que ce pauvre Xavier Branicki ait trouvé un grand bonheur dans cette tendre union. L'Egypte lui avait été fatale, et pourtant, pour se distraire, peut-être, il y est retourné. Il est mort dans la haute Egypte, et lui, le collectionneur de bibelots égyptiens et de momies, il a été momifié; son cadavre est revenu à Paris à l'état de momie. Pauvre cher ami! là-haut, dans les sphères bleues, il doit songer en souriant à toutes les folies, apanage de l'humaine nature, et il doit étudier fiévreusement le secret de toutes choses.

J'ai connu Emile de Girardin. A propos de cette illustre et très bruyante personnalité, permettez-moi une réflexion.

Les hommes ont dit et ils ont érigé en principe que du côté de la barbe était la toute-puissance et le savoir. Je me permettrai de leur faire observer que la nature n'a point sanctionné ce dit-on orgueilleux et masculin. La barbe n'indique ni la force ni le génie, à preuve les nombreux glabres qui ont été des hommes forts, vaillants et des hommes de génie.

Il va sans dire que, par glabres, me servant ici du mot employé en histoire naturelle pour désigner une enveloppe dénuée de poil, je ne fais pas allusion aux hommes qui ne portent pas leur barbe, mais à ceux qui n'en ont pas et qui ont la peau lisse comme est lisse la peau de la femme.

La glabrinscule n'indique pas même une faiblesse physique. J'ai vu des lutteurs, des souleveurs de poids énormes qui étaient glabres.

J'ai connu des hommes ayant de nombreux enfants qui étaient glabres.

J'ai connu des hommes à bonnes fortunes, Don Juan insatiables qui étaient glabres.

Napoléon Ier avait le visage glabre.

On représente César avec le visage également glabre.

Parmi les hommes vivants ou que nous avons tous connus, il y a une foule de glabres, dans les arts, les sciences, la poésie, les belles-lettres et le journalisme. Littré, ce génie complet, cet homme qui résume tout notre siècle scientifique, avait le visage glabre. Renan, Edison, Rossini, Victorien Sardou, Louis Ulbach, Charles Monselet, Coppée, Louis Blanc, Albert Wolff, tous glabres de visage.

Le génie des uns et l'esprit des autres ne se ressent nullement de cette absence de barbe : on y trouve la même virilité, la même puissance que l'on admire chez d'autres célébrités barbues.

En élargissant le champ d'études, en augmentant le nombre des sujets, on arriverait peut-être à découvrir une qualité spéciale dans les œuvres des glabres ; l'étude est à tenter.

Emile de Girardin était complètement glabre. Il avait les traits fins, la bouche mince et pas bonne de certaine dévote ; si on l'avait affublé d'un costume féminin, si on avait posé sur son crâne une perru-

que de femme, la ressemblance avec la vieille marquise à l'esprit mordant, à la phrase hachée aurait
été frappante; nul, sous ce costume, n'aurait à
coup sûr, reconnu le brillant journaliste masculin,
l'homme à une idée par jour.

Sa voix aiguë, d'un timbre peu caressant pour
l'oreille, avait même quelque chose de féminin,
c'était la voix d'une femme un peu criarde et à
l'organe sec, d'une de ces femmes acariâtres chez
qui l'habitude de gronder a donné un timbre de
crécelle.

Quoique sans barbe, Emile de Girardin avait
une réelle puissance de talent, talent par exemple
qui pouvait être antipathique à beaucoup, mais qui
ne pouvait être nié par aucun.

J'ai connu ce grand brasseur d'idées, ce savant
faiseur de phrases à effet dès la première année de
mon séjour à Paris.

J'avais loué un chalet à Enghien. Un ami m'avait
présenté à Emile de Girardin, je le voyais souvent.
Nous nous rencontrions en chemin de fer, le soir
nous nous retrouvions au bord du lac, il venait
dans le tir me voir faire des cartons plus ou moins
bons.

Jamais je n'ai pu le décider à tirer un coup de
pistolet, et ceci fait son éloge, il ne pouvait oublier
qu'il avait tué un homme en duel.

Il m'a invité plusieurs fois à dîner dans la belle
villa qu'il possédait au bord du lac. Le Dr Véron
était au nombre des convives, et il se dépensait
un esprit fabuleux pendant ces dîners exquis.

Toujours Emile de Girardin s'est montré charmant pour moi, et, chose curieuse, moi qui ai le
cœur assez riche en affectuosité, je n'ai jamais pu

ressentir l'ombre d'amitié pour cet homme; je le voyais avec plaisir, mais mon esprit seul ressentait ce plaisir, mon cœur restait froid. Il est des journalistes que je n'ai vus qu'une fois, et pourtant je ressens pour eux une certaine sympathie; c'est avec satisfaction que je leur donnerais une poignée de main, et, je le confesse, celles que j'ai données à Emile de Girardin étaient banales.

Je suis d'instinct bien plus que de raisonnement, et je puis dire qu'à première vue j'aime les personnes ou je les déteste. Une sympathie irraisonnée m'attire vers elles ou une antipathie tout aussi irraisonnée m'éloigne d'elles sans que rien ne motive ce sentiment.

Il y a des hommes et des femmes que je hais à première vue; la poignée de main qu'ils me donnent me fait ressentir un sentiment de répulsion; si je ferme les yeux, il me semble les voir se tortiller devant moi changés en vipère et prêts à me mordre. C'est fou, c'est idiot, et ce qu'il y a de plus curieux, c'est que cet instinct ne m'a jamais trompée. Lorsque ma raison a voulu combattre cette impression et que j'ai continué à voir ces personnes, toujours il est arrivé un moment où j'ai dû me dire que ma première impression était la bonne.

Il y a même des gens que je n'ai jamais vus et que d'instinct je hais.

Mes amis ont été mes amis de la première minute, et ils le sont restés. Ma première impression a été la vraie.

Tout enfant, j'avais ce même... à votre choix, mettez don ou travers; on me présentait à des inconnues ou à des inconnus : d'instinct j'allais embrasser les uns, d'instinct je m'éloignais des autres, refusant de les embrasser. S'ils m'embrassaient de force, un sentiment impossible à analyser me portait à m'essuyer la figure avec colère, souvent même j'allais me la laver.

Et j'éprouvais cette sorte d'horreur pour des personnes affables de manières et me comblant de joujoux et de bonbons.

Mon père avait d'abord grondé, il se fâchait lorsque je répondais : « Je sens que ces gens-là ne sont pas bons et jamais je ne les aimerai! »

Parfois je lui faisais remarquer que ceux que, d'instinct, je prenais en horreur me donnaient la même impression que celle que me causaient les chenilles, qui sont bien les bêtes les plus hideuses de la création avant de devenir un charmant papillon.

Sans doute ayant remarqué par l'expérience que mon antipathie, pour être subite et irraisonnée n'en était pas moins juste, mon père me laissa librement témoigner sympathie ou aversion. Il disait en riant que puisque les chiens avaient le flair, l'espèce humaine pouvait bien être dotée d'un instinct lui servant à juger de prime abord les hommes.

J'ai continué à être femme de première impression. A première vue, un je ne sais quoi me dit: « Voilà une bonne et loyale nature! »

Alors, malgré moi, je serre affectueusement la main qu'on me tend, je suis en confiance avec la personne comme si je la connaissais depuis vingt ans. Ne comprenant pas ce qui se passe en moi, ces personnes doivent me trouver par trop facile à me lier.

D'autres fois, à première vue et sans m'en rendre compte, la personne que l'on me présente me donne une sensation désagréable, une voix intérieure me dit : « C'est une nature de vipère, elle est fausse, mauvaise, méfie-toi. »

Je reste toute interloquée, je ne sais pas trouver un mot aimable, je suis embarrassée pour répondre à la bienveillance qu'on me témoigne, je sens que cela me rend idiote, ce qui augmente ma gêne !

Je connais depuis des années des hommes et des femmes ne m'ayant fait aucun mal que je sache, quelques-uns m'ont même accablée de délicates attentions, et malgré tous mes efforts, je ne puis parvenir à être même polie avec eux ; leur vue m'est odieuse, leur présence m'est désagréable. Pour ne pas trop le leur montrer, je dois avoir recours à toute la petite dose d'usage du monde que je possède. Souvent, malgré moi, je leur dis une chose dure.

Je dois dire que de temps en temps j'apprends sur une de ces personnes une chose qui me prouve que mon instinct était bon en la jugeant mal.

Il m'arrive parfois une chose qui me met tout à fait mal à l'aise : à mesure qu'une personne me parle, je lis dans sa pensée, et cette pensée est souvent le contraire de ce qu'elle exprime ; alors, avec une sorte de colère, je lui dis : « Soyez donc franche, c'est si beau la franchise ! » J'ai une envie folle de lui dire ce que je viens de lire en elle, puis je me dis : « A quoi bon ! elle n'en conviendrait pas ! »

Mais cette sorte de double vue doit me donner souvent un air bizarre, je suis toute à ce que je lis, peu à ce qu'on me dit.

L'homme étudie avec soin et persévérance une foule de choses, par une singularité tout à fait extraordinaire il s'étudie fort peu lui-même. Je suis sûre que Dieu a doué la race humaine de bien des dons que l'homme ne soupçonne même pas posséder, tant il met peu de soin à se connaître lui-même. Cet instinct qui me dit : « Sois en confiance » ou bien « Méfie-toi » doit être l'apanage de toute personne aux sens un peu fins et délicats, mais elle n'y prend pas garde.

Ce qu'on nomme pressentiment, et dont les prétendus esprits forts, qui ne sont que des esprits moins subtils, nient ou plaisantent, est, je le crois fermement, une sorte de double vue.

Tout comme Dieu nous a donné l'odorat, l'ouïe, la vue pour nous guider, il nous a donné l'instinct pour nous préserver des mauvais, et les pressentiments pour nous adoucir les chocs trop douloureux.

Mais les hommes graves et savants qui s'occupent des mœurs des taupes, qui étudient la façon dont elles expriment leur passion, trouvent qu'il est puéril et inutile d'étudier les rêves, l'instinct, la double vue et les pressentiments, si bien que la médecine ayant disséqué le corps humain a appris à le connaître, tandis que la science n'a pas fait un pas depuis les philosophes grecs dans la connaissance de notre être abstrait.

Croyez-moi, Dieu qui a donné aux chiens un flair qui leur permet de suivre leurs maîtres à la piste et de grogner avec colère à la vue de certaines personnes, et cela pour nous dire : « Voilà un coquin ! » ne nous a pas moins bien partagé qu'eux. Nous avons en nous un instinct sûr nous indiquant

la bonté ou la coquinerie des hommes, le tout est
de l'écouter et de l'étudier.

Après cette digression, un peu longue, j'en conviens (vous devez donc me la pardonner), je reviens
à M. de Girardin. J'aimais fort me rencontrer avec
lui, c'était l'homme du mot ; dans un quart d'heure
il trouvait le moyen de dire vingt mots spirituels.

Pour tuer moralement un homme, un mot lui
suffisait. Ces mots aigus, brillants comme la lame
d'acier poli, blessaient mortellement. Pour expliquer une situation, il trouvait le mot l'indiquant
exactement, mieux qu'un discours. Pour lancer
une idée, il n'avait point besoin de phrases, un
mot lui suffisait. Comme il écrivait, par phrases
hachées mais ronflantes et sonores, il parlait par
mots secs, tranchants, mais toujours servant ad-
mirablement sa pensée.

Il m'étonnait par son esprit, par ses mots à
l'emporte-pièce, mais en même temps ce fameux
instinct me disait : « Nature ambitieuse, nature
égoïste, aucune grande envolée de cœur, aucune
bonté dans la grande et sublime acception du
mot. »

Et tout en me charmant et en m'étonnant, il
m'inspirait plus d'antipathie que de sympathie, et
comme il possédait la prescience du sentiment qu'il
inspirait, il le sentait, et je crois qu'il me rendait
mon antipathie, tout en étant fort aimable avec
moi.

Il avait une façon de juger en quelques mots et
de vous faire juger les personnes, qui lui était tout
à fait particulière. Un jour, il me parlait de sa première femme, de l'adorable et spirituelle Delphine
Gay, il m'en parlait de façon à me prouver qu'il

avait été fier plus qu'amoureux de ce délicieux bas-
bleu. Il l'avait épousée, cette charmante femme,
bien moins par amour que pour ajouter sa personnalité à la sienne. J'eus l'indiscrétion de lui demander si sa seconde femme était spirituelle. Voici
la réponse qu'il me fit :

« L'autre année, je donnais un grand dîner, Lamartine me faisait l'honneur d'être mon convive,
Mme de Girardin seconde mit à sa droite un jeune
attaché d'ambassade portant un titre de prince, et
elle mit à sa gauche Lamartine. »

Je n'avais rien à demander de plus, j'étais fixée !

Une chose me fait craindre que mon instinct
ne m'ait trompée et qu'il ne m'ait rendue injuste
pour Emile de Girardin, c'est l'amitié profonde,
constante et très désintéressée que la charmante
vicomtesse de Brimont lui avait vouée. Je me dis
que cette femme si fine et en même temps si loyale
ne l'aurait point aimé d'une si franche amitié s'il
eût été tel que j'ai cru le comprendre ou le sentir.

Qui s'est trompé sur cette bruyante personnalité,
est-ce la jolie vicomtesse ? est-ce mon instinct ?
There is the question.

Il avait une manie bien insupportable : lorsqu'il
était chez lui, tout en lançant ses mots, il s'occupait
à couper toutes les pages blanches des lettres qu'on
lui avait adressées ; il plaçait ces bouts de papier
avec ordre et symétrie sous un presse-papier ; ces
morceaux de papier lui servaient à écrire ses articles, et parfois même ses lettres.

Je déteste recevoir un chiffon de papier en guise
de missive ; et, encore un travers inhérent à ma
nature, je juge mal les gens ayant assez peu l'amour
du propre, du beau pour se servir, ayant cent

sous en poche, d'un vilain papier à lettre. Tout
comme je crois que les ongles en deuil, les taches
sur les vêtements indiquent des taches bien malpropres dans l'être moral.

La manie de faire des mots conduit à une sorte
de cruauté parfois inconsciente, tout comme l'amour
de la collection fait commettre souvent des actions
plus ou moins honnêtes. Je me souviens d'un jour
où Emile de Girardin fut simplement atroce.

Il était venu avec un ambassadeur de mes amis
me rendre visite au bureau du *Papillon I*. Mme Adèle
Caldelar, une femme d'une laideur inouïe, était
chez moi ; je la lui présente. Un instant après, lui
adressant la parole, Girardin l'appela mademoiselle. D'un air un peu pincé, elle lui fit remarquer
qu'elle était madame. « Il est vrai, ajouta-t-elle,
que je suis restée, hélas ! bien peu de temps avec
mon mari, je l'ai perdu quinze jours après notre
mariage. »

— Il en est mort, cela ne m'étonne pas, madame !
lui dit Girardin d'un air sec, et en lui lançant un
regard narquois.

J'étais désolée ; cette pauvre femme était bonne
et charmante. Lui était ravi d'avoir fait ce mot,
plus grossier, en somme, que spirituel.

Je suis habituée à la façon dont Paris oublie les
personnalités ; pourtant nul ne pouvait prévoir, et
Girardin moins que tout autre, combien il serait
vite oublié.

Il est de ces hommes qui semblent tenir une
place énorme, ils disparaissent, la place est prise
si rapidement, que personne ne se souvient plus
d'eux.

Ce sort est, chez nous, réservé aux hommes dits

indispensables, et aux hommes dits providentiels.

Adèle Caldelar fut, elle aussi, une sorte de petite personnalité parisienne. Elle était très instruite, elle avait rempli pendant longtemps la mission d'inspectrice des écoles, elle était poète, elle a publié un volume de fables qui prouvaient qu'elle avait l'esprit fin et savait manier l'aimable raillerie. Je transcris celle-ci de mon album :

L'ÉCOLE DES LINOTS

Une linotte aimait dès son jeune âge
Un linot de son voisinage.
Celui-ci la payait du plus tendre retour ;
Mais à peine il fut en ménage,
Qu'il lui témoigna moins d'amour.
Monsieur, sans elle, allait chanter sur la montagne
Et d'arbre en arbre voltiger.
La linotte d'abord ne sut que s'affliger.
Au lieu d'être touché des pleurs de sa compagne,
Plus rarement encore au nid
L'infidèle revint la nuit.
Un beau soir il advint qu'après trois jours d'absence
Comme il rentrait en son logis,
Il fut tout étonné d'y trouver des amis
Dont il n'avait point connaissance.
La linotte honorait tour à tour d'un coup d'œil
Moineau, pinson, rossignol et bouvreuil,
Les regardant d'un air de bienveillance,
A tous faisant un doux accueil.
Non cependant, comme on le pourrait croire,
Qu'elle eût perdu tout le soin de sa gloire,
C'était une linotte et de bien et d'honneur,
Un peu coquette mais très sage ;
Puis un petit coin de son cœur,
Etait encore à son volage.
Mais s'il n'en fut pas pour l'outrage,
Il en fut du moins pour la peur,

Gronda, se mit fort en colère,
Lui dit des mots cruels, des menaces avec;
Jura de percer de son bec
L'oiseau perfide ou téméraire
Qui... Mais l'interrompant : « De quoi vous plaignez-vous ?
» Dit la linotte à son époux;
» Quand je suis seule, je m'ennuie;
» Restez, demain je congédie
» Moineaux et bouvreuils et pinsons.
» Chantez, des rossignols je fuis les plus doux sons.
» Ma conduite est bien naturelle,
» Et pour vous l'expliquer il ne me faut qu'un mot :
» Je suis linotte et vis en femme de linot;
» Demain soyez ramier je serai tourterelle. »
Rassurez-vous, messieurs, ce n'est point un modèle
Qu'à la femme en ces vers je veuille proposer.
Je me garderai bien d'oser
Du linot et de vous faire le parallèle;
Où serait la comparaison ?
Il profita de la leçon
Demanda sa grâce bien vite,
Comprit qu'il est pour tous des devoirs et des droits,
Retrouva son nid beau, sa femelle adorable :
Comme autrefois il fut aimable
Et fut aimé comme autrefois. »

Certes, ce ne sont point là des vers de grande facture. Certaines rimes n'en sont pas heureuses, *nid* rime mal avec *nuit* et *conduite* pas du tout avec *vile*; mais l'idée est ingénieuse et jolie. Cette fable donne le ton du caractère aimable et enjoué de cette femme, qui possédait en plus la note tendre et amoureuse, et elle faisait sur ces sentiments exquis des vers charmants qu'elle disait dans les salons et dans les concerts. Elle était la poétesse attitrée des réunions de la Société protectrice des animaux; cette société ne donnait pas une fête sans qu'on vît apparaître sur l'estrade Mᵐᵉ Adèle Caldelar, et le public impitoyable en l'apercevant se mettait à rire aux éclats, et les quolibets les plus méchants éclataient en feu d'artifice dans la salle. Beaucoup se demandaient quel était ce singulier oiseau possédant la voix humaine.

Le public était excusable : cette pauvre Adèle Caldelar avait une laideur repoussante et grotesque qui, au premier abord, étonnait, et qui, à l'examen, amenait l'hilarité. Elle était petite, brune, sa peau jaune était ridée comme est ridée la peau d'une pomme vieille d'un an. Elle avait les yeux gris, ronds et perçants de l'oiseau ; son nez était crochu, et son menton pointu semblait vouloir aller le caresser. Sa bouche large, d'un vilain dessin, laissait, en s'entr'ouvrant, apercevoir deux longues dents jaunes, les deux seules, et ces dents d'une longueur incroyable pendaient sur le menton alors que la bouche était fermée. Pour essayer de les forcer à se cacher, cette pauvre femme faisait des efforts inouïs qui se traduisaient par des grimaces pareilles à celles que fait le singe et qui froncent son museau.

Il semblait que Mme Caldelar se fît un malin plaisir de rendre sa laideur plus choquante encore par la façon grotesque dont elle s'habillait. Elle portait une perruque noire, de ces perruques bon marché dont les cheveux ressemblent à de la soie noire ; cette perruque formait, tout autour de son front, des accroche-cœur collés sur le front. Ces accroche-cœur faisaient dire aux railleurs : « Elle peut s'en faire cent, jamais elle n'accrochera un cœur ! »

En ville, elle portait toujours des petits chapeaux

de fillette, de couleur claire et voyante : elle affec-
tionnait le jaune-serin et le vert-pomme.

En soirée, elle ornait sa perruque de gros bou-
quets de roses ou de grandes touffes de plumes, et,
sans pitié pour les yeux des autres, elle montrait
un cou noir et ridé et une poitrine dévastée, oubliant que le nu, s'il n'est pas beau, est horriblement indécent.

Les hommes étaient sans pitié pour cette laideur
colossale, ils l'accablaient de railleries; elle les
supportait avec patience, et parfois ripostait avec
tant d'esprit, qu'elle désarmait les moqueurs.

Chose rare, cette femme était la bienveillance
même pour les autres femmes. Jamais je ne lui ai
entendu dire du mal d'aucune femme; l'envie et la
jalousie étaient inconnues à sa belle âme. C'était
une bonne et spirituelle personne avec qui il était
fort agréable de causer.

Qui me dira le pourquoi de ce jeu cruel de la
nature qui donne parfois à une âme exquise un
corps d'une laideur repoussante et grotesque?

Elle a écrit une brochure fort spirituelle intitulée : *Des malheurs d'être laide*. Elle y contait
gaiement les déboires que lui avait valus sa laideur.
Mais sa gaieté devait être factice et cacher une
amère désespérance. Pauvre femme! quel plaisir
elle doit ressentir de se trouver dans les sphères
bleues, débarrassée de ce vilain corps qui lui a
causé tant de souffrance de cœur et d'amour-
propre!

Alexis Azévedo a été une des personnalités originales et sympathiques de Paris.

Au physique, mon ami Azévedo n'avait rien d'agréable, au contraire. L'Israélite est très beau ou très laid : Azévedo était laid, son gros nez tendait à se rapprocher de son menton un peu pointu, mais sa bouche petite était spirituelle, et ses yeux gris, au regard vif, pétillaient d'esprit.

Une chose aggravait sa laideur : il semblait avoir pour l'eau la même horreur que celle que lui témoigne le chien enragé ; il avait le visage sale, les mains sales, les ongles éternellement en deuil, et les yeux malpropres. Il portait des vêtements démodés depuis dix ans et sur lesquels les taches de graisse décrivaient des arabesques.

Il prisait, se servait de mouchoirs rouges ; il fumait chez lui la pipe culottée et dans la rue un cigare d'un sou qu'il laissait éteindre et qu'il rallumait comme pour lui donner une odeur encore plus nauséabonde. Il sentait la graisse et le tabac à plein nez.

Voilà son portrait physique, ressemblance garantie.

Mais autant son physique était disgracieux, autant son intelligence était lumineuse et son cœur excellent !

Son esprit était vif, primesautier, était fort mordant lorsqu'il parlait d'un homme qu'il n'aimait pas. Il avait, tout comme Girardin, le mot à l'emporte pièce, ce mot non cherché qui jaillit subitement du cerveau.

Ses mots étaient parfois cruels. Je me souviens un soir, en soirée, une femme qu'il détestait fit semblant d'avoir une attaque de nerfs, histoire d'attirer l'attention sur elle. On se levait, on l'entourait. — Qu'arrive-t-il? demandait-on dans le salon où se trouvait Azévedo.

— C'est Mme X... qui se trouve mal, dit une dame.

— Sapristi, elle se rend bien justice ! s'écria Azévedo.

Azévedo avait un cœur excellent. C'était l'ami le plus sûr et le plus dévoué qu'on pût rêver; il aurait été de Paris à Rome à pied pour obliger un ami, et s'il entendait médire d'un de ses amis, il le défendait avec chaleur, il accablait le médisant d'une de ses plus âpres railleries, et le forçait au silence.

Mais c'était aussi l'ennemi le plus tenace et le plus implacable du monde. Mélomane endiablé, ayant une passion unique, mais une passion féroce pour la musique classique, tout compositeur de musique médiocre, toute personne interprétant mal la bonne musique avait en Azévedo un ennemi féroce.

Il restait calme et souriant si on lui disait une malice, voire même une méchanceté, mais il bondissait comme un tigre en fureur s'il entendait mal exécuter ou mal chanter un morceau de musique. Si une fausse note heurtait son oreille, il devenait absolument enragé. Ceci amenait des scènes fort drôles. Un soir, par exemple, il était invité à une soirée musicale, un amateur aborde un grand air d'opéra; sa voix était mauvaise, sa méthode détestable et son sens musical nul. Azévedo roulait des yeux furibonds, je le voyais se cramponner à son fauteuil pour résister à l'envie qu'il avait d'aller étrangler le chanteur.

Le morceau fini, chacun complimente le chanteur; Azévedo sombre et l'air grognon se taisait.

Mais voilà que la maîtresse de la maison conduisant près de lui cet amateur lui dit :

— Ne trouvez-vous pas, monsieur Azévedo, que monsieur chante divinement?

Azévedo se lève le regard flamboyant.

— Il chante, madame, d'une façon exécrable, pendable; il n'est pas plus permis de rendre absurde une musique divine qu'il n'est permis d'assassiner un honnête homme. En estropiant une excellente musique, monsieur est d'autant plus coupable que le besoin, la faim ne le forcent pas à chanter, et que son crime est par conséquent sans excuse.

On peut aisément se figurer la tête que firent la maîtresse de maison et le chanteur!

Des mots aigres allaient être échangés lorsqu'une chanteuse, s'intitulant artiste celle-ci, se mit à chanter un grand air de la *Norma*. Sa voix était aigre et pas toujours juste, et ses roulades étaient plus que fantaisistes.

Azévedo, les yeux brillants, les lèvres serrées se précipite vers l'antichambre, cherche fiévreusement son paletot.

Le maître de la maison va vers lui, il essaye de le dissuader de partir sitôt.

— Votre soirée est un coupe-gorge, monsieur, s'écrie Azévedo, on écorche la musique chez vous, on assassine les œuvres les plus belles. Vos chanteurs et vos chanteuses méritent la potence. Il devrait y avoir des lois protectrices des arts comme il y a des lois pour protéger les animaux!

Cette tirade faite, il ouvrit la porte, dégringola l'escalier en gesticulant et en parlant tout seul.

— Mais il est fou à lier! dit le maître de la maison.

Non, ce n'était pas un fou, mais il aimait certaine belle musique comme l'amant le plus passionné aime sa maîtresse, et volontiers il aurait tué celui qui rapetissait ou écorchait son idole.

En musique, il avait ses adorations et ses haines. Il avait Rossini en horreur, Berlioz en profonde estime et Félicien David en adoration. Il nous a donné de bien belles soirées musicales dans son modeste rez-de-chaussée de la cité Gaillart. Félicien David tenait le piano, et les meilleurs artistes de Paris chantent les œuvres de cet excellent maître que nos directeurs de scènes musicales ont laissé dans une gêne voisine de la misère, tout occupés qu'ils étaient d'établir la réputation et d'enrichir les Italiens Verdi et Rossini.

Quel peuple extraordinaire nous sommes! Nous nous croyons chauvins et il suffit de n'être pas Français pour que nos directeurs des scènes subventionnées, et payées par conséquent par l'argent des contribuables français, ouvrent leurs portes toutes grandes aux étrangers.

A talent égal, le Français n'arrivera pas, malgré tous les efforts qu'il fait, et l'étranger n'a qu'à se présenter !

Que de belles choses aurait encore créées Félicien David s'il avait été un peu encouragé ! Mais avec une amère désespérance, il disait :

— A quoi bon travailler? Je ne suis ni Italien ni Allemand, on ne me jouera pas!

Souvent j'ai déjeuné chez Azévedo avec Félicien David. Fifine, le cordon bleu d'Azévedo, nous faisait une cuisine détestable, notre hôte nous offrait du petit bleu de Suresnes, mais quels charmants repas! Quelles heures agréables j'ai passées là, heures dont j'ai gardé le meilleur souvenir!

Azévedo était l'homme le plus charmant du monde avec les gens qu'il aimait. Sa causerie était un feu d'artifice, son esprit brillant était inépuisable.

David, d'un caractère un peu triste, était un penseur, chose rare, le musicien n'étant généralement que musicien. David était un philosophe, sa pensée chercheuse aimait à plon er dans l'inexplicable, il cherchait sans cesse la clef des mystères qui nous enveloppent; les problèmes sociaux l'attiraient, il avait rêvé avec le père Enfantin, avec Fourrier, avec Considérant. Il avait partagé les théories de ces hommes, sans croire pourtant qu'elles fussent le dernier mot du progrès, et il cherchait toujours.

Je venais de visiter cet Orient où il avait séjourné longtemps et dont il rêvait sans cesse, nous en parlions, nous rappelions nos souvenirs. Oh! quelles heures charmantes, inoubliées et inoubliables!

Félicien David avait la poésie innée en lui, mais la construction du vers l'ennuyait; s'il avait vaincu cette difficulté, il aurait écrit des poésies exquises. Sa parole harmonieuse caressait l'oreille comme la caresse la poésie de Lamartine, mais alors que celle de cet illustre poète n'est qu'un rythme, rarement une pensée, celle de Félicien était rythme et pensée. La rime seule y manquait.

Un jour, parlant de l'Egypte, nous racontant nos aventures de voyages et nos impressions sur cette contrée, je lui rappelai un fait historique qui aurait fourni quatre actes d'opéra et qui aurait donné des situations dramatiques, ainsi qu'une merveilleuse mise en scène.

Il m'écoutait les yeux brillants, la figure transfigurée.

— C'est vrai, disait-il, on ferait avec cela un libretto merveilleux, et je sens que j'écrirais sur ce sujet de la belle musique, mais combien de temps me fera-t-on attendre avant de me jouer! N'a-t-on pas juré de me faire mourir de faim, comme pour me faire expier le crime d'être Français?

Azévedo prit feu pour mon sujet.

— Ecrivez-le, me dit-il, jetez en brouillon les quatre actes, et nous verrons s'il vient bien.

— Oui, faites cela, me dit David, ce sujet m'inspire, j'écrirai la musique; si on ne me joue pas, comme produire est encore un bonheur, je vous devrai quelques mois agréables. Si on me joue, je serai doublement content d'avoir pour collaborateur une Vauclusienne, une compatriote.

Je passai huit jours et huit nuits à mettre en action le drame historique en question. J'en fis un drame en prose, y mettant le style imagé de l'Orient et me mettant de mon mieux dans la peau de mes personnages.

Le fait historique est tel, que mon travail se trouvait très simplifié : je n'avais qu'à suivre l'histoire et à mettre un amour ardent, comme mobile, au cœur du principal personnage.

Huit jours après, Azévedo nous offrait à déjeuner. Au dessert, je lus mon travail; le sujet enthousiasma David et Azévedo; les situations permettaient au musicien de donner carrière à son génie.

— Vite, me dit-il, écrivez le premier acte en vers, que je puisse me mettre au travail.

— Hélas! dis-je, je n'ai jamais fait un seul vers de ma vie.

— Essayez ; les vers d'opéras sont toujours médiocres.

— Les miens seraient détestables. La pensée que je dois enfermer mon idée dans une rime me rend idiote ; c'est toujours le mot qui ne rime pas qui me semble le seul exprimant bien mon idée, lui dis-je.

Alors il me proposa de chercher un poète qui mettrait ma prose en vers. Plusieurs raisons me faisaient hésiter.

Nous discutâmes huit jours, moi lui disant d'essayer lui-même, car, habitué à la poésie orientale, il conserverait au libretto le cachet oriental, lui me priant d'essayer de rimer ma prose. Nous en étions là lorsqu'un de mes cousins vint à Paris : il est bon poète, s'il n'avait pas suivi la carrière administrative, il aurait écrit des choses charmantes, il a préféré devenir un bon préfet, chacun son goût !

Je lui communiquai mon libretto, lui demandant de le mettre en vers. Le sujet lui plut, et il était bien dans la nature de son talent ; il l'emporta, me promit de se mettre au travail.

Collaborer avec un parent me convenait, j'étais enchantée.

Malheureusement, mon cher cousin qui est pétri de bonnes qualités a un défaut affreux, abominable, il est paresseux comme un lazarone pour écrire. Un mois après son départ, je lui écris pour savoir où il en est. Ne pas répondre aux lettres est un défaut conséquence de sa paresse. Sa charmante femme, au bout de quinze jours, m'écrit :

« Vous connaissez la paresse de votre cousin, il
n'a pas commencé encore, mais j'espère qu'il va
s'y mettre. »

Pendant six mois, il jurait qu'il allait se mettre
au travail ; douze mois après, il n'avait point encore
fait un vers. Moi j'avais la paresse de refaire mon
drame, rien ne me paraît plus insupportable que
de refaire ce que j'ai déjà écrit ; chez moi, le premier
jet est toujours le moins mauvais. Chaque fois que
je redemandais mon manuscrit, mon cousin me
disait : « Un peu de patience, je vais m'y mettre. »

Félicien David tomba malade à Saint-Germain
et mourut sans avoir fait mon opéra.

Azévedo avait été pendant vingt ans le critique
musical de l'*Opinion nationale*. Il s'est toujours
acquitté de cette tâche avec un grand savoir, une
honnêteté parfaite et une verve endiablée.

Un jour, il eut une horrible maladie, un anthrax
sur le cou ; il fallut le charcuter, lui faire une raie
sanglante autour du cou. Il crut ne jamais pouvoir
retrouver sa verve, il donna sa démission.

Une fois guéri, sa place était prise ; il fut malade
de ne pouvoir plus donner un corps à sa pensée, il
avait la nostalgie du journalisme. Il fonda un tout
petit journal de poche, intitulé : les *Doubles croches
malades*. Là, avec une verve endiablée, il assom-
mait les faiseurs de mauvaise musique et les chanteurs médiocres.

Il inventa un ingénieux système qui permettait
de transposer la musique à livre ouvert ; il fit un
cours gratuit pour enseigner sa méthode.

Un jour, il était venu passer quarante-huit
heures à ma campagne, à Maisons, il me disait :
« Je demande à Dieu deux ans de vie encore, dans

deux ans, ma méthode sera connue, j'aurai rendu un grand service aux musiciens. »

Il me disait cela le dimanche, il quittait ma campagne le mardi matin bien portant et gai ; le mercredi soir il mourait subitement chez lui, et le vendredi matin nous le conduisions à sa dernière demeure, au cimetière de Montmartre.

Azévedo vivait par la musique et pour la musique. Pourtant une seconde passion hantait son cerveau, celle des chiffres.

Dans les salons, il obtenait un succès fou par le jeu suivant : il demandait l'année et la date de la naissance d'un chacun, puis il restait une seconde silencieux et après cela il disait : « Vous êtes né un tel jour ! »

D'autres fois, donnant des almanachs des années précédentes et de l'année présente, il demandait qu'on lui indiquât des dates. L'un disait : 25 avril ; lui répondait : un mardi. L'autre disait : 10 avril ; il répondait : vendredi. Jamais il ne se trompait.

Un jour, dans un journal, on lisait une biographie de Rossini. L'auteur assurait que son premier opéra avait été joué en France telle année et à telle date. Azévedo réfléchit un instant, ensuite s'écrie : « C'est faux ! cette date tombait un dimanche, et jamais première représentation n'est donnée un dimanche à Paris. »

On le plaisante, lui disant qu'il est impossible qu'il sache si c'était un dimanche ou un samedi, car il fallait remonter de vingt ans en arrière.

Alors, prenant un papier il dit : « Posez-moi les dates au hasard dans le courant de cette année, je vais les écrire et nous irons contrôler à la bibliothèque.. dites-m'en si vous voulez de 1815, de 1830. »

On lui marque 20 janvier 1815, 15 octobre même
année, 10 juillet 1830 et enfin la date de la représentation de l'opéra de Rossini; il met les jours à
côté, les paris s'engagent. On va à la bibliothèque, on consulte les calendriers, il ne s'était pas
trompé.

Nul ne pouvait comprendre sa façon d'opérer et
on le proclamait un merveilleux mathématicien.

Il m'a donné la clef de sa méthode, le résultat
d'un calcul savant qui permet à l'homme le plus
ignorant de faire ce tour de force.

Je vais vous livrer ce secret avec la formule
qu'il m'a donnée et qui est fort originale.

Prenons, par exemple, une année commençant
un mercredi. Je dis : pour la semaine, il manque
le lundi et le mardi, soit deux que je retiens ;
maintenant je mets dans ma tête la formule inepte
suivante :

Janvier, bonbon, sirop, qui me donne zéro.

Février, le mois le plus étroit de l'année, ce
qui me donne trois.

Mars, dieu de la guerre, guerre de Troie, me
donne également trois.

Avril, la scie du poisson d'avril, me donne six.

Mai, mois des parfums, des roses, me donne un.

Juin, on se met à quatre pour couper les foins,
soit *quatre*.

Juillet, les Suisses furent occis pendant la révolution, me donne six.

Août, on est malade, on va aux eaux, c'est
hideux dans les piscines : soit deux.

Septembre, l'exercice de la chasse est sain : soit
cinq.

Octobre, vin nouveau, sirop : soit zéro.

Novembre, les morts sont à l'étroit dans leur caisse : soit trois.

Décembre, les portiers deviennent doux comme des saints : soit cinq.

C'est idiot, mais par cela même la formule se fixe dans la mémoire.

Donc vous voulez savoir quel jour tombe le 15 août, par exemple, vous additionnez ainsi :

> 15 date,
> 2 formule mois,
> 2 pour les jours manquant à l'année,

vous avez 19.

Du chiffre obtenu il faut toujours prélever, autant que faire se peut, 7 de 19 ; vous enlevez donc 14, il vous reste 5, ce qui vous donne le cinquième jour de la semaine, le vendredi.

Cette année, par exemple, ayant commencé un lundi, la semaine se trouve intacte, vous n'avez rien à ajouter. Vous dites simplement, par exemple :

> 31 décembre, chiffre mois,

la formule vous donne 5 pour décembre,

soit. . . . . 36. Cinq fois sept faisant trente-cinq, vous retranchez trente-cinq. il vous reste un, le jour de l'an de 1884 sera donc un mardi. Avec ce calcul, vous pouvez remonter en calculant par les derniers jours de l'année, vous trouvez le premier, et vous allez d'une année à l'autre en arrière ou en avant. Lorsque février a vingt-neuf jours, si l'année ayant commencé un jeudi vous avez ajouté trois pour les jours manquant à la semaine, dès mars vous n'ajoutez plus que deux.

Je vous promets un grand succès dans les salons si surtout vous comptez rapidement, et si vous donnez à la société plusieurs vieux calendriers, vous pourrez dire les jours de toutes les dates, vous passerez pour un grand mathématicien! Cela m'est arrivé, à moi dont l'esprit est rebelle aux mathématiques. Je dévoile le truc, c'est mal de se parer des plumes du paon. Tout l'honneur revient au profond calcul fait par mon défunt ami Azévedo.

Rossini — un glabre lui aussi, — avait de l'esprit, sa conversation était amusante, semée de mots spirituels. Faire des mots, c'est la grande préoccupation du dix-neuvième siècle !

J'ai fait la connaissance de cet illustre compositeur au bord du lac du bois de Boulogne par une après-midi d'hiver. Il gelait à pierre fendre, je regardais patiner. Auber était là, bien enveloppé de fourrures, gai, pimpant, il causait avec Rossini à qui il me présenta. Comme Auber me demandait pourquoi je ne patinais pas, je lui dis en riant que je ne me risquerais sur la glace que s'il venait y glisser avec moi. Il allait chausser un patin lorsque Rossini, le tirant par le bras, lui dit :

— Malheureux, et si vous alliez faire une chute, quel pronostic fâcheux pour votre *Premier jour de bonheur* dont la première aura lieu la semaine prochaine !

— C'est vrai, fit Auber, je ne me lancerai sur la glace qu'après ma première représentation.

— Seriez-vous donc superstitieux, monsieur Rossini ? dis-je.

— Si je le suis ! Mais les imbéciles seuls ne le sont pas, et je ne cesserai de l'être qu'après qu'un

de ces prétendus esprits forts m'aura prouvé pourquoi le 13 ne peut être un chiffre néfaste, le vendredi
un jour malheureux, pourquoi le duc A... et le
comte G... ne peuvent être jettatores! Jusqu'à
présent ces prétendus esprits forts se contentent
de hausser les épaules, et de dire : « Tout cela, ce
sont des bêtises ! » — Ce qui, avouez-le, ne prouve
rien du tout. Ce que vous appelez ma superstition
est basé sur l'expérience, et leurs haussements
d'épaules ne sont basés que sur leur sotte ignorance. Tout est mystère autour de nous, l'incom-
préhensible nous régit, les savants constatent mais
ils n'expliquent pas, donc il est absurde à eux de
vouloir limiter le possible et dire : Il est impossible
que M. un tel porte malheur, il est impossible que
le vendredi soit un jour néfaste.

Et, avec une verve intarissable, Rossini nous
conta des histoires de jettature, nous dit les mésaventures qui lui étaient arrivées par le fait de personnes ayant le mauvais œil, et les mécomptes
qu'il avait essuyés pour des choses entreprises le
vendredi. Je me souviens d'une anecdote assez
drôle mais un peu... légère, c'est-à-dire naturelle.
Or, tout ce qui est naturel est indécent d'après les
lois créées par la société qui a remplacé le naturel
par le convenu, en tout et en amour surtout. Ceci
dit, je me risque à gazer la mésaventure de Rossini.

Il était amoureux fou d'une belle Italienne ;
depuis trois mois, il implorait en vain ce que les
hommes nomment une preuve d'amour. Enfin !
ô bonheur ! un jour elle lui écrit un tendre billet,
sa constance l'avait touchée. Elle lui donnait rendez-
vous pour le soir même, à onze heure et demie,
après le théâtre ; c'était un jeudi. Exact comme

un amoureux, à la demie sonnante, Rossini arrive chez elle, elle rentrait du théâtre, elle le prie de l'attendre au salon, et elle va quitter sa toilette et mettre un galant déshabillé. Elle revient vers lui, belle à miracle et les yeux brillants, elle accueille bien ses serments et ses baisers. Minuit sonne, les trouvant encore à lire la préface.

Après le dernier tintement de la pendule c'était vendredi qui commençait... Vendredi, ce jour néfaste ! fit que Rossini ne put faire lire le livre entier à sa belle, il le priva de sa puissance ordinaire. La dame ne lui pardonna point, elle ne voulut plus le revoir.

—Depuis, nous dit-il, jamais plus je n'ai accepté de rendez-vous le jeudi soir.

Comme il était en train de nous narrer toutes les mésaventures que la rencontre du comte G... lui avait values, nous voyons tout à coup ce personnage s'approcher du lac, il causait avec le duc d'A..., un autre réputé jettatore.

— Que va-t-il arriver, les voilà tous les deux ! s'écrie Rossini, en portant fiévreusement la main à la corne de corail qui ornait ses breloques.

Il n'avait pas fini sa phrase, que, le hasard est parfois bien extraordinaire, un craquement lugubre se faisait entendre, la glace venait de se rompre dans le milieu du lac, où plus de cent personnes patinaient ; et nous vîmes disparaître un patineur, puis deux, puis trois... je ne sais plus combien il y eut de victimes, car je me sentis défaillir à cet horrible spectacle et je fermai les yeux... Rossini et Auber n'entraînèrent loin du lac à moitié sans connaissance, on me hissa dans le coupé d'Auber que me reconduisit chez moi.

A trois jours de là, Rossini m'écrivit un mot pour m'inviter à aller dîner dans sa villa. « Eh bien ! eh bien ! me dit-il dès mon entrée dans le salon, croyez-vous à la jettature à présent ? » Pendant tout le dîner, il nous conta des histoires de mauvais œil. Olympe, sa femme, écoutait d'un air railleur, elle semblait dire que de pauvres esprits comme nous pouvaient seuls prêter l'ombre d'une créance à ces sottes histoires.

Cette dame n'avait absolument rien d'aimable, elle était d'humeur grondeuse, et d'une avarice si peu dissimulée, que lorsqu'un convive nouveau et ignorant le caractère de cette détestable personne demandait une seconde fois d'un mets, la peu céleste Olympe lui disait d'un ton sec : « Mais je croyais qu'on vous avait déjà servi ! »

Ceux qui voulaient se rendre favorable cette dame dînaient avant d'aller dîner chez Rossini, ils touchaient à peine aux mets, buvaient un peu d'eau rougie ; alors Olympe les regardait d'un air attendri et disait d'eux : Ils sont charmants et bien élevés ceux-là, au moins !

Olympe Rossini et la femme de Cham étaient sœurs par leur caractère désagréable, par leur avarice sordide, je ne pouvais voir l'une sans me dire : Si l'autre était ici ce serait complet ! Cham et Rossini paraissaient subir avec une gaie philosophie leur harpie, mais au fond ils devaient souffrir un supplice de tous les instants très intolérable.

C'est étonnant comme les hommes de talent et d'esprit s'accouplent facilement non seulement avec des femmes de peu, mais encore avec des femmes tout à fait insupportables !

Dans mes souvenirs une figure, ou plutôt un

esprit se détache vigoureusement, c'est celui de Davoud-Pacha. Des vilains bruits ont couru sur lui à la fin de sa carrière, j'aime à croire qu'ils ne sont pas fondés, et qu'il n'a pas puisé dans la caisse des finances turques. Un homme d'esprit, un savant, un érudit devenir un vulgaire indélicat, me paraît une chose improbable.

Voici comment je fis la connaissance de ce pacha. Il était alors gouverneur du Liban, moi j'étais à Beyrouth, j'avais besoin d'une escorte pour m'aventurer dans des régions du Liban fréquentées par les Turkomans.

J'allai chez le gouverneur pour solliciter cette escorte de sa bienveillance, et je me demandais avec inquiétude si j'allais trouver en lui un Turc un peu civilisé, ou un vieux Turc ne connaissant pas notre langue.

Arrivée au palais du gouvernement, je tendis ma carte à un domestique et j'attendis. Deux minutes après, Davoud vint à moi, la main tendue. «Voilà, me dit-il en excellent français, une agréable surprise! Que tous les dieux de l'Olympe vous bénissent pour la bonne pensée que vous avez de venir voir le pauvre ermite du Liban! »

Tout en parlant il m'entraînait dans une grande salle meublée à l'orientale, mais ornée d'un grand bureau en bois de rose avec incrustations de cuivre, il était couvert de papiers écolier, de notes.

— Mais, dis-je, on croirait, Excellence, que vous faites de la copie ?

— Comment, vous ignorez! Je suis un confrère, j'écris, je prépare un travail sur les législations de l'Orient. Et voilà, me dit-il, mon premier ouvrage.

Il me donna deux gros volumes.

Avec une patience de bénédictin, il avait assemblé, commenté et traduit du latin et de l'allemand, en français, toutes les lois éparses qui ont régi les Francs-Saliens, les Francs-Saxons, les Burgondes, les Wisigoths et les Ripuaires, toutes ces lois enfin qui formulent le *Corpus juris* germanien *antiqui*.

Son ouvrage, bien conçu, bien exécuté, est le seul qui puisse nous donner une idée exacte des mœurs de ces hommes, les législations étant des miroirs où se reflètent les mœurs, les idées, la barbarie ou la civilisation des peuples.

Trouver un savant, un écrivain, quelle agréable surprise ce fut pour moi !

Tout en me faisant asseoir sur un bon divan, tout en m'offrant du café et des cigarettes, il me parla de ce livre : « Lisez-le, me dit-il, il vous intéressera; vous verrez que ces peuples que volontiers nous nommons des barbares avaient édicté des lois plus justes envers la femme, que celles qui se trouvent dans le code Napoléon. Chez eux, elle était une personne civile, elle avait des droits, elle pouvait ester, servir de témoin, lever des armées, se battre en duel, si elle ne préférait pas choisir des champions. »J'ai lu et relu son livre qui est tout à fait remarquable, et j'en conseille la lecture à ceux qui ne le connaissent pas.

Davoud-Pacha me demanda ensuite des nouvelles de Paris, il était au courant de tout, il lisait toutes nos œuvres littéraires, c'était un vrai Parisien, parlant et écrivant notre langue avec pureté et jugeant nos écrivains avec un grand sens critique.

Il m'accorda mon escorte. De retour de mes excursions dans le Liban, je lui fis de nombreuses visites ; il m'accueillait toujours avec un cri de joie. Voilà la jeune France qui arrive ! disait-il, — et bien vite nous commencions de bonnes causeries littéraires et philosophiques. Je vous jure qu'on goûte ce plaisir avec plus d'intensité alors qu'on est bien loin de Paris et dans un pays non civilisé.

Je retrouve dans mes papiers une lettre que Davoud-Pacha m'écrivait en réponse à un mot d'adieu que je lui avais écrit d'Egypte pour le remercier de beaux fruits qu'il m'avait envoyés et aussi pour lui annoncer que je retournais en France.

On verra que ce Turc écrivait comme un Français du dix-huitième siècle, d'une façon charmante mais un peu précieuse.

Beit Eddin, 23 avril 1866.

« J'ai reçu votre aimable adieu d'Alexandrie, madame, je vous remercie d'avoir pensé à moi. Vous avez très mal fait d'avoir mal à la gorge, l'angine est une désagréable maladie ; malheureusement pour vous, elle aime les jolies gorges, faites attention, elle peut revenir. Ma foi, si j'étais à sa place je vous aurais fait de plus fréquentes visites, ne vous fâchez pas, chacun son goût et sa folie, et pour un *Papillon* qui a dit tant de mal des hommes tout n'est pas dit, et nous réglerons nos comptes lorsque j'aurai mon petit secrétaire (en riant je lui avais demandé ce poste). Pourquoi en vouloir tant à notre sexe ? Vous dites du mal de vous-mêmes car nous sommes votre moitié.

« Votre ouvrage intitulé : *Comment aiment les*

hommes est un méchant écrit ; il prouve... Je n'ose pas le dire, mon petit secrétaire vous répondra. J'aime mille fois mieux votre miss Arabelle, c'est une charmante petite créature, le cœur plein d'indulgence et aux yeux bleus, j'en suis sûr ; elle est bonne et tendre, pleine d'esprit. Ici, je m'arrête, je crains de dire une grosse bêtise, vous seriez capable de montrer ma lettre à tout le monde. En voilà assez sur ce sujet. Que faites-vous à Paris ? Pensez-vous quelquefois à l'ermite du Liban ? Lisez-vous son ouvrage, surtout les préfaces ? Vous avez horreur des préfaces vous, madame, au fait vous avez raison, rien n'est plus bête et peu modeste qu'une préface ; l'auteur parle de lui, il suppose qu'on s'intéresse à lui avant d'avoir connu ce qu'il a écrit, c'est bête ! Heureusement, c'est une bêtise commune à beaucoup de gens ; on ne la remarque presque pas. C'est égal, en publiant mon ouvrage sur la législation des peuples de l'Orient, je ne ferai pas de préface. Je parlerai de tout le monde excepté de moi, on se demandera pourquoi je n'ai pas écrit de préface. Le public est si curieux qu'il veut tout savoir, même quand il n'y a rien à savoir, et, forcément, il s'occupera de moi. Ce que je dis là n'est pas modeste, je le sais bien, mais la modestie est un raffinement de la vanité.

« Tout est tranquille dans le Liban, les maris sont heureux et les femmes ne se plaignent pas.

« J'ai beaucoup de projets, je veux faire de mon palais un petit paradis, dans l'espoir que le harem sera peuplé un jour d'une jolie petite houri que je connais. Enfin, je compte aller cet été à Constantinople, entre le mois de mai et le mois d'août, et je vous défends bien de venir ici pendant mon absence ; vous seriez capable d'apprendre à mes femmes et à mes odalisques toutes sortes d'espiègleries. Adieu, madame, pensez à moi si vous pouvez, et donnez-moi quelques nouvelles de Paris. J'adore les cancans et surtout les cancans littéraires. Ici, je m'arrête, mon esprit se trouble, vous me donnez des distractions, je vous vois en amazone, une petite cravache à la main, fumant gentiment, vous moquant de tous les vieux pachas qui vous admirent et peut-être même de celui qui se dit

« Votre dévoué serviteur,

« DAVOUD. »

On le voit, Davoud-Pacha connaissait même l'aimable marivaudage du dix-huitième siècle.

Il est mort tristement dans un coin de la France où il avait été prendre les eaux. L'accusation de malversation portée contre lui par la Porte l'avait fort impressionné. S'il eût été coupable, il me semble qu'il eût moins souffert.

Le marquis Alexis de Pomereu a été une personnalité très sympathique et très originale ; il est mort à Aix en Savoie au moment où les Prussiens allaient assiéger Paris.

Petit-fils par sa mère du fameux marquis d'Aligre, il appartenait par son père et par sa mère à deux très anciennes familles du noble faubourg Saint-Germain.

Mais une justice à lui rendre, c'est qu'il faisait beaucoup moins de cas de ses quartiers de noblesse que de son titre d'avocat et de son talent littéraire; il mettait sur ses cartes de visites: Alexis de

Pomereu, avocat, membre de la société des gens de lettres et syndic des meuniers de la vallée d'Andel.

Ceci n'était point une pose. « Je n'ai rien fait, disait-il, pour naître fils d'un marquis et j'ai travaillé pour devenir avocat et pour arriver à écrire en bon français et avec quelque esprit ; de plus, si les meuniers m'ont nommé leur syndic, cela prouve qu'ils savent que je m'entends à leurs affaires et qu'ils ont de l'estime pour moi. »

Une brochure qu'il publia chez Dentu, sous le titre de *Lettre à monsieur d'Orléans*, et signée « *Un paysan du Danube* », eut un grand succès, succès bien mérité car l'auteur y maniait le fouet de la satire avec une rare habileté, il était impossible de railler plus cruellement sans cesser d'être homme du meilleur monde.

Il écrivait souvent dans le *Sport* des articles pleins d'humour et qui étaient d'un style très brillant, il les signait V. de Vornoux. Ce pseudonyme fut cause que je fis très bonne connaissance avec le marquis Alexis de Pomereu. Un jour, je reçus une lettre aimable signée Vornoux ; son auteur me disait qu'il serait enchanté de faire le sport dans le *Papillon*. Le papier avait l'entête du *Sport*, je répondis à M. de Vornoux au journal le *Sport* que j'accepterais avec plaisir ses articles.

Il m'envoya plusieurs causeries sur les courses et sur les *potins* mondains, ils étaient spirituels et de bon goût, je les insérai, et comme l'auteur ne venait pas toucher le prix de sa copie, je le priai par un petit mot de passer à la caisse du journal. Un jour je vis arriver un monsieur assez mal mis, ayant les attaches vulgaires, mais des yeux intelligents et un bon sourire bien franc, un de ces sourires inspirant de suite la sympathie.

— Mais vous m'avez donné, madame, me dit-il en se frottant les mains joyeusement, une excellente nouvelle, j'ai donc de l'argent à toucher chez vous.

Je fis son compte, je lui devais cent francs, je lui offris cinq beaux louis tout neufs... Il se mit à les considérer avec une tendresse telle, que je me dis que ce pauvre diable devait être dans une *dèche* complète et je m'applaudis fort d'avoir eu la bonne pensée de lui écrire de venir toucher.

Je lui tendis le livre à reçus, il écrivit un reçu en due forme puis me rendit le livre et je vis qu'il avait signé Alexis de Pomereu !

Je venais d'offrir cinq louis à un grand seigneur ayant près d'un million de rentes !

Je voulus m'excuser, mais il s'écria gaiement que ces cinq louis le rendaient l'homme le plus heureux de la terre qu'il était très fier de voir que son esprit pouvait lui rapporter des écus sonnants. « Je vois que je puis me ruiner, car je serais capable de gagner ma vie tout comme un autre, s'écria-t-il d'un air tout joyeux. »

Il empocha les cinq louis, mais le soir il m'envoya un bibelot de prix. Comme je continuais à lui payer ses articles, il disait à tout le monde que grâce à moi il pouvait vivre.

Sous une apparence un peu rude, il avait un esprit très fin, et une grande délicatesse de sentiments; c'était l'ami le plus sûr, le plus dévoué du monde. Il choisissait ses amis dans les lettres: Ponsard et Tony Révillon ont été deux de ses amis les plus intimes, et j'ai été le troisième. Il était fort bohème de caractère; dans une mansarde, vivant

16

au jour le jour il aurait été parfaitement heureux.

Ceux qui le connaissaient bien l'aimaient beaucoup, les autres le détestaient, l'accusant d'être brutal et mal élevé: il n'était ni l'un ni l'autre, c'était un vieil enfant terrible disant tout ce qui lui passait par la tête, mais ayant le tact pourtant de ne pas dépasser certaines limites. Les courtisans de Napoléon l'avaient en horreur par suite de la demande suivante qu'il leur faisait chaque fois qu'il en rencontrait un :

— Eh bien, monsieur, quoi de nouveau dans votre basse-cour ?

Un soir, il était en soirée chez moi, je lui présente le général Geffrard, ex-président d'Haïti, un nègre à la peau du plus beau noir. Les premières paroles que lui adressa Pomereu furent celles-ci:

« Je vous en prie, général, fixez-moi sur une chose qui m'a toujours préoccupé: les nègres sont-ils satisfaits de leur peau noire, la trouvent-ils aussi jolie ou plus jolie que la peau blanche ? »

Je fus consternée de cette demande d'un goût douteux, et toutes les personnes qui étaient dans mon salon partageaient le sentiment de malaise que j'éprouvais. Le général Geffrard se montra homme d'infiniment d'esprit, voici quelle fut sa réponse:

« Le blanc rosé me paraît une si charmante couleur, et le noir une si déplaisante couleur, qu'au moment où le peuple haïtien m'a renversé j'allais le blanchir, je comptais faire venir quelques milliers de jeunes garçons et de jeunes filles d'Irlande, j'aurais marié les premiers avec des négresses et les secondes avec des nègres, j'aurais ainsi obtenu des mulâtres qui mariés à des blancs auraient produit des enfants tout à fait blancs, ne conservant plus comme souvenir de leur race que le cercle typique autour des ongles. »

Malgré la façon dont le marquis était entré en conversation avec lui, Geffrard le prit en grande amitié, et il accepta avec empressement l'invitation qu'il lui fit d'aller passer quelques semaines dans son château du Héron, près de Rouen.

Alexis de Pomereu, fils du marquis de Pomereu, célèbre par son avarice, petit-fils du marquis d'Aligre, plus avare encore, avait la réputation d'être avare lui aussi, mais sa prétendue avarice n'était qu'originalité. Ainsi on le rencontrait à l'hôtel des ventes, et avec un grand sérieux il vous disait : « Moi j'achète ici mes meubles et mes tapis, car les tapissiers sont des voleurs, ils vendent horriblement cher. »

Vous vous disiez que c'était un vrai ladre ; mais si, plus lié avec lui, vous assistiez à ses achats, vous vous aperceviez qu'il achetait une foule d'objets ne lui étant point utiles ; il les entassait dans une immense pièce du rez-de-chaussée de son hôtel de la rue de Lille. Souvent il conduisait ses amis dans cette salle, et il leur offrait tous les objets qu'ils trouvaient à leur goût.

Un jour, le baron de P... et moi, nous lui fîmes la plaisanterie suivante : Nous nous fîmes ouvrir le capharnaüm ; le baron fit enlever un vieux bahut par un commissionnaire et le fit porter chez lui, moi je choisis un grand tableau représentant un paysage des environs de Rome, je le fis transporter dans ma campagne de Maisons-Laffite. Nous recommandâmes au valet de chambre de ne rien dire à son maître.

Le lendemain, le baron de P... invite Pomereu
à déjeuner, il m'invite aussi. Le bahut était en
évidence. — « Tiens! s'écrie Pomereu, j'ai acheté
l'autre jour à l'hôtel des ventes un bahut absolument semblable au vôtre et il ne m'a coûté que
quatre cents francs.

— C'est impossible que vous ayez un meuble
aussi artistique, vous n'achetez jamais que de la
drogue, lui dit le baron.» Pomereu jure qu'il a bien
un bahut tout pareil. Un pari de cinq cents francs
s'engage. Après déjeuner, le marquis voulait nous
conduire chez lui. « Non, fis-je, ce sera pour demain; venez tous les deux dîner chez moi, à Maisons-Laffite. »

L'idée lui sourit. Il fit atteler à son panier six
ravissants petits poneys noirs qu'il possédait, et
nous partons pour Maisons. Arrivé chez moi, il se
campe devant son grand tableau qui tenait tout
un panneau de mon salon.

— Ah! par exemple! s'écrie-t-il, vous ne me
direz pas que ceci n'est point une copie d'un grand
tableau que j'ai acheté il y a quelques mois...
Seulement la copie est mal faite. Dans l'original,
les personnages sont traités avec plus de soin; la
perspective est meilleure.

La remarque nous mit en gaieté. Je lui affirmai
que mon tableau était l'original et non une copie,
puis je lui proposai de parier mille francs qu'il
n'avait point chez lui un tableau semblable au
mien; il accepta le pari. Toute la soirée, il se
frottait les mains en riant et en disant : « Ces
pauvres amis, comme je vais les ruiner! Car vous
savez, les paris, ça se paie...

— Mais certes oui, ça se paie, lui disions-nous,

et vous paierez les vôtres. » Le lendemain, nous
allâmes déjeuner chez lui ; bien vite il nous conduisit dans son capharnaüm, et le voilà tournant
et retournant tous les meubles et bibelots qui y
étaient entassés pour trouver le bahut et le tableau.
Enfin, appelant son valet de chambre, il lui demande s'il ne sait pas ce que ces deux objets sont
devenus.

Joseph comprenant la plaisanterie que nous
avions faite à son maître répond que le tableau a
été porté chez moi et le bahut chez le baron de P...
Notre ami Pomereu fut pris d'un accès de folle
gaieté ; il était radieux, ravi.

— Quel imbécile j'ai été ! comment n'ai-je pas
compris ! je mérite de payer mes paris doubles.

Lorsque nous nous mîmes à table, le baron
trouva vingt-cinq louis en sous dans une grande
soupière placée devant lui, et moi je trouvai mille
francs en pièces de cinq francs rangées en piles
autour de mon assiette. Il avait lancé trois domestiques dans le quartier pour trouver des sous et
des pièces de cinq francs.

Cette plaisanterie le rendit joyeux pendant long
temps. Il contait les bons tours que nous lui avions
joués et il disait : « Ces deux-là, au moins, me
traitent en bon camarade. »

Vous m'avouerez bien que ce prétendu avare
avait une singulière avarice !

Un autre jour, il se trouvait chez moi avec la
princesse de la Trémouille comtesse de Wiskerloot.
Comme il faisait des compliments sur les belles
fleurs qui ornaient ma jardinière, je lui fis observer
qu'il ne m'avait jamais envoyé la moindre fleur.
La princesse lui fit le même reproche. « Voilà

16.

vingt ans, lui dit-elle, que je vous connais et vous
ne m'avez jamais envoyé un bouquet. » Il nous
répondit qu'il n'était pas étonnant qu'il ne nous
en donnât pas à nous, puisqu'il n'avait jamais
songé à en offrir aux femmes qui étaient pour lui
plus que des amies.

— Faites ce que vous voulez avec celles-là, lui
dit la princesse, mais nous, vos amies, nous enten-
dons que vous nous donniez des fleurs.

— Mais c'est si ridicule ! fit-il.

— Non, répondit la princesse, ce n'est pas ridicule mais coûteux, et c'est par avarice que vous ne
donnez pas des fleurs.

Nous parlâmes d'autres choses.

Le lendemain matin, le jour filtrait à peine à
travers mes rideaux, il était six heures peut-être,
lorsqu'on carillonne à ma porte, ma femme de
chambre finit par s'éveiller, bientôt elle arrive
dans ma chambre tout effarée.

— On apporte des fleurs, me dit-elle.

— Eh bien ! dis-je, c'est inutile de m'éveiller
pour cela, prenez-les.

— Mais où dois-je les mettre ?

La question me parut singulière.

— Placez-les sur le balcon si elles sont en pot.

— Mais jamais elles n'iront toutes, il y en a toute
une grande charrette !

Etonnée je me levai, on montait chez moi des
arbustes, des plantes de toutes sortes : déjà le salon,
la salle à manger étaient combles, et il y en avait
encore.

Pomereu avait été attendre l'arrivée des voitures
de jardiniers venant au marché de la Madeleine et
il avait acheté en bloc toute une voiture. Jamais

mon logis n'aurait pu contenir toutes ces plantes, j'en gardai une centaine et je traitai avec le jardinier pour qu'il me portât les autres à Maisons-Laffite, il y en eut assez pour garnir tout mon jardin.

Au marché suivant, la princesse de la Trémouille reçut aussi sa charretée de fleurs, elle en orna la cour de son hôtel de la rue Montaigne, son escalier et tous ses salons.

Pomereu nous annonça que, pour ne plus mériter nos reproches, il nous enverrait une charretée semblable deux fois par an, et il tint parole.

Parfois le sang d'Aligre lui faisait commettre des petites mesquineries dont son esprit faisait prompte justice, du reste. Ainsi un jour il a la bonne pensée de souhaiter sa fête à la comtesse d'Asch. Mais il veut faire cette galanterie à bon compte, il avait acheté une superbe jardinière, à un prix très modique par la raison qu'elle avait un pied cassé, il recolle artistement le pied, la fait garnir de fleurs et il l'envoie. Mais la comtesse d'Asch avait de bons yeux, elle aperçoit la cassure et elle écrit au marquis qu'elle le remerciait de la bonne pensée qu'il avait eue de lui souhaiter sa fête, mais qu'elle ne saurait accepter une jardinière cassée et qu'elle espérait bien en recevoir une toute neuve.

Il rit beaucoup. «La vieille a de bons yeux, dit-il, je n'ai pu lui caser ma vieillerie. » Et il s'empressa de lui en envoyer une autre toute neuve.

Il aimait beaucoup à faire des cadeaux originaux. Une année, au jour de l'an, il envoya une vipère en or avec les yeux en brillants à la comtesse de S..., la femme à la langue de vipère; il mit sa carte dans l'écrin en écrivant ces mots au-dessous de son nom : « Chère comtesse, je me permets de vous offrir une de vos sœurs. » A Mᵐᵉ de O... il envoya un joli petit singe. Cette dame l'accepta, seulement elle lui fit faire une cage en argent massif, elle envoya la facture à Pomereu en lui disant : « Cher ami, vous aviez oublié la cage. »

Il paya et trouva la dame fort spirituelle.

Se trouvant un jour à l'hôtel des ventes, dans une salle où l'on vendait un lot de casseroles en fer battu, il acheta tout le lot, il enveloppa avec soin ces objets dans du papier de soie, les lia avec des faveurs, et il envoya ces ustensiles de cuisine à ses cousines, belles-sœurs et amies du faubourg, à l'une une casserole, à l'autre une bouillotte. On devine l'étonnement de ces dames en défaisant ces paquets et en trouvant une vulgaire casserole. Ce cher Pomereu était un grand enfant, ayant beaucoup d'esprit et encore plus de cœur, il a été pour moi le meilleur et le plus charmant des camarades.

Il avait la fille de théâtre et la courtisane en horreur. On ne lui a connu que trois liaisons qui ont duré quarante ans à elles trois : la première avec une princesse dont les aïeux étaient aux croisades, la seconde avec une princesse dont la noblesse date de notre siècle, et la troisième avec une jeune et jolie Anglaise fort bien née elle aussi.

Tout en étant un amant magnanime, je crois qu'il devait être peu agréable, tandis qu'il était l'ami le plus charmant, le plus dévoué qu'on puisse rêver. La société parisienne a perdu en lui un type très original et très sympathique, et les littérateurs ont perdu le meilleur des camarades.

Un jour, dans une revue que j'avais fondée vers la fin de l'empire et qui s'appelait la *Revue cosmopolite*, un de mes collaborateurs avait eu le mauvais goût et l'injustice d'écrire un article de critique acerbe contre notre grand et sympathique astronome Flammarion. Comme j'avais déclaré les opinions libres chez moi, je me résignai quoique à regret à laisser passer cet article. Quinze jours après, j'étais en soirée; un jeune homme très barbu, encore plus chevelu, au regard intelligent et à l'air bon enfant, vient m'inviter pour une polka: mon carnet était plein, je dus refuser. Alors en souriant il me dit: « Je suis Camille Flammarion, vous m'avez fait un tel éreintement dans votre journal que vous me devez bien une compensation. »

Ce détail est typique, il indique bien le caractère charmant de ce savant incapable de garder rancune.

Flammarion possède un esprit qui est à la hauteur de son intelligence, et ceci n'est point général, certains hommes d'une intelligence lumineuse et profonde sont complètement dépourvus d'esprit.

Flammarion est bien doué, il est en plus un bon et excellent garçon pas du tout poseur, sa très réelle science ne lui a point donné le vertige.

Il vit la vie humaine de la plus singulière façon du monde: il ne sait rien de ce qui se passe sur la terre; les luttes politiques, les querelles mesquines lui sont indifférentes, il les ignore même, tout préoccupé qu'il est des choses du ciel. Son corps seul est sur la terre, sa pensée va de Jupiter à Mars, il vit dans les étoiles, il ne quitte ces astres que pour fixer sa longue-vue sur les montagnes de la Lune, ses yeux assoiffés d'infini regardent sans voir les petites choses de la terre.

Lorsque, sa vie humaine terminée, il arrivera dans le monde des esprits, si un esprit curieux lui demande ce qui se passe sur cette terre qu'il vient de quitter, tout étonné Flammarion répondra : Mais je n'en sais absolument rien, j'ai classé les étoiles, j'ai décrit la lune et les planètes et je n'ai point eu le temps de faire bonne ou mauvaise connaissance avec les choses humaines et terrestres !

Non seulement je l'admire, mais encore je l'envie; vivre le regard fixé vers l'infini! pouvoir sonder l'insondable et pouvoir rester indifférent aux choses mesquines de la vie terrestre, c'est faire de la façon la plus agréable son étape humaine.

Je viens de parler du monde des esprits.

Voici le moment venu de faire un aveu. Je suis spirite! oui, j'appartiens à ce groupe de quelques millions d'hommes, croyant à la communication entre le monde des humains et le monde des esprits, celui des êtres dépouillés de leur prison de chair, d'os, de muscles et de peau !

Je sais bien que je m'expose à un terrible danger en avouant cela; les uns diront que je suis folle, les autres diront que je ne suis qu'une hallucinée, quelques-uns haussant les épaules de pitié s'écrieront que je suis la victime d'habiles farceurs.

Ma belle amie Thilda souriant malicieusement se dira que j'ai pris le grignotement d'une souris pour un esprit, et tenant la parole qu'elle a donnée aux lecteurs du *Gil Blas*, elle nous apprendra de quels animaux descendent les spirites.

Si les qualités se transmettent, l'animal dont je descends était logique, curieux et chercheur, car

j'ai ces trois qualités ou ces trois défauts à une
forte dose. J'ai aussi la bravoure du soldat français,
devant un feu roulant de mots méchants, devant
les rires les plus moqueurs, devant les railleries
les plus implacables, je ne bronche pas, et je dis :
cela est. On peut communiquer avec ceux qu'on
appelle morts, et qui ne sont que des esprits dépouillés de leur enveloppe.

A tous les spirituels et très aimables railleurs —
de ceux qui ne sont ni spirituels ni aimables, je
ne saurais m'occuper — je fais observer ceci :
j'étais, moi aussi, très incrédule, très ennemie du
merveilleux, et j'avais la sottise de dire : « Ceci est
impossible. » Ce n'est qu'après avoir beaucoup vu,
beaucoup étudié et beaucoup pensé que j'ai compris combien il était absurde de vouloir limiter le
possible.

Moi aussi j'ai raillé les spirites, j'ai affirmé que
les uns étaient des crédules, les autres des farceurs.
Avais-je plus d'esprit alors qu'à présent ? Non, mon
intelligence était moins ouverte, et mon esprit
était moins chercheur. A vingt ans, on pose volontiers en sceptique, on a la bêtise de croire qu'en
affectant de ne donner créance à rien on prouve
que l'on sait beaucoup !

A vingt ans, l'esprit n'est pas mûr, l'intelligence
n'est point ouverte, toute la science consiste à
avoir la mémoire plus ou moins bourrée de faits et
d'idées toutes faites, idées qu'on ne s'est point donné
la peine de discuter.

De vingt à quarante, si l'on continue à étudier,
si l'on réfléchit et si l'on pense beaucoup, l'intelligence personnelle se développe, on marche vers
la science universelle, et parfois l'on devient assez

savant pour se rendre compte qu'on n'est qu'un ignorant. Arrivé à ce degré, le plus élevé, hélas! que nous puissions atteindre, nous ne repoussons plus aucune théorie, aucune idée, et nous comprenons que tout est possible.

Lorsque je raillais, j'étais donc moins intelligente encore qu'aujourd'hui; de plus, je niais sans savoir pourquoi je niais, et aujourd'hui je crois à la suite d'une succession de preuves irréfutables que j'ai obtenues, et j'ai cette supériorité sur ceux qui raillent, et qui font comme l'aveugle qui nierait les couleurs par la seule raison qu'il ne les voit pas:

J'ai obtenu des preuves!

Ma foi est basée sur une succession de faits froidement étudiés: j'ai vu! Qu'on rie, qu'on raille, que m'importe!

Mais le ridicule tue, me dira-t-on. — Allons donc! il tue si peu, que je connais une foule d'hommes qui ont pris des bains de ridicule, et qui pourtant se portent fort bien.

Ne pas oser affirmer une vérité par crainte du ridicule, mais ce serait une lâcheté dont je suis incapable. — Pour soutenir la vérité je braverais un boulet de canon et, pire encore, l'instrument de Monsieur de Paris.

Donc, à vingt ans, non seulement j'étais incrédule, mais je riais comme une folle de ces fous de spirites et, moi aussi, tellement le sujet y prête, je parvenais à avoir de l'esprit, et à faire des mots, en parlant de ceux que j'appelais les adorateurs du bois.

Un jour, un spirite qui en plus que spirite était fou—si l'un n'est pas la conséquence de l'autre, l'un n'empêche pas l'autre — me fit une peur horrible, et notez, ce spirite-là était le premier avec qui je faisais connaissance, jugez combien cela me disposa mal en faveur des autres! Le bureau du *Papillon* était 76, rue de la Victoire, au rez-de-chaussée, j'étais seule; soudain un vieillard portant une longue barbe blanche entre sans frapper, il vient se jeter à mes pieds et me dit : « Madame, j'ignore qui vous êtes, je ne vous ai jamais vue, mais je passais dans la rue, arrivé là devant votre porte, je sens qu'on me donne un grand coup dans le dos; je me retourne; il n'y avait personne derrière moi, je comprends; c'était un esprit. Il chuchote à mon oreille, et me dit : Entre au numéro 76, ouvre la porte à droite, tu trouveras une dame, jette-toi à ses genoux, elle est choisie, elle sera une grande spirite, elle répandra la grande vérité, elle sera un apôtre de la vérité... Je vous trouve, l'esprit a dit vrai. . Ecoutez, il me dit encore qu'un jour vous serez prophétesse. »

Je n'entendais rien du tout, mais j'avais une peur terrible de me trouver en tête-à-tête avec ce fou... Je me levai, je lui désignai un fauteuil et, ne voulant pas l'irriter, j'abondai dans son sens et je lui dis combien j'étais charmée de la grande nouvelle qu'il me donnait. Il se leva, s'installa dans un fauteuil.

— Pourriez-vous, lui dis-je, me dire le nom de celui que les esprits envoient vers moi d'une façon aussi étrange?

— On m'appelle Gagne, dit-il.

Ce nom me rassura, je connaissais M. Gagne de réputation et je savais qu'il était un brin toqué, mais fort honnète homme. Je commençai à rire

47

et à plaisanter sur les esprits invisibles donnant des
coups de poing dans le dos.

— Mon esprit familier me parle, me disait-il, sans
cesse, et il me dit qu'un jour les esprits nous par-
leront, à vous aussi. Il m'expliqua la loi des fluides,
des réincarnations, et je trouvais tout cela de la
pure divagation. Enfin! un visiteur vint rompre ce
tête-à-tête qui commençait à m'ennuyer. M. Gagne
me dit tout bas : « Cet homme a un mauvais fluide,
je vous quitte. » Je me gardai bien de le retenir. Je
contai à mon visiteur tout ce que M. Gagne m'avait
dit, et je vous assure que nous rîmes de bon cœur
aux dépens des esprits, des fluides et des fous qui
croyaient à ces absurdités.

A quelque temps de là, je rencontrai un jour,
chez la comtesse Kisseleff, Henri Delaage, qui se mit
à parler esprits, fluides, phénomènes.

Henri Delaage avait une figure qui rappelait celle
que les artistes donnent au Christ; il était maigre,
il avait l'air de ne pas toucher le sol, il semblait
toujours prêt à s'élever dans les airs, il parlait bas,
d'une façon étrange et mystérieuse. Il me fit l'effet
d'une sorte d'halluciné; tout bas je demandai à la
comtesse Kisseleff s'il n'était pas fou. Elle se scandalisa de ma demande, m'affirma qu'il était fort
intelligent, qu'il jouissait de toute sa raison et
qu'il était un excellent médium.

Médium! Je ne savais pas même ce que c'était!

Mais voyant que la comtesse Kisseleff croyait,
elle aussi, à ce que je prenais pour une folie absurde,
je ne fis aucune remarque.

Henri Delaage, à partir de ce jour, vint me voir
souvent; je m'aperçus bien vite qu'il avait un esprit
très fin et qu'il était excellent ami, dévoué au pos-

sible à ceux qu'il aimait, mais implacable dans ses haines. J'aime assez ces caractères; je suis d'avis que l'homme incapable de haïr profondément est incapable d'éprouver une franche et vive amitié, ce n'est qu'un banal ou un neutre.

Je ressentis donc une certaine sympathie pour Delaage, mais j'étais très convaincue qu'il avait plus qu'une araignée dans le cerveau, qu'il avait un gros crabe, comme on dit à Marseille. Bien souvent, il voulut me convertir au spiritisme, mais je le raillais impitoyablement, et s'il essayait de mettre les mains sur la table, moi-même je la poussais, moi-même je la soulevais. Si un bruit, une sorte de craquement se produisait dans la table, persuadée que j'étais que c'était Delaage qui avait cogné sur un pied de la table, je donnais des coups de pied et lui disais en riant: « Voilà vos chers esprits ! »

Je faisais enfin toutes les stupidités que font les incrédules, qui empêchent ainsi toutes mani- festations, et, comme eux, je disais : « Comment voulez-vous que je croie, je n'ai jamais rien vu ! »

Les habitués des Tuileries me parlaient des séances merveilleuses que Daniel Home avait faites avec Napoléon. Anti-impérialiste, la croyance que l'empereur avait aux esprits m'éloignait davantage encore de cette vérité que je m'acharnais à appeler une *blague*.

Pauvre Delaage, il fallait bien qu'il eût un char- mant caractère pour ne point se fâcher de mes sottes railleries !

Je puis dire que j'ai été amenée à cette croyance par une succession de preuves. par des faits pro- bants, et non par une disposition de mon esprit. Si je m'étais trouvée en face d'Américains ou d'Anglais ne me contant pas des histoires, ne me faisant pas de théories mais me montrant des faits, mon esprit porté à la logique se serait dit sans doute qu'il n'y a point d'effet sans cause, et alors j'aurais cherché cette cause.

Mais au lieu d'agir ainsi, Henri Delaage qui avait un air inspiré ou toqué, l'un est bien près de l'autre, me disait des choses peu claires, très improbables par elles-mêmes, et encore se faisait-il un malin plaisir d'y ajouter du merveilleux, il m'éloignait du spiritisme au lieu de me le faire comprendre.

Du reste, il faut avoir beaucoup réfléchi, beaucoup pensé, il faut avoir enfin une sorte de maturité d'intelligence pour saisir le spiritisme, le dégager du surnaturel, ne pas le confondre avec les idiotes histoires de revenants et pour comprendre cette grande vérité-ci, que la communication d'un monde à un autre est une chose naturelle puisque c'est une loi divine, loi qui n'est pas plus extraordinaire que bien d'autres lois divines.

Et, à cette époque, j'étais bien jeune, mon intelligence avait des limites bien restreintes, je ne comprenais pas que le possible est sans limite.

CHAPITRE VII.

Comment je suis devenue spirite. — Les phénomènes que j'ai constatés. — La logique du spiritisme. — Le papillon emblème de la réincarnation.

C'était l'été, j'habitais ma petite maison sise en plein bois, à Maisons-Laffite. Une pianiste de grand talent, Virginie Huet, une compatriote, à moi, venait de perdre sa mère ; j'avais été à l'enterrement et, après cette triste cérémonie, cette artiste m'avait présenté sa sœur, M{ll}{e} Honorine Huet. J'invitai ces deux demoiselles à venir passer quelques jours chez moi à la campagne, pensant que cela les distrairait un peu de leur grand chagrin.

Elles acceptèrent. Il y avait une semaine qu'elles étaient chez moi, lorsqu'un jour la princesse Alexandrine Ouroussoff, le comte Riquetti de Mirabeau et le comte Léon Rzyszezewski vinrent me demander à dîner. En apercevant M{ll}{e} Honorine Huet, le comte Rzyszezewski s'écria joyeusement : « Voilà une agréable surprise ; nous allons faire du spiritisme, puisque notre excellent médium est ici. »

J'ignorais que M{ll}{e} Huet fût médium, et même qu'elle s'occupât de spiritisme, et, je l'avoue, je fus très désagréablement surprise, pressentant bien qu'après le dîner on allait m'imposer une séance de table.

En effet, dès le dîner fini, mes convives se rangèrent dans le salon autour d'une grande et lourde table. J'étais navrée ; mais, comme maîtresse de maison, je devais laisser mes hôtes s'amuser à leur gré.

On insista pour me faire asseoir autour de la table. Par simple politesse, je me rendis à ce désir, et pendant que mes hôtes recueillis évoquaient des esprits, je me disais, moi, qu'il était surprenant que ces gens pleins d'esprit fussent si bêtes.

Soudain, des coups frappés distinctement et semblant venir du centre de la table se firent entendre. Je savais bien que ma table n'était point

17.

machinée pour la circonstance, mais je crus que
Mlle Huet avait un instrument adapté au genou.
Machinalement, j'exprimais mentalement le désir
que les coups fussent frappés sous ma main droite.
Immédiatement je fus obéie. Non seulement je les
entendis distinctement, mais encore le bois fré-
missant me donna une commotion dans le creux
de la main.

— Cher esprit, veux-tu me parler? dit le comte
Rzyszezewski, qui dirigeait la séance.

Cinq coups distincts furent frappés. On me dit
que, par ces cinq coups, l'esprit demandait l'alphabet. On écrivit les lettres de l'alphabet sur
une grande feuille de papier, ensuite Riquetti de
Mirabeau fut chargé d'appuyer un crayon lentement sur chacune d'elles. Un coup sec, bien distinct, désigna les lettres ; la princesse Ouroussoff
les écrivait une à une sans mettre ni point ni vir-
gule. On avait prié l'esprit de dire son nom.
« Mais, dit-elle, lorsqu'il eut cessé de frapper, il
oublie un *e*. Il a écrit Marie-Louis, c'est évidemment Marie-Louise.

Ces deux noms étaient ceux d'un fils que j'avais
perdu deux ans auparavant. On comprendra facilement la poignante émotion que je ressentis. Je
suppliai mes amis de s'éloigner de la table, j'y
restai seule ; Mlle Huet, pour bien me prouver que
ce n'était point elle qui frappait les coups dans la
table se leva, laissant seulement une main sur la
table. Je pris l'alphabet devant moi, je touchai
les lettres moi-même, écrivant celles qui étaient
indiquées sans chercher à me rendre compte des
mots qu'elles formaient. Je posai mentalement
cette question-ci : « Mon enfant, si c'est toi, dis-moi

les derniers mots que tu m'as dits avant de
mourir. »

Un grand nombre de lettres furent frappées,
puis les coups cessèrent. Je lus et je vis exactement
ces mots gravés au fond de mon cœur, que le cher
petit ange m'avait dits. Comme je pleurais à san-
glots, des coups se firent entendre, l'esprit demandait l'alphabet. Je touchai encore les lettres, et,
cette fois-ci, j'obtins la phrase suivante : « Lorsque
j'étais sur la terre, te voir pleurer me causait une
douleur poignante ; à l'état d'esprit, je ressens la
même angoisse en voyant couler tes larmes. Je
t'en conjure, mère, ne pleure pas. Je vis, je suis
bien souvent près de toi ; un jour nous serons
réunis. Comprends bien que la mort n'est pas
même une séparation ; puis que la communication
des esprits avec les vivants est une réalité. »

Aucune des personnes présentes n'avait connu
mon enfant. La douleur horrible que m'avait
causée sa mort était si profonde encore que jamais
je ne parlais de lui ; ceux qui avaient des enfants
ne les amenaient plus chez moi, et nos amis évitaient de parler enfants devant moi.

Nul ne soupçonnait donc cette particularité du
désespoir que la vue de mes larmes causait à mon
aimé bébé. Il n'avait pas encore trois ans que déjà
je devais me cacher de lui pour pleurer, sans quoi
il se mettait à sangloter, et je craignais de le voir
tomber en convulsions. S'il voyait mes yeux rougis
par les pleurs, il fixait sur moi un regard désolé,
ses yeux se mouillaient de grosses larmes, et il
me disait en m'embrassant bien fort : « Oh ! mère,
mère, tu as pleuré ! »

Pour le faire obéir, il n'y avait qu'à lui dire :

« Bébé, si tu ne fais pas cela, petite mère va pleurer. »

Je reconnaissais donc bien, dans cette phrase, la chère personnalité de mon Marie-Louis, et je pleurais, pleurais, mais de joie de le sentir près de moi et de comprendre enfin que cette communication avec nos chers disparus était une vérité.

J'avais consenti à laisser aller Camille, le fils qui me restait, passer cinq semaines à Alger. Mentalement, toujours, je demandai à Marie-Louis si je devais envoyer mon valet de chambre le chercher ou si je devais aller le chercher moi-même.

Mes amis et même le médium ne voyaient pas les lettres qui étaient indiquées, car j'avais caché l'alphabet à leur regard ; ils ne savaient pas ce que je demandais ni les réponses qui m'étaient faites. Voici ce que mon fils me répondit : « Mère, mon frère est en route pour la France, il arrivera dans trois semaines. Maintenant, je m'éloigne, tu n'as plus la force de supporter cette poignante émotion ; je suis désolé de te voir dans un tel état ; j'attendrai un an pour revenir vers toi. Dans un an, jour pour jour, je pourrai communiquer avec toi, tu seras médium. »

Les coups cessèrent. J'étais en effet dans un état épouvantable, que les mères seules comprendront ; j'eus une fièvre ardente pendant plusieurs jours. J'écrivis à Alger, je ne reçus aucune réponse. J'étais inquiète ; je me demandais comment mon bébé Camille pouvait être en route pour la France, et comment il pourrait mettre trois semaines pour faire ce trajet.

J'avais enfermé, et sans les montrer à personne les communications que Marie-Louis m'avait faites.

Un jour, une dépêche m'apprend que mon fils est à Marseille et que je dois aller le chercher dans cette ville. Il y avait juste dix-sept jours que j'avais reçu cet avis de Marie-Louis, et juste trois semaines que Camille avait quitté Alger. Par un hasard que je n'aurais jamais pu prévoir, la personne qui me le ramenait avait pris un bateau qui avait fait l'escale des ports espagnols et qui avait eu des avaries à réparer.

Vous conviendrez bien que l'hallucination n'était point possible, le charlatanisme pas davantage admissible. Il y avait deux faits : d'abord j'avais reconnu la personnalité de mon bébé, ensuite il m'avait annoncé un fait que j'ignorais, que nul des personnes présentes ne connaissait. Je ne pouvais donc admettre comme vraie cette théorie que c'est notre fluide qui agit sur le bois, et que les phrases dictées ne sont qu'un reflet de nos pensées.

A partir de ce moment, je fréquentai quelques maisons où l'on faisait des séances spirites : j'allai chez la comtesse Kisseleff, chez Mlle Huet, chez le comte Rzyszezewski. Ce dernier était, lui aussi, médium, et il s'occupait beaucoup de spiritisme. Un jour, la comtesse Kisseleff me conta que, quelques années auparavant, un prêtre lui ayant dit que le spiritisme était défendu par l'Église et qu'elle commettait un péché mortel en s'en occupant, elle avait été à Rome pour demander à Sa Sainteté Pie IX si réellement le spiritisme était défendu par la religion catholique.

Voici, me dit-elle, ce que le pape lui avait répondu :

« **La communication** avec les esprits a toujours

été connue de l'Église comme une réalité, une loi divine ; mais c'est dangereux de les évoquer, car si les esprits bons viennent vers nous, les pervers aussi peuvent venir et nous donner de mauvais conseils. »

La comtesse Kisseleff ayant fait observer au pape qu'avec les humains on était aussi exposé à recevoir de mauvais conseils, il lui avait répondu : « C'est vrai ; aussi je ne vous dirai point de cesser de les évoquer vous sachant une femme intelligente, capable de vous méfier des esprits pervers, mais je vous dirai simplement de ne pas initier au spiritisme des esprits faibles, des personnes n'ayant point un jugement sain. »

Je m'aperçus du reste bientôt que le clergé pratiquait le spiritisme, car je rencontrais souvent des prêtres et des moines à des séances, et ils avaient l'air fort convaincus.

Je recevais, dans ces différents cercles spirites, des communications d'esprits, de disparus que j'avais connus, et parfois d'inconnus, me disant que nous nous étions connus dans des vies antérieures, et ces esprits me témoignaient de l'amitié. L'un d'eux qui signait Balthasar, et qui disait avoir été l'avocat très gourmet Grimaud de la Reynière, se montrait tout particulièrement aimable pour moi. Un autre, Scaramouche, me faisait des vers légers et badins.

Je remarquais ceci : étant par exemple chez le comte Rzyszewski, les esprits qui étaient venus me parler chez Mlle Huet venaient, si je les évoquais mentalement, et leur personnalité se montrait la même, ce qui est une preuve assez concluante.

Mais, à mon grand désespoir, mon cher bébé Marie-Louis ne venait plus.

Souvent, le soir, je passais de longues heures les mains appuyées sur une petite table, j'évoquais mes morts aimés, hélas! ma table restait inanimée, elle ne faisait aucun mouvement, et pas le moindre bruissement ne se faisait entendre. Je finis par me lasser, désespérant de rien obtenir et, je mis moins fréquemment les mains sur mon guéridon.

J'avais serré bien précieusement la première communication que j'avais reçue de Marie-Louis; mais, par une fatalité inconcevable, j'avais beau chercher dans mes coffres, dans mes portefeuilles, je ne la trouvais plus. Il me semblait qu'il y avait bien plus d'un an que je l'avais reçue, et j'accusais mon bébé chéri de me manquer de parole.

Un jour, un ami vient me voir : il me conte que, se trouvant en Espagne, il avait entendu Emilio Castelar causer spiritisme avec quelques savants. « Je me suis trouvé bien embarrassé, me dit mon ami, car je ne sais absolument rien de cette science, je ne voulais pas avouer mon ignorance à ces hommes qui avaient l'air convaincus. Pourriez-vous me dire ce que c'est que ce spiritisme? »

Je lui expliquai la théorie, puis mettant les mains sur une lourde table je lui dis : Si j'étais médium, cette table remuerait, s'animerait, et je n'aurais qu'à dire l'alphabet pour entrer en communication avec l'intelligence qui, au moyen d'une force dite fluidique, la ferait mouvoir de manière à m'indiquer les lettres qu'elle désire pour former les mots qui doivent m'exprimer sa pensée.

Je n'avais pas achevé cette phrase que cette lourde table tourne sur elle-même et vient si brus-

quement vers moi que je poussai un cri d'épouvante, je me levai et m'éloignai de la table.

Mon ami eut tout aussi peur que moi. Pourquoi
avoir peur? Cette table était grande, lourde, elle avait
fait un mouvement très brusque dans un moment
où je ne m'attendais pas du tout à la voir s'animer.
Mais je me remis bientôt de mon émotion et m'as-
seyant devant un petit guéridon je posai les mains
sur lui, et me mis à dire l'alphabet. J'avais posé un
crayon et un papier sur une table à côté de moi.
Mon ami s'assit fort loin de la table afin, me dit-il,
de mieux juger.

Mon petit guéridon fit plusieurs brusques mouvements; ensuite, comme pour bien me prouver
que la pression de mes mains n'y était pour rien,
il se souleva du côté même sur lequel mes mains
appuyaient.

Je dis une à une les lettres de l'alphabet, il se
soulevait un peu avant la lettre et se laissait tomber à la seconde même où je prononçais la lettre
qu'il désirait; lorsque je me trompais, il frémissait
avec impatience, frappait plusieurs petits coups
nerveux, je recommençais, c'était la lettre précé-
dente ou la suivante à celle que j'avais prise qu'il
m'indiquait.

J'écrivais à mesure ces lettres sur le papier sans
chercher à me rendre compte des mots qu'elles
formeraient. Mon esprit, tout préoccupé de se souvenir de l'alphabet, ne pouvait faire le double travail de chercher les mots que ces lettres feraient,
et j'allais très vite.

Mon guéridon se mit tout à coup à battre une
petite générale à coups précipités; puis il resta
collé au sol. Alors je pris le papier, j'avais écrit

les lettres à la suite les unes des autres sans séparation, sans ponctuation; je me demandais avec
inquiétude si ces lettres formeraient des mots, si ces
mots auraient un sens. Ma joie fut immense en m'a-
percevant qu'elles formaient les phrases suivantes
auxquelles il ne manquait pas une seule lettre:

« Mère, je tiens parole; il y a un an justement
aujourd'hui, que je t'ai parlé à l'aide de la média-
nimité de Mlle Huet. Tu trouveras le papier dans l'é-
crin où est mon portrait, tu l'as caché derrière mon
portrait. A présent, nous allons communiquer fréquemment, et je t'apprendrai les secrets de la vie
et ceux du monde des esprits. Ton bébé Marie-
Louis. »

Si je fus heureuse! si heureuse que, sans me
préoccuper de mon ami, je me jetai à genoux pour
remercier Dieu de ce qu'il m'accordait la grâce de
pouvoir causer avec mon enfant.

Mon action de grâces achevée, je me levai; j'osais
à peine regarder mon ami, craignant de voir sur
ses lèvres un sourire railleur qui m'aurait blessé
vivement. Il pleurait... « Que je suis heureux, me
dit-il, que cette communication entre les morts et
les vivants soit une réalité! J'ai perdu un être
cher, peut-être viendra-t-il un jour me parler? »

— Essayons tout de suite, dis-je, en remettant
les mains sur le guéridon.

Au bout de dix minutes il s'agita. Des lettres
furent dictées en réponse aux demandes mentales
qu'il fit. Il obtint ainsi le nom de la personne, la
date de sa mort, et plusieurs détails qui lui firent
reconnaître, à lui aussi, la personnalité de l'être
évoqué.

Comme moi, ce résultat obtenu, il se jeta à genoux et remercia Dieu.

Comme je ne le nomme pas, je puis avouer cela.

Si je le nommais, je ne voudrais pas l'exposer au ridicule et aux railleries de la multitude d'imbéciles qui se croient très forts parce qu'ils nient Dieu, l'âme, tout ce qui enfin distingue l'homme du premier végétal venu, et qui se figurent que croire et prier sont des indices de faiblesse d'esprit. Oh! les pauvres gens! Mais si je sauve mon ami de leurs railleries, je m'y livre, moi, pieds et poings liés... Qu'ils rient, qu'ils raillent à leur aise, ma pitié pour eux est si grande qu'elle m'ôte la force de leur en vouloir.

Forte de mon droit et de la vérité, le ridicule m'est complètement indifférent.

Qu'est-ce que cela peut me faire que ceux qui ne savent pas se moquent de moi? Rien absolument. Mais, comme j'ai bon cœur, je les plains de ne pas savoir, voilà tout.

Les plaisanteries des rieurs ignorants sur le spiritisme me rappellent toujours la scène suivante: J'étais jeune fille et encore au château de Saint-Julien, mon père causait avec des paysans, il venait d'y avoir une éclipse de lune, il leur parlait astronomie, il leur disait que la lune se trouve à 94,059 lieues de la terre. Tous partent d'un éclat de rire. «Oh! monsieur, dit le plus madré, c'est mal de vous moquer de nous. Nous sommes bien bêtes, mais point assez pour croire qu'on puisse mesurer la distance de la terre à la lune. »

Mon père essaya de leur faire comprendre par quel moyen on est arrivé à ce résultat. Il leur dit qu'on a même pu établir que la lumière met une

seconde et quart et le son treize jours huit heures;
il ajouta qu'à la vitesse d'un train express on mettrait un an pour arriver de la terre à la lune. Ils se
tordaient de rire, et quelques-uns, inquiets, se demandaient si leur maître n'avait pas perdu la tête.

Pendant longtemps ils se sont conté entre eux
les folies que mon pauvre père avait voulu leur
faire croire. Loin de s'affecter de se voir railler par
ces pauvres ignorants, mon père a déploré leur
ignorance.

C'est ce que je fais lorsque des ignorants en spiritisme se moquent de moi; une chose, du reste,
me porte à l'indulgence, c'est le souvenir de ce que
j'étais lorsque j'étais incrédule moi-même.

Je m'empressai de chercher l'écrin de velours
contenant le portrait de Marie-Louis. Je démontai
le portrait et derrière je retrouvai le papier, sans
pouvoir me souvenir, quelques efforts que je fisse
pour réveiller ma mémoire, de l'avoir placé en cet
endroit. Il y avait bien un an, jour pour jour, que
j'avais reçu sa première communication. Il avait
tenu parole. A partir de ce moment, je n'ai jamais
cessé de communiquer avec les habitants du monde
des esprits.

J'ai apporté à mes expériences la froide analyse,
étudiant la nature de cette force non classée encore
qui vient animer une table, ou un crayon, ou un
autre objet. J'ai acquis la conviction que cette
force ne sort pas de nous-mêmes et que notre volonté n'y est pour rien. J'ai ensuite étudié avec
soin, pour m'assurer si l'intelligence qui vient
la diriger n'est pas un reflet de la mienne.

Un de mes bons et excellents amis, M. de Saulcy,
membre de l'Institut, auteur d'ouvrages fort remar-

quables sur la Syrie, la Palestine et la mer Morte,
et numismate distingué, était un spirite convaincu ; nous avons fait de nombreuses expériences
ensemble, elles ont été concluantes.

Je ne vous parlerai que des preuves que j'ai obtenues par moi-même ; en ce monde, il y a une
personne en qui l'on a particulièrement confiance,
c'est en soi. Je ne vous citerai que quelques faits
obtenus avec M. de Saulcy et avec le concours
d'autres médiums, et cela à titre de curiosité. A
tous ceux désireux d'entrer sérieusement en rapport avec le monde des disparus de la terre, je
conseillerai de s'efforcer d'obtenir par eux-mêmes.

Les faits obtenus par les autres laissent toujours
un doute qui est une angoisse pour celui qui le
ressent et une injure pour celui qui l'inspire.

De parti pris je n'avais pas lu d'ouvrages traitant
du spiritisme, pas même Allan Kardec. Je voulais
avoir le cerveau vide de théories spirites ; et m'assurer ainsi que les réponses que j'obtiendrais ne
seraient pas des réminiscences de ma mémoire. Je
me mis en communication suivie avec Marie-Louis.
Nous prîmes jour et heure et je le priai de m'in-
struire ; voici ce qu'il commença par me dicter
lettre par lettre, et je le fais observer encore, la
manière dont j'opérai faisait que je ne savais qu'à
la fin de la communication ce que l'esprit m'avait
écrit, de telle sorte que ma pensée et ma volonté
n'y étaient pour rien.

Il commença par me prier de lui poser des questions. J'écrivis celles-ci sur un papier que j'enfer-
mai dans un tiroir afin de m'assurer que l'esprit
y répondrait par ordre, alors que moi j'aurais
oublié l'ordre dans lequel je les avais posées :

1. Qu'est-ce que Dieu? — 2. Où peut-on trouver la preuve de son existence? — 3. Quelle définition peut-on donner de l'homme? — 4. Quelle définition peut-on donner des esprits? — 5. Sont-ils immatériels? — 6. Combien de mondes y a-t-il? — 7. Depuis combien de temps la communication entre les deux mondes est-elle connue?

Voici les réponses que j'obtins:

Première question. — Dieu est l'intelligence suprême, d'où émanent toutes les intelligences de l'univers, il est la puissance suprême, la force unique créant toutes les forces partielles.

Deuxième question. — On trouve la preuve de l'existence de Dieu dans un axiome que vous appliquez à vos sciences exactes: « Il n'y a pas d'effet sans cause. » Cherchez la cause des merveilles de l'univers, la cause du merveilleux mécanisme du corps humain, celui non moins merveilleux de la pensée, de la mémoire, du souvenir, et la raison humaine répondra: Dieu. Le proverbe vulgaire qui dit qu'à l'œuvre on peut reconnaître l'ouvrier peut, lui aussi, vous donner une idée exacte de Dieu.

Troisième question. — On peut ainsi définir l'homme: un esprit emprisonné dans un habit fait de chair, d'os, de muscles et de sang — on peut encore le nommer un des états de l'esprit, ou bien encore la chrysalide de l'esprit, et par ce mot *esprit* je ne comprends pas l'intelligence, mais les êtres ayant un corps fluidique et vivant d'une autre vie que la vie humaine. Si l'homme savait lire dans la grande pensée qui a présidé à la création des êtres animés et des éléments divers, il comprendrait que cette vulgaire bête nommée chenille est un symbole de la propre transformation qu'il subit lui-même.

L'insecte rampe sur terre, puis devient chrysalide, on le croirait mort dans son immobilité, mais
soudain, de cette mort sort la vie, un papillon
s'éveille, il se débarrasse de sa forme, et, grâce aux
belles ailes qui lui sont venues, il s'envole joyeux
dans les airs.

L'homme, soudain, est pris d'immobilité, son
enveloppe le quitte morceau par morceau; soudain de cette pourriture naît un papillon, non un
esprit, lui aussi a des ailes et il s'envole joyeux
dans l'espace. Lépidoptère supérieur, il devient
après sa transformation un être supérieur au papillon. Rien d'étonnant à ceci : c'est, en grand, le
petit phénomène constaté pour le ver. Rien de
surnaturel, puisque en ceci l'homme subit une loi
naturelle faite par Dieu.

A la question quatre, je dis : Les esprits sont des
êtres intelligents qui peuplent l'univers en dehors
du monde matériel. Ici le mot *esprit* ne désigne pas
l'intelligence mais des êtres extra-corporels, ils sont
l'individualisme du principe intelligent, comme
les corps sont l'individualisme du principe matériel.

A la question cinq : Sont-ils immatériels ? je dis
oui et non. Oui, car faits d'une matière plus quin-
tessenciée et qui pour les humains paraîtrait plutôt
vapeur que matière, ils ont un corps, une forme et
un poids. — Non, si par matière on comprend la
matière humaine.

Passons à la question sixième. — Il y a deux
mondes divisés chacun en sections infinies : celui
peuplé d'êtres spirituels et celui peuplé d'êtres
corporels. Les spirituels deviennent corporels par
l'incarnation, et les corporels deviennent habitants
des mondes spirituels par la désincarnation.

A la septième et dernière question, je répondrai par un conseil : Relis la Bible avec soin, relis les Évangiles, lis Socrate, Pythagore, Platon, et tu verras que la communication entre les deux mondes ne constitue pas un fait surnaturel, puisque c'est une loi divine, et tu te convaincras que cette communication a été connue de tous temps par des hommes privilégiés. Moïse en parle, Jésus l'affirme, Platon, Pythagore et Socrate la connaissaient et ils communiquaient avec le monde spirituel.

Comme j'achevais de recopier ces renseignements obtenus lettre par lettre, le comte de Saulcy vint me rendre visite. Cachant les réponses je lui montrai les questions et je lui demandai si les esprits avec lesquels il avait été en communication l'avaient renseigné sur ces différents sujets.

— Mais certainement, me dit-il, et ce sont les premiers éclaircissements que j'ai souhaité obtenir.

— Bien, lui dis-je, voilà du papier, écrivez les réponses qui vous ont été faites, car je désire savoir s'il y a unité dans les réponses que fait cette intelligence mystérieuse et invisible qui vient vers nous.

Il prit la plume, fit ce que je désirais. Après cela, nous comparâmes, avec ce que je venais d'obtenir : le fond était absolument identique, la forme seule différait.

J'ai agi de même prudente manière pour tous les éclaircissements que j'ai voulu obtenir. Souvent je posais une trentaine de questions sur un cahier que j'enfermais dans mon bureau, j'attendais que mon cher Marie-Louis se manifestât à moi pour obtenir des réponses, et lorsque je les avais, je les comparais à celles faites à d'autres médiums. Il ne faudrait pas croire qu'on dirige le phénomène, on est à sa merci: parfois on évoque, rien ne se manifeste; d'autres fois, et alors que vous ne songez pas aux esprits, votre table remue, ou quelques coups se font entendre dans vos meubles, un esprit est là. Plus d'une fois, il m'est arrivé qu'une communication était brusquement interrompue par des mouvements violents de la table, qui continuait à dicter des lettres. En lisant le sens de ces lettres je voyais qu'un autre esprit était venu brusquement prendre la place de celui qui me parlait.

Un jour il m'est arrivé ceci : je croyais causer avec Marie-Louis; lorsque je lis la communication, je trouve la phrase suivante : « Mon amie j'ai été ton frère dans la vie humaine, j'ai de la sympathie pour toi et je veille sur toi. — ROBERT. »

Je fus très étonnée, je savais que bien avant ma naissance mon père avait perdu trois fils, mais comme il avait ressenti une douleur horrible de leur mort, il n'en parlait jamais et personne à la maison ne lui rappelait ce douloureux souvenir. Tout ce que je savais, c'est que l'aîné s'appelait Saturnin et qu'il était enterré dans le cimetière du village de Saint-Saturnin (Vaucluse), les deux autres étaient morts tout bébés. Mais ce nom de Robert me paraissait improbable, je ne voyais aucune raison pour le donner à l'enfant, nul dans la famille ne s'étant appelé Robert. Je dis à l'esprit: — As-tu été mon frère dans cette vie-ci? — Oui, me dit-il, mon parrain était le général baron Robert, et dans ce moment-ci le tombeau contenant les cendres et les os de ce qui fut mon enveloppe terrestre est placé dans le chœur de l'église de Lambesc.

J'écrivis immédiatement au maire de ce pays que je ne connais pas et je lui demandai l'extrait de naissance de Marie-Robert de Jouval.

Huit jours après, je reçus cette pièce : je vis que l'esprit m'avait dit vrai, j'avais eu un frère s'appelant Robert, son parrain avait été le baron général Robert. Le maire me disait que, quelques années auparavant, le cimetière avait dû être déplacé ; ne sachant pas où retrouver les membres de la famille du jeune Robert, qui avait une belle tombe dans le cimetière, le conseil municipal avait pris sur lui de la faire placer dans le chœur de l'église.

Après ce fait, et des centaines du même genre que j'ai obtenus, M. Chevillard et ses adeptes ne me convaincront nullement lorsqu'ils voudront me persuader : primo, que la force qui fait mouvoir le meuble vient de nous-mêmes, et que l'intelligence qui se révèle n'est qu'un dédoublement de la nôtre. Il m'est impossible d'admettre que ce dédoublement de mon esprit qui aime la vérité par excellence, me dise qu'il est Pierre ou Paul, qu'il mente enfin, au lieu de m'expliquer simplement le phénomène de ce dédoublement ; — secundo, je n'admets pas que dédoublé il sache ce qu'il ignore dans son entier.

Il m'est arrivé dix-huit fois ceci : des personnes que je croyais en parfaite santé, et quelquefois des personnes que j'avais connues mais dont le souvenir n'était pas très vif dans ma pensée, sont venues m'annoncer leur disparition du monde des vivants, me disant la date exacte de leur mort, le nom de la maladie qui avait amené la fin de leur corps, me donnant des détails. Chaque fois j'ai contrôlé, et toujours j'ai obtenu la preuve de

la véracité de ce qui m'avait été dit, et je dois
ajouter que, dans ces communications, on retrouve
le caractère et la personnalité du disparu.

Depuis longtemps je ne me sers plus de la table,
ce qui est long et fatigant, je prends simplement
un crayon, je le pose sur un papier. Alors il se
produit des phénomènes divers, mais tous curieux
à analyser. J'évoque un esprit, parfois il ne vient
pas, alors le crayon reste immobile. S'il vient, je
sens le crayon frémir, on croirait qu'il devient un
être animé, il est chaud, nerveux, il écrit, ma main
le suit docilement. Je lis à mesure qu'il trace les
mots. D'autres fois, le crayon sur le papier, j'entends comme une voix qui me jette le mot dans la
pensée, mais mot à mot mon esprit subit une sorte
de paralysie qui fait qu'il est incapable de suivre
le sens de ces mots; soudain par un brusque mouvement le crayon signe, fait un paraphe. Alors
je ressens une sorte de choc dans le cerveau, il me
semble que je m'éveille brusquement, je lis, et je
comprends le sens. Parfois malgré moi je ferme les
yeux, je puis parler, dire des vers; l'esprit écrit et
ce qu'il écrit a un sens. Chaque esprit a sa façon
très personnelle; à présent, par la façon de me
faire écrire, je reconnais l'esprit dès qu'il entre en
communication avec moi.

Quelques esprits vous font faire ce qu'on appelle
l'écriture mécanique. Ils dirigent votre bras et
votre main, je n'aime pas causer avec ceux-là
car ils me donnent une lourdeur douloureuse dans
le bras.

Ceux qui ne savent pas, et qui voient écrire
ainsi, disent ou pensent que le médium est un
farceur écrivant ce qu'il veut, aussi je me garde

bien d'écrire devant les incrédules. C'est un phénomène qui n'est convaincant que pour celui qui
l'obtient et qui peut se rendre compte et analyser
les sensations éprouvées, et ensuite comprendre
que son propre cerveau n'y est pour rien, alors
que le fluide qui dirige sa main lui fait écrire des
choses qu'il ignore complètement.

Il y a deux mois à peine, j'ai obtenu encore une
preuve des plus concluantes; j'écrivais avec le
fluide d'un esprit, les yeux fermés je laissais mon
crayon courir à l'aventure sur le papier. Un
paraphe brusquement fait me réveilla de cette
sorte de léthargie dans laquelle je suis lorsque
j'écris spiridiquement; à ma grande surprise, je
vis que j'avais tracé des caractères nets allongés,
élégants, que j'avais fait enfin un graphique qui
ne ressemblait en rien au mien, qui en était le contraire.

Voici ce que j'avais écrit:

« Quel est mon étonnement en *regardant* votre
pensée de voir que vous ne savez pas encore que
je suis désincarné depuis dix-huit mois; me voici
redevenu esprit: nous reprendrons, si vous le voulez
bien, nos bonnes causeries d'autrefois. Vous aimez
les voyages, eh bien! je vous conterai ceux que
je fais dans les régions surterrestres. »

C'était signé du nom d'un vieil ami à moi que je
croyais encore de ce monde, et résidant dans ses
biens situés en Lithuanie.

En voyant la signature, je crus me souvenir que
l'écriture que je venais de faire était bien celle de
cet ami : je cherchai dans mes papiers, je trouvai
une lettre de lui, et je pus m'assurer que les ca-

ractères étaient identiquement les mêmes, et son écriture était remarquable par la netteté, par la correction du dessin de chaque lettre; la mienne ne brille, hélas! que par les défauts opposés à ces qualités.

L'*esprit* me donna des détails sur sa mort, sur ses affaires terrestres. Je lui demandai comment je pourrais avoir *la preuve*. Il me répondit qu'en ce qui concernait sa mort, je l'apprendrais de bouche humaine la semaine d'après, et que pour les autres détails je les recevrais du comte de X... qui allait venir à Paris et qui me ferait visite.

La semaine suivante, je rencontre une personne que je n'avais plus vue depuis cinq ans, et ses premières paroles sont celles-ci : « Vous savez que le pauvre R... est mort?

» — Oui, lui dis-je, il est venu me l'annoncer l'autre semaine. »

Cette personne, qui ignore tout du spiritisme, ouvrit des grands yeux et me regarda d'un air tout ébaudi.

Quinze jours après, je vois arriver chez moi le comte de X... — Vous savez, lui dis-je, que R... m'a annoncé votre visite?

Le comte de X... ne fut point surpris. — Je le sais, me dit-il, il m'a fait une communication l'autre jour à Vienne, et il m'a bien recommandé de venir vous voir.

Il me donna des détails sur les derniers jours de sa vie, sur ses affaires et sur sa mort: c'était absolument ce que l'esprit m'avait fait écrire.

Cela fait le dix-huitième esprit venant ainsi m'annoncer sa disparition du monde des vivants et me donner des détails que j'ai trouvés justes après contrôle. On m'avouera bien que ces preuves sont de nature à me donner la foi spirite!

Une de ces communications m'a été faite d'une façon assez singulière. J'étais à Marseille, et si malade que les médecins m'avaient déclaré à moi-même que j'étais perdue; une péritonite aiguë épouvantable m'avait laissé une fièvre ardente, je ne pouvais rien manger, je vivais de morceaux de glace que je suçais, j'étais un fantôme, un squelette, mais j'avais mon cerveau libre, mes idées nettes. Chose singulière, je sentais qu'à mesure que mes forces physiques diminuaient, mes forces intellectuelles augmentaient, j'avais une clairvoyance extrême, je voyais la pensée des hommes et j'entrevoyais la vie d'outre-tombe. Tout en souffrant comme une damnée, je philosophais avec moi-même et je raillais ceux qui se croient forts parce qu'ils ne croient qu'à la matière, prenant l'enveloppe pour l'être, le manteau pour l'individu. Jamais, comme dans cette période de six mois d'agonie, je n'ai ressenti aussi fortement la preuve des deux natures, la matérielle et mortelle, et l'intellectuelle et immortelle. Mon corps me faisait horreur, j'avais une envie folle de quitter cette prison et de m'envoler vers les régions surterrestres.

Un jour, je sens près de moi la présence d'un esprit—ne souriez pas. L'esprit est un invisible, me direz-vous, comment alors sentir sa présence? Ne vous est-il pas arrivé dans une obscurité complète de sentir qu'un être humain est près de vous, et cela par une sensation indéfinissable? Eh bien! la présence de l'esprit donne cette sensation-là.

Je demandai du papier et un crayon à ma garde

qui me fit observer que j'étais trop faible pour
tenir même un crayon. J'insistai, on me donna ce
que je désirais. J'appuyai le papier sur mon drap,
je posai le crayon sur le papier et je le laissai
mouvoir à sa fantaisie me contentant de le maintenir. J'écrivis ceci : « J'ai le regret de vous apprendre que le colonel Devoluet a perdu sa femme hier
à..... » (J'oublie l'heure, mais, contrôle fait, elle
était exacte à quelques minutes près). C'était signé
Innocent.

J'aimais beaucoup Mme Devoluet et je me mis à
pleurer.

Ma sœur, non initiée au spiritisme, me railla de
croire vraie une chose que je venais d'écrire moi-
même.

Une de mes cousines vint dans ce moment me
rendre visite avec une de ses amies. Ma sœur lui
dit : « Comprends-tu qu'Olympe s'affecte d'une
mort qu'elle invente? car c'est elle qui vient d'écrire
cela sur ce bout de papier. » — « C'est le fluide d'un
esprit qui a poussé ma main, dis-je, ma pensée ne
savait pas ce que ma main écrivait; ce qui m'étonne
c'est le nom du signataire : Innocent. Jamais aucun
esprit de ce nom n'est venu vers moi. »

A ce nom Innocent, ma cousine et son amie
s'écrièrent : « Ceci est bien singulier! » et elles me
contèrent que la veille, à la campagne, elles avaient
eu l'idée de poser les mains sur un guéridon, il
s'était animé, elles avaient dit l'alphabet, et elles
avaient obtenu une longue communication signée :
Innocent. Alors, entrant en conversation avec lui,
ma cousine lui avait demandé s'il ne connaissait
pas sa cousine Olympe, spirite et médium. « Non,
avait-il répondu, mais j'irai faire sa connaissance. »

Il avait tenu parole, et il était venu m'annoncer la mort de Mme Devoluet.

Mon ami François de Saulcy a obtenu des choses bien curieuses. Entre autres celle-ci : Un jour, il était en train d'écrire ; un toc-toc, frappé dans sa table, lui annonce qu'un esprit est là et veut causer avec lui. Il prend une grande feuille de papier, un crayon, et en le posant sur le papier, il dit : « Quelle nouvelle m'apportez-vous, cher messager des hautes sphères? » L'esprit lui fait écrire les lignes suivantes : « On conspire contre la vie de l'empereur, on doit tirer sur lui dans la rue de Rivoli, les conspirateurs se rassemblent dans le faubourg Saint-Honoré, chez un marchand de vin polonais. »

Le comte de Saulcy fait des questions, l'esprit refuse de répondre, si bien qu'il pense qu'il a été mystifié. Ceci arrive souvent, car les esprits, n'étant autre chose que l'être spirituel des humains, il y en a de bons et de mauvais, des esprits véridiques et des menteurs. Le soir, Saulcy va rendre visite à la princesse M..., fort bon médium. Il la trouve en société et occupée à faire une séance de spiritisme. L'esprit fait soudain une grosse indiscrétion, faisant allusion à la liaison de M. P..., préfet de police, avec une fort jolie mondaine. M. P... est furieux, il se figure que c'est la princesse qui a fait cette plaisanterie, il sort de chez elle en même temps que M. de Saulcy, et il exprime vertement sa rancune. — Mais, lui dit Saulcy, pourquoi l'accuser, l'esprit seul est coupable.

— L'esprit... l'esprit... le sien oui, répond P...

— Vous avez tort, riposte Saulcy : ce matin même, un esprit est venu me mystifier en me disant qu'il y a conspiration contre la vie de l'empereur.

P... fait un bond de surprise : Et... fit-il, vous a-t-il donné les noms?

— Il a refusé, me disant qu'il m'annonçait une nouvelle, mais qu'il ne faisait pas une dénonciation, qu'il n'avait jamais animé le corps d'un mouchard, je suppose que cet esprit s'est moqué de moi.

— Détrompez-vous, cher comte, je fais filer les conspirateurs.

— Eh bien! il m'a dit où ils se réunissaient : faubourg Saint-Honoré, chez un marchand de...

— Vin polonais?

— C'est bien cela, c'est donc exact?

— Oui, et je commence à croire que les esprits pourraient bien être des réalités, répondit le préfet de police.

M. de Saulcy s'est occupé de spiritisme pendant trente ans; à un moment donné, les esprits lui ayant fait des phénomènes physiques très forts, il prit peur, c'est lui qui me l'a conté; et il crut que c'était le diable, comme le lui assurait un vieux prêtre de ses amis, qui venait se manifester aux humains, dans le but coupable de leur faire prendre le grand express pour l'enfer. Et alors il écrivit la fameuse préface qui se trouve en tête de l'ouvrage sur le spiritisme du marquis de Mirville.

Lorsque je l'ai connu il était revenu de cette idée originale, et il continuait à évoquer les esprits de ceux qu'il avait aimés.

En Russie, la haute société compte beaucoup de spirites, j'ai assisté à Saint-Pétersbourg à des séances bien curieuses. Mon volume ne devait avoir que trois cent soixante pages, plus de trois cents étant déjà en pages, ayant encore à parler de la période du siège, de celle de la Commune et à dire

quelques mots sur ma carrière de conférencière, je
ne puis m'étendre longuement sur le spiritisme.
Du reste, je note tous les faits importants, je prépare un volume, il sera publié après ma désincarnation, et, en face de la mort, je dirai aux incrédules et aux railleurs : *Cela est, et les plus sots ne
sont pas ceux que vous croyez.*

Je reviens aux deux curieuses séances faites en
Russie.

Camille, un médium français qui se trouve au
Brésil dans ce moment, était à Saint-Pétersbourg.

La baronne L... me pria d'organiser pour quelques-uns de ses amis et dans un des salons de l'hôtel
d'Europe où je logeais une séance de spiritisme,
avec ce médium qui obtient les matérialisations.

Je fis calfeutrer les fenêtres d'un grand salon, et
le soir venu, trois colonels, six généraux, un professeur de mathématiques et R..., le grand pianiste,
arrivaient chez moi. Nous nous mîmes en quête
d'une grande table, nous finîmes par jeter notre
dévolu sur une immense table carrée, en chêne
massif, table qui servait aux actionnaires de cet
hôtel lorsqu'ils se réunissaient en assemblée générale.

Après avoir fermé les portes à clef, R... se mit
au piano, et nous, nous nous assîmes autour de la
table en faisant la chaîne. Nous fîmes l'obscurité,
R... se mit à improviser sur le piano des mélodies
exquises.

Nous étions silencieux, soudain la table frémit,
on aurait dit qu'elle était faite en une sorte de matière qui était secouée par un bouillonnement intérieur, le bois se soulevait sous nos mains par va-
gues onduleuses, puis cette matière fit entendre

une musique — expliquer le prodige est difficile.
La table en son entier était comme une table d'harmonie, et cet instrument jouait les mêmes mélodies
qu'improvisait R..., et, chose plus extraordinaire
encore, s'il s'arrêtait pour écouter la musique faite
par la table, celle-ci continuait l'air que le musicien
avait dans sa pensée. Il quitta le piano, vint coller
son oreille sur la table, et toute la fin de sa mélodie
ui fut ainsi jouée.

Cette musique était comme suée de la table, elle
la transpirait par tous les pores. Le médium faisait
la chaîne avec nous et il était complètement endormi.

Nous éclairâmes des bougies, R... se remit au
piano, le phénomène continua en lumière. Alors
nous changeâmes de table, nous en prîmes une
dans un salon : sur cette table lourde et massive le
phénomène se produisit aussi.

Le professeur de mathématiques, le seul qui ne
se fût jamais occupé de la science spirite, était
affolé : il collait son oreille à un bout de la table
puis à l'autre, il s'asseyait sous la table, et il con-
statait que le pied suait aussi l'harmonie.

Le musicien R... inventait les airs les plus fantastiques, et toujours la table le suivait jouant le
même air, continuant à exécuter sa pensée s'il
s'arrêtait sur un point d'orgue.

Aucun de nous n'avait jamais vu phénomène
pareil, et cependant tous les militaires présents
étaient des spirites convaincus.

Je n'ai pas revu ce phénomène depuis.

Lorsqu'on commence une séance on ne peut
jamais prévoir ce qui se produira, on est à la
merci des opérateurs invisibles, et les esprits ne

sont point à notre merci. Parfois, sourds à notre appel ils ne viennent pas, rien ne se produit, d'autres fois on ne songe pas à eux et soudain ils manifestent leur présence par des phénomènes singuliers. En commençant une séance on ne peut jamais prévoir ce qu'on obtiendra. Voici le récit de la seconde curieuse séance:

Un soir, j'étais chez la générale Nadine de Y... Nous étions dans son cabinet de travail ; le prince S... le général M..., alors occupant une très haute situation, s'y trouvaient.

La générale était un bon médium, elle avait le don d'être ce qu'on nomme guérisseur. Des inconnus venaient parfois solliciter une consultation de sa charité: elle prenait le crayon, un esprit lui faisait écrire ce que ressentaient les consultants et il donnait les remèdes. La générale Y... a fait ainsi bien des cures.

Le prince S... et le général M... sont spirites, nous causions spiritisme. On me demandait ce que j'avais vu d'intéressant en Amérique, et je racontais les étonnantes séances de matérialisation que j'ai vues chez des professeurs de Boston. On me demanda si je pouvais affirmer que ces phénomènes de matérialisation, qui généralement s'obtiennent dans l'obscurité, fussent réels, et s'il n'y avait pas supercherie.

Je répondis que je n'avais jamais pu découvrir aucune supercherie, mais que je n'affirmais que les faits obtenus par moi seule, sans le secours d'aucun autre médium. En ceci, dis-je, je me méfierais de mon père je crois, je n'ai foi qu'en moi, et encore je me contrôle.

Le prince S... nous pria la générale et moi de

mettre les mains sur un guéridon, il voulait obtenir une communication de sa mère.

La table se souleva à plusieurs reprises, et nous debout, et appuyant à peine le bout de nos doigts sur elle, elle s'éleva à trente centimètres au-dessus du sol restant ainsi suspendue plusieurs minutes.

Nous essayâmes d'imposer nos mains sur elle sans contact, elle se souleva aussi; enfin elle frappa des coups, le prince S... toucha les lettres de l'alphabet, et nous eûmes la phrase suivante: « Essayez de me soulever ! » Ce sera facile, dîmes-nous, elle pesait peu, c'était un mignon guéridon en bois de rose... et pourtant à quatre nous ne pûmes la décoller du sol.

Elle se remit à frapper, nous reprîmes l'alphabet et elle dit ceci : — Prince S..., je ne suis pas l'esprit que vous attendez, je viens donner une réponse à ce que vous demandiez tout à l'heure; faites l'obscurité.

La générale se récria, elle avait peur des phénomènes physiques, elle ne voulait pas les voir... mais sans pitié pour sa frayeur nous fermâmes la porte à clef.

En Russie, les fenêtres sont sans persiennes et il n'y a que des rideaux de tulle aux fenêtres; faire l'obscurité est donc impossible. Nous éteignîmes les lampes, gardant une seule bougie allumée et, posant le chandelier sur la table, nous nous assîmes, nous fîmes la chaîne, nous tenant tous par la main, de façon qu'aucune main ne fût libre, et nous éteignîmes la bougie.

Il entrait par la fenêtre la douce clarté du clair de lune, nous apercevions nos silhouettes mais nous ne pouvions distinguer nos traits.

Dire que nous étions très rassurés serait mentir. Nous nous demandions ce qui allait se passer avec une certaine émotion.

Voici quel fut le premier phénomène : un pas léger se fit entendre, chacun de nous sentit quelqu'un derrière son dos, puis une bouche, qui semblait faite en pierre ponce, se colla sur notre oreille et nous parla... Nous ne pûmes qu'entendre le son de la voix sans pouvoir distinguer les paroles, on nous parla à tous les quatre au même instant. Puis un grand bruit se fit, semblable au bruit que fait un lourd meuble que l'on traîne... un silence glacial régnait, on entendait le tic-tac de nos cœurs. Soudain une voix qui paraissait partir du centre du guéridon qui se trouvait au milieu de nous, dit : « Regardez donc sur quoi vous êtes assis. »

Tous, nous portâmes vivement la main à nos sièges ; ils avaient disparu. Chose bizarre, étonnante, mais réelle, nous étions assis sur rien ! D'un bond nous nous redressâmes et fiévreusement le général M... alluma la bougie.

Nos chaises étaient dans un coin de la pièce posées les unes sur les autres : le bruit que nous avions entendu provenait d'une table-bureau en vieux chêne et fort lourde qui quittant sa place de près du mur s'était rapprochée de nous.

Nous eûmes la pensée de mettre du papier blanc et un crayon sous la table, ensuite nous refîmes la chaîne et nous éteignîmes.

Il va sans dire que nous avions repris nos chaises. Bientôt des pas se font entendre, on aurait dit que deux ou trois personnes marchaient autour de nous, les meubles étaient déplacés. Notez, je vous prie, que l'unique porte donnant dans la pièce où nous nous trouvions était fermée à clef; du reste, elle donnait dans un immense salon brillamment éclairé, nous apercevions la lumière par les fentes de la porte : si donc cette porte avait été ouverte, un flot lumineux nous aurait prévenus.

La table qui était au milieu de nous fut si bien soulevée que nous sentîmes ses pieds sur nos têtes. Toujours faisant la chaîne nous nous levâmes, la table monta plus haut; en élevant nos mains nous sentions ses pieds au-dessus de nos têtes encore, et nous avions une peur horrible que redescendant brusquement elle ne nous blessât.

Mais elle redescendit lentement et sans choc, une voix rauque un peu voilée nous dit : — Avec vos quatre fluides réunis je ferais de vrais tours de force.

Nous nous rassîmes, des mains vinrent serrer les nôtres, on aurait dit des mains humaines, mais ayant rompu la chaîne pour sentir le bras auquel ces mains étaient attachées j'eus la surprise désagréable de voir que c'étaient des mains sans bras finissant au poignet, ce qui me causa une sensation très désagréable.

J'avais un cheveu qui m'était entré dans l'œil; mentalement, je priai cette force ou ces forces surnaturelles de me l'enlever : aussitôt un tout petit doigt d'enfant me rendit ce service, et une petite main me donna des tapes d'amitié sur la tête.

Soudain nous criâmes tous à la fois : On fouille ma poche! Au même instant une foule d'objets tombèrent sur la table.

Enfin, nous entendîmes qu'on écrivait sous la table; puis le bruit du crayon cessa et en même temps on nous fourra à chacun un morceau de papier dans la main. Une voix dit: Assez pour ce soir, mais si chaque soir vous vous mettez tous les quatre en séance je reviendrai.

Nous allumâmes la bougie, sur la table étaient tous les objets que nous avions dans nos poches: clés, mouchoirs, porte-monnaie, lettres. Sur mon papier je trouvai ceci écrit: A présent pourras-tu affirmer?...

Sur celui de la générale il y avait ceci: « Votre fluide est excellent pour ces sortes de phénomènes.»

Sur celui du prince S... il y avait une phrase en russe, et sur celui du général M... ceci: Vous êtes bon croyant, mais vous ne songez pas assez aux invisibles.

Nous étions ahuris: sans les meubles dérangés, les preuves palpables, enfin, nous aurions cru avoir fait un rêve. Nous convînmes de nous réunir souvent. Nous tînmes parole et dix-neuf fois nous nous sommes remis tous les quatre en séance, chaque fois nous avons obtenu des choses fort extraordinaires.

Nous n'avons jamais voulu admettre personne à nos séances, ne voulant pas nous exposer aux railleries des incrédules: ne pas croire, c'était nous accuser de nous entendre pour nous livrer à une sotte jonglerie. Aucun de nous ne voulait s'exposer à cela.

Je vais vous conter ici un fait tout à fait personnel qui prouve que les esprits sont parfois d'excellents médecins, et que, lorsqu'ils le veulent, ils peuvent nous prédire très bien l'avenir. Je vais aussi vous confier ma dernière confession à un prêtre catholique.

J'avais passé cinq mois très agréables mais très

fatigants en Russie, ayant passé l'époque des nuits
blanches à admirer ces nuits sans ombre, ces nuits
presque ensoleillées, et ne m'étant que rarement
couchée avant quatre ou cinq heures du matin.

Arrivée à Paris, j'avais écrit en trois mois mon
gros volume intitulé les *Nuits russes*, c'est-à-dire
travaillé quatorze heures sur vingt-quatre, j'étais
brisée de fatigue. Je pensai que ma belle Provence,
avec son air tout embaumé des senteurs du thym,
du romarin et de la lavande me redonnerait des
forces, et je partis.

A peine arrivée à Avignon, le diabolique mistral me gratifia d'une bronchite qui me força à
garder le lit une quinzaine de jours.

« Ceci n'est rien, me dis-je, l'air natal m'a donné
une caresse de bienvenue un peu trop brutale, à
présent me voici acclimatée. »

En effet, pendant un mois de douce flânerie chez
d'excellents parents que je possède à Avignon, à
Cavaillon, à Oppèdes et aux Launes, je fus à peu
près bien, à quelques rhumes et maux de gorge près.

Alors je voulus aller à Marseille où j'ai sœur,
beau-frère, neveux et nièce.

Un soir, je venais de faire mes malles, c'était le
30 décembre; je devais partir le lendemain pour
ma ville natale et fatale. Un esprit fait toc toc dans
ma table. Je prends un crayon pour permettre à
ce charmant invisible de communiquer avec moi,
et il me fait écrire ceci :

« Méfiez-vous de cette ville, elle vous porte malheur. Toutes les fois que vous vous y aventurez,
vous la quittez aux trois quarts morte, et ce n'est
qu'à Paris et après un long temps que vous revenez
à la santé.

· Il a raison, me dis-je ; et je me remémorai les deux dernières maladies que j'avais eues dans cette ville, et le choléra que j'y avais eu.

Mais au plus on sent qu'un conseil est bon, au plus on s'empresse de ne pas le suivre. Je me dis que ce serait de la poltronnerie de ne pas aller voir des parents que j'aimais par la crainte d'être malade, et, le lendemain soir, veille du jour de l'an, je dînais à Marseille. Au bout de trois semaines, je m'installai au bord de la mer, au Prado, dans un établissement de bains. « Comme je vais reprendre des forces et de la santé ! me disais-je en respirant l'air salin et en prenant des douches, et comme mon ami invisible avait tort de me dire que cette ville me serait fatale ! »

Huit jours après, une douche très forte et très froide m'est donnée ; des douleurs horribles me prennent, on me remonte dans ma chambre hurlante de douleur. On envoie chercher l'excellent docteur Girard, de Marseille. Il déclare que j'ai une péritonite aiguë. Pendant vingt et un jours et vingt et une nuits je souffris comme plusieurs damnés. Je supportais mes horribles souffrances avec assez de stoïcisme, me disant que le dénouement approchait et que j'allais enfin être débarrassée de ma carcasse humaine.

Un jour, les docteurs se parlent tout bas, se consultent des yeux, hochent la tête, et ils prononcent l'arrêt : je n'en ai plus que pour quelques heures. L'aimable directrice de l'établissement vient en pleurs me dire la chose…. « C'est fort heureux, dis-je, car j'ai souffert assez pour mériter dix morts. » Alors, hésitante, elle me parle prêtre… Sans la laisser achever, je lui dis que je verrais un prêtre avec un grand plaisir, et je lui dis d'aller chercher le chanoine C..., un de mes amis, un prêtre intelligent, un homme charmant, et de le prier de venir me dire adieu et me donner ses commissions pour l'autre monde.

Elle monte en voiture en hâte et part; mais le chanoine C... avait une fluxion de poitrine, il ne peut donc venir. Alors elle me ramène le frère du chanoine, prêtre aussi.

Ce bon abbé paraît étonné de me voir joyeuse à l'idée que dans quelques heures à peine j'aurai quitté le monde des humains. Enfin, je commence ma confession, et, je le confesse, j'avais des péchés à avouer. Que ceux et celles qui n'en ont pas me jettent une pierre. Je suis bien tranquille, je ne serai point lapidée.

A chaque péché confessé, ce bon abbé me disait : « Bien, très bien, mon enfant! » Parfois il variait et me disait : « C'est parfait, mon enfant! »

Je souffrais horriblement, mais j'avais toute ma tête; il me prit un fou rire, et je dis à mon si indulgent confesseur : « Vous allez me donner le regret de n'avoir pas commis de plus gros péchés!»

Pendant qu'il m'expliquait que tout ce que j'avais fait était fort naturel en somme et qu'il allait m'en donner l'absolution au nom de Dieu, voilà qu'une voix que je reconnais bien vite me dit dans le tuyau de l'oreille : « Hélas! petite mère, tu ne mourras pas, tu as encore de nombreuses années à vivre, ton épreuve terrestre n'est pas terminée. »

Ceci me donna une secousse terrible : je m'étais crue au port et j'étais rejetée en pleine mer orageuse!

La voix venait du côté de la ruelle. Je tournai la

tête en disant : « C'est cruel, ce que tu me dis là, mon chéri! »

— Hélas! fit le prêtre, le délire la prend. En même temps, il se leva et voulut me donner l'absolution. — Non, lui dis-je, je n'ai pas le délire, mais je suis désolée, un esprit vient de m'avertir que je ne mourrai pas.

Il fit un brusque mouvement, tout comme si un reptile l'eût piqué, ou comme si le diable lui eût soudain apparu.

— Un esprit, un esprit... Juste ciel, seriez-vous spirite?

— Mais, certainement, dis-je, votre frère le sait bien.

— Comment? Ah! quel malheur! Mais, de grâce, dites-moi que vous ne croyez pas aux doctrines spirites, à la vérité du spiritisme?

— J'y crois comme je crois que vous êtes assis à côté de mon lit de douleur.

— Mais c'est affreux... Je ne puis alors vous donner l'absolution.

— Parce que je crois à une chose dont mille faits m'ont prouvé la réalité?

— Enfin, dites-moi au moins que si vous aviez su que Rome défend d'y croire vous n'y auriez pas cru, et alors je me déciderai à vous donner l'absolution.

— Mon cher abbé, lui dis-je, on croit ou on ne croit pas, et je crois; Rome peut défendre de faire une chose, mais ne saurait imposer la foi, qui est une chose innée en nous. Je n'ai jamais menti durant ma vie, je n'irai pas mentir sur mon lit d'agonie. Je crois que les esprits se communiquent à nous parfois; je crois cela, non parce qu'on me l'a dit, mais parce que les esprits me l'ont prouvé en se communiquant à moi des centaines de fois.

Jamais je n'ai vu un homme aussi désolé que cet excellent prêtre. Plein de sympathie pour moi, il voulait me donner cette absolution qui était, selon lui, le seul passeport pouvant me donner accès dans le ciel, et sa conscience ne lui permettait pas de la donner à une personne croyant que les esprits ou les âmes avaient le pouvoir de venir consoler les humains. Il essayait de trouver un biais et de me faire dire que j'avais pu faire erreur, que je regrettais d'y avoir cru. Devant n'importe quel supplice, je n'aurais pas menti : je lui déclarai nettement que ma conscience réprouvait mensonge et demi-mensonge.

— Alors, me dit-il d'un air consterné, j'ai la douleur de vous refuser l'absolution.

— Mais, dis-je, si j'avais assassiné une dizaine de personnes, vous me la donneriez?

— Oui, dès l'instant que vous vous en repentiriez, mais vous ne voulez pas vous repentir de croire à ces menées du diable.

Je ne pus m'empêcher de lui dire en riant que, fort heureusement, il y avait des prêtres plus intelligents que lui. A cet instant, j'entendis la voix de l'abbé B... qui venait prendre de mes nouvelles; je priai mon confesseur de le faire entrer et je contai à l'abbé B... notre discussion. « Est-ce possible, mon cher abbé C..., vous refusez pour cela l'absolution à madame? moi, je la lui donne. Hier soir, j'ai évoqué moi-même les esprits avec le révérend père D... et nous avons obtenu de très belles communications. »

Il y a en effet divergence dans le clergé. Des

prêtres croient que c'est le diable qui prend le nom de morts aimés pour venir nous damner; les autres, plus intelligents et plus instruits, s'occupent de spiritisme et demandent aux esprits de leur révéler les mystères d'outre-tombe.

J'ai été si mal pendant cette horrible péritonite que, pendant plusieurs heures, on m'a crue morte; les journaux ont annoncé ma mort, si bien qu'à présent encore, j'ai parfois de la peine à prouver que je suis bien en vie.

Ainsi, l'autre année, un Russe de mes amis passe sur le boulevard des Capucines : il voit mon nom sur l'affiche des Conférences. « Quelle est donc, se dit-il, cette seconde Olympe Audouard? » Le soir, il vient à la conférence, se met au premier rang. Tout en parlant, je l'aperçois, je lui souris ; lui fixe sur moi un regard affolé. Lorsque j'ai fini de parler, je m'approche de lui, il devient fort pâle. « Est-ce possible, me dit-il, que ce soit vous en chair et en os, je vous croyais morte depuis trois ans ! »

La même chose est arrivée à mon ami Antoine Horn, directeur du *Journal de Saint-Pétersbourg*; lui-même avait annoncé ma mort dans son journal. Voyant mon nom sur l'affiche des Conférences, il fit un bond de surprise, puis entra demander quelle était cette Olympe Audouard qui faisait, elle aussi, des conférences. En apprenant que j'étais toujours vivante, il vint bien vite me conter qu'il avait versé un pleur et usé un peu d'encre pour annoncer ma disparition de ce monde.

La crise aiguë a duré cinq mois. Pendant cinq mois, tous les docteurs ne me cachaient pas que, d'un instant à l'autre, je passerais de vie à trépas;

tous les huit jours, on me parlait extrême-onction et derniers sacrements. Mon cher bébé venait me parler tout bas, et toujours il me disait : « Hélas! tu dois vivre encore plusieurs années! » Cinq médecins affirmaient que je ne pouvais pas guérir. Lorsque je leur disais que les esprits assuraient le contraire, ils me répondaient que je n'avais plus un atome de vie en moi et qu'il faudrait un miracle pour que je guérisse.

Un jour bébé me dit qu'il voulait absolument que je quittasse Marseille et que j'allasse m'installer dans ma campagne de Maisons-Laffitte.

Il y avait cinq mois qu'aucune nourriture n'était entrée dans mon corps. J'avais constamment cent vingt-cinq pulsations, j'étais un cadavre, mes os perçaient ma peau. J'étais si faible que je ne pouvais faire un mouvement dans mon lit sans être couverte d'une sueur froide. Je ne pouvais fermer les yeux un instant sans que ceux qui m'entouraient se missent à crier : « Elle est morte! »

J'ouvrais les yeux et je leur disais en riant : « Mais pas encore! »

Je répondis à mon bébé que jamais je ne pourrais arriver à Paris, il me jura que j'arriverais même jusqu'à Maisons-Laffitte.

Cinq médecins me déclarèrent qu'il était matériellement impossible que j'arrivasse en vie, qu'il était absurde de m'exposer à mourir en route. Ma famille, mes amis voulaient me dissuader. Je n'écoutais que l'esprit de mon cher Marie-Louis, je me fis porter à la gare, on me coucha dans le sleeping-car. J'insistai même pour que personne ne m'accompagnât, mon bébé m'ayant dit que les bons esprits m'aideraient, me donneraient des

forces. Je revins seule à la gare de Paris, une de
mes amies russe m'attendait accompagnée d'un
docteur. On me porta chez moi. Je leur dis que dans
trois jours je désirais aller à Maisons. Le docteur
détourna la tête pour me cacher une larme, mon
amie me dit :

— Chère, je sais que vous n'avez pas peur de
la mort, je vous dirai donc la vérité : le docteur
dit que vous ne passerez pas la nuit !

Le docteur ne protesta pas. Moi souriante je
répondis :

— Le docteur se trompe ; les esprits voient en
nous, et ils sondent l'avenir. Mon fils Marie-Louis
me dit que je reviendrai à la santé.

Ils haussèrent les épaules, un sourire de pitié
effleura leurs lèvres. — Regardez-vous, ma chère,
me dit mon amie russe, vous êtes déjà morte ! —
En effet, j'étais un cadavre blême, les lèvres bleuies.

— Pourtant, dis-je, je n'espère pas mourir, bébé
ne saurait me tromper. Demain j'irai à Maisons-
Laffitte.

En effet je me fis transporter dans ma campagne. Chaque jour on me portait couchée sur un
canapé dans le jardin ; mes voisins, mes ouvriers
en me voyant ne pouvaient retenir leurs larmes,
deux fois on me parla encore extrême-onction. On
me croyait folle lorsque je répondais que je ne
mourrais pas.

Un jour bébé vint me faire écrire, j'avais si peu
de force que le crayon me paraissait d'un poids
énorme ; il me dit ceci :

— C'est bien vrai qu'hélas ! tu ne vas pas encore
venir nous rejoindre, il faut te résigner.

— Mais, dis-je, il faut vivre ou mourir. Depuis

six mois je ne vis que pour souffrir : je suis une
âme empêtrée d'os et d'une vilaine pèau.

— Le champagne te remettra sur pied, te donnera des forces!

Le champagne! parler champagne à un squelette! ceci me parut une amère dérision.

— Envoie chercher le docteur Augros, un des
médecins de Maisons-Laffitte, et tu verras que lui
aussi parlera champagne, et tu verras que ton
bébé est un bon médecin.

J'obéis, je fis prier le docteur Augros de venir
me voir, ne lui cachant pas que j'étais condamnée
par ses confrères de Paris.

Cet excellent docteur vint, il m'avoua franchement qu'il y avait peu d'espoir, et il me dit qu'il
n'avait qu'une chose à me conseiller, de boire quatre verres de champagne par jour, que ceci réveil-
lerait l'estomac de la sorte de paralysie que lui
avaient causée tous les poisons que j'avais absorbés
pendant la crise aiguë de la péritonite.

Le docteur parti, je pris le crayon, bébé vint
m'écrire, il était ravi d'avoir été bon docteur, il
me pria d'acheter 125 bouteilles de champagne, ce
que je fis.

Dès le lendemain, on me donna un premier
verre de champagne, je m'endormis deux grandes
heures. A mon réveil j'en bus un second verre, je
me rendormis encore. Je me réveillai pour boire
le troisième, puis le quatrième, toute la bouteille
y passa dans la journée et dans la nuit.

Pendant dix-huit jours je vécus à l'état de mar-
motte — dormant vingt heures sur vingt-quatre—
puis je sentis le besoin de manger, besoin que je
n'avais plus ressenti depuis sept mois, je man-

geai une soupe. Arrivée à ma quatre-vingtième bouteille je pus manger un peu de viande. A ma cent vingt-troisième bouteille, les forces étaient revenues; mes cheveux qui en huit jours, dès le début de ma maladie, étaient tous tombés repoussaient, j'étais guérie, mais pour rien au monde je n'aurais bu les deux dernières bouteilles de champagne, ce vin me faisait horreur.

J'ai vu encore bien des choses curieuses touchant le spiritisme, tant chez le colonel Devoluet que chez le général de Fay et autres personnes. Les conter toutes m'entraînerait trop loin.

Je signale un seul fait : Henri Delaage a apparu il y a quinze jours à peine et en pleine lumière à un de ses amis qui est aussi le mien. Cet ami est un des hommes les plus connus de Paris tant par la position qu'il occupe que par son intelligence. Je ne puis le nommer, sachant qu'il a le petit travers de ne pas vouloir s'exposer aux railleries des incrédules de parti pris. Mais j'affirme qu'il est un de ceux en qui on doit avoir entière confiance. Je crois donc à cette apparition.

Et maintenant sceptiques et blagueurs, riez, moquez-vous de moi!... Franchement et sans façon je vous dis : « Eh! messieurs, les plus sots ne sont pas ceux que vous croyez!»

CHAPITRE VIII

PLUS QUE VINGT PAGES

Aurait-on raison, les femmes seraient-elles bavardes?

A noter quelques-uns de mes souvenirs, je me suis attardée, et à présent on m'avertit que mon livre devant avoir dix feuilles et la dixième étant commencée, je n'ai plus que vingt pages à écrire et à mettre le mot : Fin.

Vingt pages! et moi qui voulais vous dire mes souvenirs du siège de Paris et des premiers jours de la Commune! Que faire? Les condenser en six cents lignes? Bien difficile! Je vais essayer pourtant, Marseillaise de naissance, je veux rendre hommage à ma patrie adoptive, à ce peuple parisien qui médit de lui-même, que la province calomnie, et qui est admirable dans les crises terribles. Car si sa tête est légère son cœur est de l'or le plus pur.

Les hommes ne pouvaient pas, en écrivant l'histoire du siège de Paris, être complètement impartiaux. La politique est en France un élément empesté qui corrompt toutes les consciences et qui étouffe le sens moral ; la politique empêche de voir *vrai*, empêche de sentir *juste* les hommes qui vivent de la politique.

Or, les écrivains qui ont écrit sur cette époque fatale avaient tous une opinion politique qu'ils voulaient escompter. Les uns ont écouté leur haine

contre la République, les autres leur haine contre
l'empire, la haine les a aveuglés!

Nous avions à Paris pendant cette triste période
les hommes du pouvoir déchu, furieux, désolés de
n'avoir plus leur place; ils se montraient acerbes,
hargneux contre tout et contre tous; ils n'étaient
heureux que lorsque tout allait mal, ils se frot-
taient alors les mains et disaient : « Voyez, ce sont
nos successeurs! » Les hommes nouveaux! en toute
franchise je le dirai, ils n'ont point été exempts
de blâme non plus, sauf honorables exceptions.
Les uns, assoiffés de pouvoir, d'autorité, étaient
bien plus préoccupés d'assouvir leur ambition,
d'arriver à une haute situation et de s'y draper
majestueusement que de la patrie en danger;
d'autres, assoiffés d'argent, oubliaient la France
ensanglantée pour faire fortune par tous les
moyens possibles. On vendait les commandes, vêtements, fournitures, et l'on recevait des pots-de-
vin. Quelques-uns, qui se disent bons patriotes et
bons républicains, dans cette période de deuil se
sont conduits en vulgaires faiseurs, ne songeant
qu'à s'enrichir par les moyens les moins délicats.
Les fournitures étaient données non à ceux qui
offraient le bon marché et les marchandises les
meilleures, mais à ceux qui offraient le pot-de-vin
le plus fort. Une certaine dame qui aujourd'hui
fait parade de sentiments d'un pur républicanisme
était la maîtresse alors d'un fonctionnaire du
4 septembre, elle centralisait les commandes. Lorsqu'on allait à la... demander à fournir les chemi-
ses, les souliers, les couvertures des soldats et des
gardes nationaux, le fonctionnaire en question disait : « Allez demander à Mᵐᵉ... c'est elle qui a lé

monopole; entendez-vous avec elle. » La dame ne demandait pas que la marchandise fût bonne, mais disait : « Bien, vous l'aurez, mais il me faut cinquante mille francs. »

A ce trafic, elle et son amant ont gagné une grosse fortune. Lui est mort, elle vit, et Dieu sait si elle est vaine de cette fortune si mal acquise.

Oui, je le sais, je l'ai vu, il y a eu des tripotages coupables. Ces gens-là ont l'impunité pour eux. Si on les nommait, ils auraient encore le droit d'attaquer en diffamation!

Ils jouissent donc paisiblement de leur argent et se moquent des naïfs, de ceux qui, comme moi et bien d'autres, mangions le pain fait de paille et de détritus, attendions quatre ou cinq heures chaque jour pour obtenir les rations minuscules de cheval et de haricots qu'on nous distribuait, pendant qu'eux mangeaient du pain blanc et des poulets et buvaient du champagne. Nous gelions et dans les mairies et les ministères on gâchait le bois.

Ils se moquent des naïfs qui, comme moi et tant d'autres, faisions de la charpie avec nos derniers draps, logions des mobiles, ouvrions des buffets gratuits sur les remparts, dépensions notre argent de bon cœur et nous ruinions disant : « Qu'importe! la patrie avant tout! »

Ils se moquent de nous, ces pêcheurs et pêcheuses en eau trouble, que dis-je, dans le sang français; ils nous regardent avec hauteur du haut des sacs d'écus qu'ils ont gagnés! S'ils pouvaient donc savoir en quel profond mépris je tiens leur fortune ainsi acquise ainsi que le prestige qu'elle leur donne vis-à-vis les vulgaires adorateurs du veau d'or! Lorsque j'en vois un ou une de ces ex-

vendeurs de fournitures, j'ai toujours une envie
folle de leur crier : « Mais ayez donc la pudeur de
baisser les yeux au lieu de regarder les honnêtes
gens avec cette superbe arrogance ! »

Dans ce moment cruel où Paris affamé était
entouré des canons prussiens, il s'est trouvé des
traîtres comme Bazaine, il s'est trouvé parmi les
hommes se disant républicains des hommes assez
fous et assez ambitieux pour faire la folle équipée
de l'Hôtel de Ville. Il s'est trouvé des hommes
préoccupés uniquement de leur ambition personnelle; il s'est trouvé un Trochu, écrivassier bavard,
mais général incapable. Quelques hommes capables et beaucoup d'incapables ont pris le pouvoir.
Il a été commis des fautes, des actions viles et
coupables, mais deux choses restent grandes : la
République d'abord, non responsable, en vérité,
de la coquinerie et de la bêtise de quelques
hommes osant mettre comme enseigne à leur coquinerie et à leur bêtise l'étiquette républicaine.

Ensuite le peuple de Paris. Il a enduré le froid,
la faim avec une résignation stoïque ; il ne demandait qu'à se faire tuer. Mais les généraux qui
commandaient faisaient de la politique au lieu de
faire de la guerre. Ils faisaient des sorties sans désir de percer les lignes prussiennes ; ils disaient
qu'ils n'avaient pas confiance en la garde nationale, c'est plutôt la foi en eux-mêmes qui leur
manquait. Le peuple sentait vaguement que chaque
sortie ne serait faite que pour donner satisfaction
aux Parisiens, mais qu'elle ne serait pas sérieuse.
Il était exaspéré, il avait les nerfs surexcités, il
voulait aller sus aux Prussiens et on le retenait,
on le faisait mourir de froid et de faim. Pendant

les dernières semaines du siège, il mourait cinq
mille trois cents personnes par semaine. Mal
nourri, ne se soutenant qu'avec un vin frelaté, le
peuple parisien a été pris d'une rage sourde, il a
vu rouge, la Commune a été la suite de cette maladie.

Et cette Commune, qui l'a faite? Je dirai franchement ce que je pense, j'aurai ce suprême courage. Eh bien! les coupables, les seuls, ont été les
hommes au pouvoir : Thiers, Picard, Jules Favre,
Trochu et autres!

Eh quoi! ils signent avec l'ennemi une capitula-
tion disant que marins et soldats seraient désarmés
et que la garde nationale conserverait ses armes.

Ces braves marins qui s'étaient battus comme
des lions, ces braves soldats qui avaient marché
vaillamment au feu, condamnés à rendre des armes que les gardes nationaux conservaient! Ceci
était injuste et imprudent. Paris ouvert, il arriva
ce que devaient prévoir les incapables du pouvoir.
Le bourgeois et le riche s'envolèrent vers la province; Paris n'eut plus pour uniques gardiens que
les gardes nationaux du bas peuple, et ces hommes
étaient excités par des soi-disant républicains qui
n'étaient que des ambitieux, mécontents de n'a-
voir pas eu leur part de places et sinécures.

Ce coup de maladresse commis, nous voyons les
bataillons de Belleville et Montmartre traîner les
canons sur les hauteurs, se préparer à la bataille...
et à notre ébahissement, nous voyons les hommes
du gouvernement laisser faire. Lorsque tout est
fait, que nous, Parisiens tranquilles, nous n'avons
pour nous défendre contre les autres ni un général,
ni un régiment, pas même des sergents de ville, ce

service était tout désorganisé, les Thiers, Jules
Favre, Picard et *tutti quanti* fuient, vont à Versailles, et ils ont l'infamie de nous abandonner
dans l'horrible bagarre, fruit de leur incapacité
coupable.

A qui se rallier ? Que faire ? Voilà ce que se demandaient tous les Parisiens.

Avec de l'intelligence et de l'adresse, la paix
aurait été vite faite entre Paris et Versailles. Mais
des généraux à qui la rage de n'avoir pu vaincre
le Prussien faisait voir rouge, fusillent sans pitié
tous les fédérés, sans se dire que le Parisien, livré
sans protection aux promoteurs du désordre, ne
sachant à qui se rallier, était forcé de marcher
sous peine d'être fusillé.

La souffrance morale, la souffrance physique
endurées depuis sept mois rendaient tout le monde
fou furieux. Les Versaillais et Gallifet ont commis
froidement des atrocités ; les hommes de la Commune en ont commis d'abominables. Triste page
de notre histoire ! En toute conscience, je le déclare, des hommes seuls méritaient d'être fusillés :
ce sont ceux qui, étant au pouvoir, ont désarmé
les soldats, laissé des armes aux hommes de désordre, laissé les canons et mitrailleuses en leurs
mains, et, cela fait, ont abandonné nuitamment
Paris. Ce sont Trochu, Thiers, Jules Favre, Picard
et autres qui méritaient d'être fusillés !

Thiers, deux fois plus coupable, a prolongé les
horreurs de la lutte, tout cela pour se poser en
grand homme de guerre, faire un plan d'attaque
et l'imposer. Que d'innocents ont été fusillés ou
déportés par les ordres de ces grands coupables !
On n'en connaîtra jamais le nombre, et c'est heu-

reux. Ces journées-là sont humiliantes et doulou-
reuses pour la France.

Les trois faits suivants vous donneront une idée
de la quantité de personnes parfaitement innocentes qui ont été fusillées par la réaction versail-
laise.

Pendant le siège, un nommé Delmonaco, secrétaire du comte Michel Richeski, attaché militaire
de la légation italienne, vint me trouver pour me
prier de demander au général Ducrot de l'incor-
rer dans l'artillerie. « Mon gouvernement, me
dit-il, abandonne la France, c'est son affaire; mais
moi, je ne saurais oublier que les Français sont
venus verser leur sang en Italie. J'ai combattu avec
eux pour mon pays, je veux combattre avec eux
pour la France. »

Je l'envoyai avec une lettre au général Ducrot
qui le mit en effet dans l'artillerie. Après deux
sorties, le général vint me voir et il me dit : « Cet
Italien est un bon soldat et un brave garçon; il a
marché au feu avec un rare entrain. »

Notez que cet homme, sans fortune aucune,
pour se battre pour nous perdait sa situation à
l'ambassade italienne. Je le lui avais fait observer,
et il m'avait répondu que son père et que sa mère
l'approuvaient d'avoir personnellement payé sa
dette de reconnaissance à la France. Et ceci nous
prouve qu'on aurait tort de confondre *certaine
presse* italienne, certains hommes d'Etat italiens
avec la nation italienne.

J'avais attrapé une pleurésie dans l'ambulance
que j'avais installée à Charenton pendant le siège.
Les premiers jours de la Commune, j'étais dans
mon lit, je me rendais peu compte de ce qui se

passait. Un ami vint un jour sous le coup d'une irritation extrême : « C'est complet, me dit-il, les membres du gouvernement ont laissé les canons, les mitrailleuses aux mains des bataillons de Belleville ; soldats et marins sont désarmés. On aperçoit circulant dans Paris une canaille internationale. Il se trame quelque chose d'horrible, et voilà que les membres du gouvernement se sont enfuis à Versailles nous laissant dans le gâchis et aux mains de fous furieux. »

Quoique mal guérie encore, je quittai mon lit, j'allai chez mon notaire pour prendre de l'argent et m'en aller me soigner à Maisons-Laffite. Je trouvai l'étude fermée. J'allai chez mon avoué, l'étude était fermée aussi. J'envoyai chez plusieurs de mes amis, tous avaient fui Paris. Je commençais à être passablement inquiète ; j'habitais la rue Monthabor, elle était remplie de gardes nationaux, il y en avait plus de deux mille dans le ministère des Finances. J'allai vers eux, je m'adressai à un homme qui paraissait être un chef : « Que se passe-t-il, lui dis-je ? »

Plusieurs fédérés me reconnurent. Je les avais soignés pendant le siège, je leur avais distribué jour et nuit gratuitement du thé bien chaud, bien sucré. Cette boisson saine leur avait fait grand bien. « Nous ne savons pas au juste ce qui va se passer, me dirent-ils, mais on parle de faire sauter Paris, de tout brûler. Croyez-nous, quittez Paris. »

— Mais, leur dis-je, quels sont vos chefs ? Que veulent-ils ?

— Il y a des étrangers : des Polonais, des Russes, des Italiens, des Français aussi. On nous menace de nous fusiller si nous ne marchons pas ; la ville étant au pouvoir de ces gens-là, nous sommes bien obligés de marcher. Mais il ne se prépare rien de bon. Partez.

·En rentrant chez moi, je trouvai Delmonaco.

— On veut, me dit-il, m'incorporer dans un bataillon; on me menace de me fusiller si je ne marche pas. Je me suis battu avec bonheur pour la France, mais je ne saurais me mêler à une horrible guerre civile.

Il n'avait pas d'argent pour partir, moi je n'en avais pas. Nous cherchâmes un moyen. Enfin, je le conduisis 23, rue d'Anjou-Saint-Honoré, maison dans laquelle habitait l'attaché militaire italien. Je dis au concierge de se couvrir du pavillon italien, de le déployer sur la porte afin de s'éviter des visites domiciliaires des fédérés. Je le pria ,de faire cacher Delmonaco dans la cave où se trouvait le calorifère et de le nourrir. Je l'assurai qu'à son retour le comte Michel Richeski lui solderait les frais de nourriture.

Le concierge y consentit. Il lui mit un matelas dans une grande caisse, et Delmonaco passa tout le temps de la Commune.enfermé dans cette cave.

On verra tout à l'heure comment le pauvre diable qui était resté caché là pour n'être pas fusillé par les communards faillit être fusillé par les Versaillais.

Le chemin de fer n'allait pas ; on me demandait cinq cents francs pour me conduire en fiacre à Maisons-Laffite. Je n'avais plus un sou. Le mont-de-piété ne prêtait que cinquante francs sur chaque objet qu'on lui portait. Je fis dix pèlerinages à ce mont d'usure dont la piété est à quinze pour cent. Les rues étaient encombrées de fédérés. J'étais encore très souffrante : je mis cinq jours à porter au mont-de-piété mes pendules, mes bijoux, mon argenterie. Enfin je fus en possession de cinq cents francs. Ce jour-là même, un capitaine de fédérés vint me dire :

— Citoyenne, on vous prie de passer chez le commissaire de police du quartier.

— Allez dire à votre commissaire que je n'ai rien à faire chez lui et qu'il me laisse en paix.

— Je crois que vous ferez bien d'y aller, c'est dans votre intérêt, me dit fort poliment cet homme.

Je me décidai. J'allai rue Saint-Honoré, dans un sale petit passage; la cour, l'escalier, l'antichambre, étaient encombrés de fédérés qui me parurent avoir fait une orgie de gros bleu. On m'introduisit chez le commissaire : c'était un tout jeune homme. Voulant savoir à quel genre de fonctionnaire j'avais affaire, je lui demandai depuis combien de temps il était commissaire de police. Il se leva, ferma toutes les portes avec soin, puis il me dit : « Croyez que je suis un honnête homme; j'ai accepté ce poste pour éviter qu'il soit pris par un coquin. Voyez si l'espèce humaine est assez misérable. »

Il me lut une foule de lettres de dénonciations.

— Voilà le cas que j'en fais, me dit-il en les jetant au feu; mais si la place était occupée par un exalté, les dénoncés seraient fusillés.

Il me montra une lettre. Je reconnus l'écriture de ma bonne, une petite misérable à qui j'avais donné de l'argent et des vêtements pour sauver sa mère de la misère et pour qui j'avais été très bonne. Voici ce qu'elle disait au commissaire :

« Citoyen, j'ai l'honneur de vous dénoncer ma

maîtresse, Olympe Audouard, comme une mauvaise citoyenne. Elle a facilité l'évasion de Paris à un prêtre et à une religieuse, et elle appelle les hommes de la Commune des fous furieux. J'espère que vous la ferez fusiller. »

— Tout ce que dit cette fille est vrai, dis-je.

Le commissaire brûla la lettre.

— Voilà, me dit-il, des laissez-passer en blanc; gardez-en un pour vous, donnez les autres à qui vous voudrez. Ce n'est que pour vous venir en aide que je me suis permis de vous faire appeler.

A ce moment-là, un jeune homme avec l'écharpe rouge et pistolet à la ceinture entra. « Tiens! fit-il, Olympe Audouard. »

— Vous me connaissez?

— Oui, je vous ai vue à Charenton; vous m'avez pansé et réconforté avec du thé. Que faites-vous à Paris? Nous sommes débordés; les Dombrowski et autres étrangers nous entraînent où nous ne voudrions pas aller. Paris sera incendié. Partez!

— Je ne demande pas mieux, dis-je. Monsieur vous dira que déjà j'ai été dénoncée.

— Je dois vous prévenir que nous avons O... avec nous à l'Hôtel de Ville, il vous en veut mortellement d'une dure leçon que vous lui avez donnée, et il vous ferait fusiller avec volupté.

— Merci du renseignement, dis-je; demain je tâcherai de trouver un cocher qui consente à me conduire à ma campagne.

Le jeune commissaire me conseilla de ne rien dire à ma bonne, de l'emmener à Maisons-Laffite en lui disant que nous n'y allions que pour vingt-quatre heures.

— Si vous la laissez à Paris, la drôlesse fera tout piller chez vous, me dit-il.

Je suivis ce conseil, et le lendemain, un cocher qui en avait assez de trimbaler à l'œil les jédérés, voulut bien, moyennant trois cents francs, me conduire à Maisons-Laffite. Nous prîmes par Saint-Denis ; le fort se mit à tirer sur nous. Je commandai au cocher de prendre à travers champs, mais voilà que les bons paysans lancèrent des pierres sur nous, sur le cheval, sous prétexte que nous abîmions la récolte... Ah ! quel voyage !

A Maisons, le pont était coupé. Nous dûmes passer la Seine sur un petit bac s'enfonçant dans l'eau sous le poids du fiacre. Je trouvai ma maison pillée par les Prussiens. Je dus aller acheter à Saint-Germain et à Versailles la literie et les meubles les plus indispensables.

Lorsque l'armée fut entrée dans Paris, je m'empressai d'envoyer un homme savoir dans quel état était mon appartement de la rue Monthabor. Je lui avais donné un mot signé de moi, il le présente à un militaire qui le porte à un général qui s'écrie : « Olympe Audouard ! vous pouvez lui dire que si elle s'était présentée elle-même, je l'aurais fait fusiller avec un certain plaisir. »

— Fusiller ! mais pourquoi ? fait mon envoyé ébaubi.

— Pourquoi ?... parce que c'est elle qui a brûlé Paris !

— Ah ! pour ça, non ! fait cet homme, puisque madame est à Maisons-Laffite depuis un mois.

— Ce n'est pas vrai ! s'écria l'irascible militaire dont je n'ai pu savoir le nom.

Evidemment ce militaire aurait cru faire œuvre pie en me fusillant !

Sans me soucier de lui, je rentrai à Paris. Le ministère des Finances étant en face de la maison où j'habitais, j'avais peur de trouver tout incendié. Rassurée à cet égard, je voulus savoir ce qu'était devenu ce commissaire de police qui m'avait permis de sortir et de faire sortir dix personnes de Paris... Il avait été fusillé par l'armée de Versailles !

J'allai rue d'Anjou savoir ce qu'était devenu Delmonaco. Les concierges me dirent qu'il était resté caché tout le temps de la période de la Commune dans la cave, mais que le jour de l'entrée des troupes, fou de joie, il était sorti dans la rue, où on l'avait empoigné, le prenant pour un communard.

Ce pauvre garçon avait contre lui une laideur repoussante qui le faisait ressembler à un sinistre conspirateur.

Quelques jours après il m'écrivait ; il était sur les pontons et fort étonné d'être pris pour un communard.

J'écrivis au commandant Pierre pour lui expliquer la parfaite innocence de ce pauvre diable, et pour le recommander à ses bons soins. Il avait pâti dans la cave de la rue d'Anjou, sur les pontons il mourait de faim. L'amiral Pierre, qui n'était alors que commandant, le soigna, lui donna à manger et le consola de son mieux de sa mésaventure.

Lorsque tous ces hommes passèrent devant le conseil de guerre, j'écrivis une longue lettre racontant avec preuves à l'appui l'histoire de Delmonaco. Il fut acquitté et s'en retourna bien vite en Italie.

A propos de cette lettre que je devais écrire afin de ne pas laisser condamner un innocent, M. Bucheron, dit Saint-Genest, m'insulta fort grossièrement dans le *Figaro*. Il fallait des cadavres, beaucoup de cadavres, à ce Marat blanc. Il ne pouvait me pardonner d'avoir sauvé un homme, fût-il dix fois innocent.

Ces luttes politiques transforment les hommes en bêtes féroces.

Que de choses j'aurais à conter sur le siège de Paris! J'ai été au Mont-Valérien, j'ai été sur les bastions, j'ai entendu siffler bien des obus sur ma tête, j'ai vu des actes d'un patriotisme héroïque, j'ai vu des choses laides; impartialement, j'ai tout noté. Mais j'arrive à la fin de mon premier volume, je dois m'arrêter. Peut-être en commençant mon deuxième volume, reviendrai-je sur le siège de Paris; alors, non limitée par la place, je pourrai dire tout ce qui me paraît intéressant, et, ce chapitre fait, je passerai à mes souvenirs de voyage.

Cette partie-ci sera plus amusante pour mes lecteurs. J'ai voyagé beaucoup : j'ai parcouru l'Egypte, visité l'oasis d'Ammon; j'ai séjourné en Syrie, en Palestine, en Turquie, en Russie. Je connais l'Allemagne, la Pologne; j'ai été étudié l'Amérique en Amérique. J'ai passé un mois à Salt-Lake-City, chez les Mormons. Dans tous ces voyages il m'est arrivé des aventures, les unes dramatiques, les autres amusantes. J'ai vu des choses curieuses, j'ai connu des personnages célèbres à divers titres.

A vol d'oiseau ou de papillon, nous irons de

Jérusalem chez les Ensériehs, adorateurs de la femme. Nous pénétrerons dans les harems, puis nous nous en irons sur les bords de la Néva.

Ma vie a eu deux parties bien distinctes : l'une terne, douloureuse, c'est celle qui s'est passée en France; l'autre ensoleillée, gaie, c'est celle que j'ai passée à voyager. J'ai fini avec la première, c'est avec bonheur que je vais me ressouvenir de la seconde.

FIN

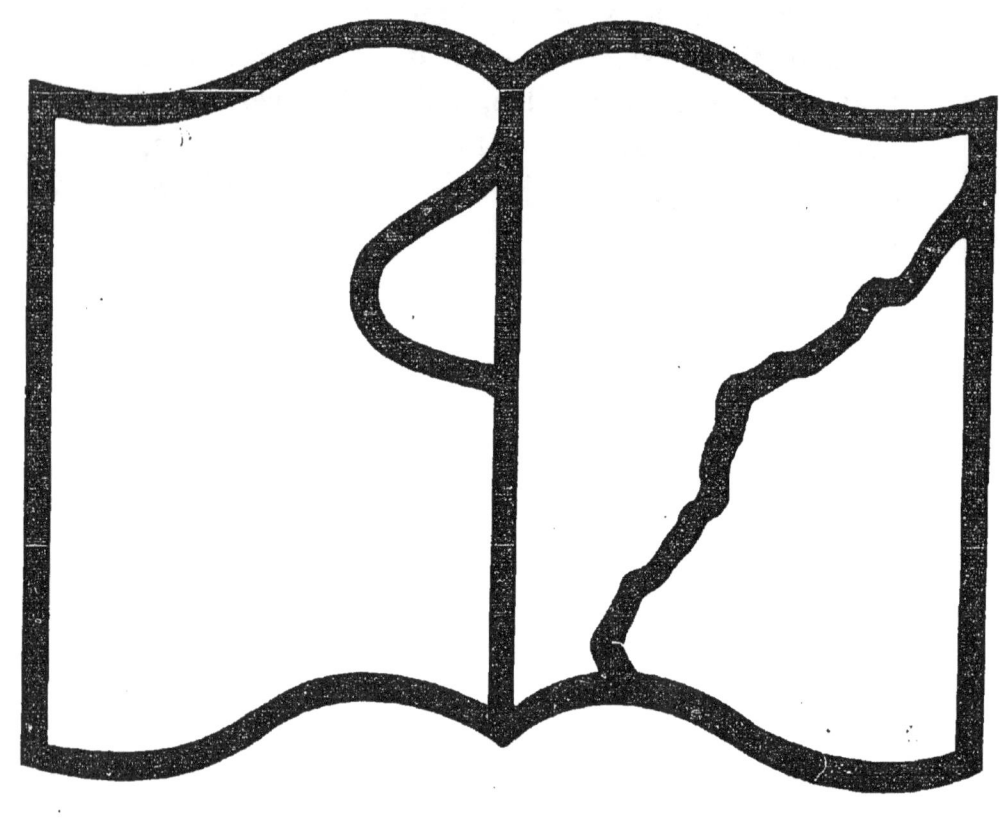

Texte détérioré — reliure défectueuse

NF Z 43-120-11

www.ingramcontent.com/pod-product-compliance
Lightning Source LLC
Chambersburg PA
CBHW060939030726
47503CB00003B/656